CITY SPIES

JAMES PONTI

CITY
GEHEIME MISSION
SPIES

Aus dem Englischen von Wolfram Ströle

CARLSEN

Wir produzieren nachhaltig

- Klimaneutrales Produkt
- Papiere aus nachhaltigen und kontrollierten Quellen
- Hergestellt in Deutschland

FSC
www.fsc.org
MIX
Papier | Fördert gute Waldnutzung
FSC® C014496

Published by arrangement with James Marco Ponti
Originalverlag: ALADDIN. An imprint of Simon & Schuster Children's Publishing Division, New York
Dieses Werk wurde vermittelt durch die Literarische Agentur Thomas Schlück GmbH, 30161 Hannover.
Originaltitel: City Spies – City of the Dead
Umschlag- und Innenillustration: Timo Grubing
Umschlaggestaltung: formlabor
Aus dem Englischen von Wolfram Ströle
Lektorat: Brigitte Kälble
Herstellung: Björn Liebchen
Satz: Dörlemann Satz, Lemförde
ISBN: 978-3-551-55941-8

Für Kristin alias Manhattan,
die das Schreiben in jeder Hinsicht so viel besser macht.

PROLOG
HOWARD UND HUSSEIN

TAL DER KÖNIGE BEI LUXOR, ÄGYPTEN – 4. NOVEMBER 1922

Langsam ritt der zwölfjährige Junge auf seinem Esel durch die kahle ägyptische Landschaft und in das sogenannte Tal der Könige. Er war barfuß, bekleidet mit einem weißen Kopftuch und einem zerknitterten, *jellabiya* genannten Leinenkittel. Eigentlich hieß er Hussein, aber für die in der Wüstensonne schmachtenden Arbeiter war er nur *fataa alma'*, der Wasserträger.

Zweimal täglich füllte er zwei große Tonkrüge mit Wasser aus einem Brunnen, lud sie auf ein Geschirr, das auf den Rücken des Esels geschnallt war, und brachte sie zum Grabungsgelände, wo die Arbeiter nach dem unbekannten Grab eines Pharaos namens Tutanchamun suchten. Seit über dreitausend Jahren war die letzte Ruhstätte des Königs verschollen, so lange, dass viele Fachleute sie für eine Legende hielten.

Es war bereits drückend heiß, als Hussein kurz nach zehn am Grabungsort ankam. Da die Krüge unten rund waren, musste er im Sand Mulden ausheben, damit sie aufrecht stehen konnten. Dabei stieß er dicht unter der Oberfläche auf einen glatten Stein. Er legte ihn frei. Es handelte sich um die oberste Stufe einer nach unten führenden Treppe.

Ein ägyptischer Junge hatte passenderweise das Grab des ägyptischen Kindkönigs entdeckt.

Aufgeregt lief Hussein zu Howard Carter, dem britischen Archäologen und Grabungsleiter, und erzählte ihm von seinem Fund. Arbeiter befreiten das Gelände vom Geröll und legten bis Ende des nächsten Tags die in den Felsen gehauene Treppe frei. Unten stießen sie auf einen zugemauerten Durchgang mit dem Hieroglyphensiegel des Anubis in Schakalgestalt und darunter neun Gefangenen. Andächtig und freudestrahlend strich Carter mit den Fingern darüber.

Es handelte sich um das Siegel der königlichen Nekropole – der Totenstadt Altägyptens.

1.
BRITISCHES MUSEUM

LONDON, ENGLAND – GEGENWART

An einem schiefergrauen Novembertag hundert Jahre nach der Entdeckung von Tutanchamuns Grab versammelte sich eine Gruppe von fünf Jugendlichen im Londoner Stadtteil Bloomsbury. Sie waren wie Howard Carter auf der Suche nach Schätzen aus dem alten Ägypten. Allerdings wollten sie keinen Tunnel graben, sondern sich durch einen Tunnel in einem aufgegebenen Abschnitt der Londoner U-Bahn schleichen. Und die Kunstwerke, hinter denen sie her waren, waren nicht in einem vergessenen Grab versteckt, sondern in einem der meistbesuchten Museen der Welt ausgestellt.

Sie planten keine Grabung, sondern einen Einbruch.

»Mikrofontest, eins, zwei, drei«, sagt Kat in das Mikrofon, das in der Ansteckblume zum Kriegstotengedenktag an ihrem Kragen versteckt war. »Hört ihr mich alle?«

»Laut und deutlich«, sagte Paris.

»Bestens«, sagte Rio.

»Ich auch«, meinte Brooklyn.

Eine Pause entstand, in der sie auf die letzte Bestätigung warteten.

»Sydney, antwortest du nicht, weil du mich nicht hörst?«, fragte Kat. »Oder weil du noch schmollst?«

Ein weiterer Moment verging, dann antwortete Sydney. »Tut mir leid, ich hatte den Eindruck, dass niemanden interessiert, was ich zu sagen habe.«

»Du schmollst also noch«, befand Paris.

»Nein!«, widersprach Sydney. »Ich bin … enttäuscht. Ich habe nur darum gebeten, dass wir den Einbruch um ein paar Stunden verschieben, damit wir davor noch das Feuerwerk im Battersea Park ansehen können. Ihr wisst ja, wie sehr ich die Bonfire Night liebe. Es wird mega und alle gehen hin.«

»Aber genau deshalb sind wir doch hier«, sagte Kat. »Die Polizei wird überlastet sein und in Bloomsbury finden keine Feiern statt. Das heißt, die Polizei ist anderswo unterwegs, was die Wahrscheinlichkeit, nicht erwischt zu werden, deutlich erhöht.«

Kat war bei diesem Einsatz die Alpha, in anderen Worten, sie hatte sich einen Plan für den Einbruch im Britischen Museum überlegen müssen. Dafür hatte sie einige Dutzend berühmter Einbrüche untersucht und festgestellt, dass viele an Feiertagen oder zu besonderen Ereignissen stattgefunden hatten, wenn Polizei und Sicherheitskräfte unterbesetzt und im Ausnahmezustand waren. Die Bonfire Night hatte sie gewählt, weil sie mit einer berüchtigten Gestalt der britischen Geschichte zusammenhing.

Am 5. November 1605 wurde ein Soldat mit radikalen Ansichten namens Guy Fawkes festgenommen, bevor er seinen

Plan ausführen konnte, mithilfe von sechsunddreißig Fässern Sprengstoff das Parlament in die Luft zu sprengen. Seitdem feiern die Briten diesen Tag mit Freudenfeuern, Feuerwerk und ausgelassenen Umzügen, auf denen Puppen des Bösewichts verbrannt werden.

Sydney liebte es als geborene Rebellin, Dinge in die Luft zu jagen, und hatte das Gefühl, dass man diese Nacht eigens für sie erfunden hatte. Und jetzt war sie in London, ganz in der Nähe einiger besonders großer Feiern, und würde sie trotzdem verpassen.

»Ich will nur eins von dir wissen«, sagte Kat. »Bist du zum Einsatz bereit? Oder ist das jetzt ein Problem?«

»Natürlich bin ich bereit«, sagte Sydney. »Die Arbeit steht für mich an erster Stelle«

»Sehr gut. Und wenn es dir hilft: Ich werde versuchen, etwas zu finden, das du in die Luft sprengen kannst.«

»Das wäre wirklich super.« Ihrer Stimme war anzuhören, dass sie lächelte. »Vielen Dank.«

Rio räusperte sich. »Können wir jetzt, wo alle sich ausgesprochen haben, bitte anfangen?«

»Genau«, stimmte Brooklyn zu. »Aber zuerst muss Kat den Einsatz eröffnen.«

Als Alpha war Kat dafür verantwortlich, die glückbringenden Worte zur Eröffnung eines Einsatzes auszusprechen.

»Also gut«, sagte sie, den Blick vom Innenhof aus auf den Museumseingang gerichtet. »Alles klar zum Einsatz. Legen wir los.«

Und damit waren die City Spies wieder in Aktion. Die fünf im Alter von zwölf bis fünfzehn waren ein Agententeam, das für den britischen Geheimdienst MI6 arbeitete. Sie wurden dort eingesetzt, wo Erwachsene auffielen, Jugendliche dagegen nicht.

In diesem Fall bestand ihre Aufgabe darin, zwei Ausstellungsstücke einer Sonderausstellung mit dem Titel »Wunderbare Dinge: 100 Jahre Tutmania« zu stehlen. Warum sie das sollten, wussten sie nicht. Spione durften schließlich nicht zu viele Fragen stellen. Man hatte ihnen lediglich gesagt, es sei im Interesse der britischen Regierung.

Kat war noch nie die Alpha in einem so großen Einsatz gewesen und hatte sich auf ihre übliche Art darauf vorbereitet, als handelte es sich um eine Reihe komplexer mathematischer Gleichungen. Sie hatte den Diebstahl in zwei Teile aufgeteilt, um, wie sie sagte, »die Variablen zu isolieren«. Den eigentlichen Diebstahl würden sie erst ausführen, wenn das Museum geschlossen war. Jetzt, solange es noch geöffnet hatte, mussten sie alles für später vorbereiten.

»Wissen alle, was sie zu tun haben?«, fragte sie.

»Ja«, sagte Rio und stöhnte. »Wir sind es ja auch hundert Mal durchgegangen.«

»Gut. Wiederholung führt zu Geläufigkeit und Geläufigkeit zu Sicherheit. Das ist grundlegend für die Ausführung komplizierter mathematischer Prozesse.«

»Nur dass das hier keine Mathematik ist, sondern ein Diebstahl«, sagte Rio.

»Du bist so witzig. *Alles* ist Mathematik. Jetzt taucht in der Menge unter und bleibt möglichst unsichtbar.«

»Keine Sorge«, sagte Sydney. »Wir werden wie Geister sein.«

Rio nickte. »Mathe-Geister.«

Da sich viele Jugendliche im Museum aufhielten, hatten sie keine Schwierigkeiten, unauffällig ihren jeweiligen Aufgaben nachzugehen. Kat hatte sogar Schuluniformen beschaffen können, die zu Klassen passten, die an diesem Tag einen Ausflug ins Museum machten. Dadurch konnten sie die normalen Sicherheitskontrollen umgehen und das Museum inmitten großer Schülergruppen betreten.

»Wir sind jetzt an der westlichen Treppe und alles verläuft plangemäß«, informierte Sydney die anderen.

Sie und Rio überprüften den Weg, den sie später am Abend nehmen wollten. Geplant hatten sie ihn mittels einer virtuellen Museumsführung, die sie online gefunden hatten. Sie hatten jeden Raum eingehend betrachtet und auf Schwachstellen abgeklopft. Jetzt mussten sie sich vergewissern, dass sich seit Aufnahme der virtuellen Führung nichts geändert hatte und nichts dazugekommen war.

»An der Decke hängt eine Überwachungskamera«, sagte Rio. »Und der Eingang zur ägyptischen Abteilung wird durch ein Rolltor geschützt, das man durch ein Tastenfeld daneben bedient.«

»Wir haben beides im Griff, sobald Brooklyn sich in das Computersystem eingehackt hat«, sagte Kat.

»Macht ein Foto von den Tasten«, sagte Brooklyn. »Darauf sollte der Herstellername zu sehen sein, damit ich die entsprechende Bedienungsanleitung runterladen kann.«

»Verstanden«, sagte Sydney.

Sie winkte Rio neben die Tastatur, damit es aussah, als würde sie ein Bild von ihm machen, nicht von der Tasten.

»Lächeln«, befahl sie und er setzte ein dämliches Grinsen auf.

Als Nächstes gingen sie durch die ägyptische Skulpturengalerie, in der sie drei verschiedene Sicherheitssysteme sahen und abfotografierten. An den Wänden hingen Bewegungsmelder und an der Decke Überwachungskameras. Dazu kamen die einen halben Meter über dem Boden angebrachten Sensoren einer Laser-Lichtschranke.

Sie hielten die Stellen mit den Sensoren genau fest, weil es sich, anders als in Filmen, nicht um bunte Strahlen handelte, um die man herumtänzeln konnte. Die Laser waren kaum sichtbar, und auch nur einen davon auszulösen würde den ganzen Einsatz gefährden.

Sie waren gerade damit beschäftigt, die genaue Position zweier Sensoren neben einer Kolossalstatue von Ramses II. zu vermessen, da fiel Rios Blick auf einen Sicherheitsbeamten, der in der Nähe stand. Auf seinem Namensschild stand OFFICER HAWK, obwohl er mit seinem hängenden Schnurrbart und seinem stämmigen Körper eher an ein Walross erinnerte als an einen Raubvogel.

»Zielperson gefunden«, sagte Rio leise zu Sydney.

»Warum er?«, hakte sie nach.

»Aus zwei Gründen. Er ist nett *und* ungeschickt.«

Sydney sah ihn fragend an.

»Sicherheitsleute sollen eher unnahbar und einschüchternd sein«, erklärte Rio. »Aber schau mal, wie der lächelt und Blickkontakt mit anderen sucht. Er sehnt sich nach Ansprache und will, dass man ihn mag.«

»Und ungeschickt?«

»Seine Krawatte sitzt schief und er hat das Hemd nicht gleichmäßig in die Hose gestopft. Außerdem hat er seinen Ausweis an den Gürtel gesteckt statt an die Hemdtasche und dort kann man ihn leichter klauen.«

»Es ist schon unheimlich, wie gut du Leute lesen kannst«, meinte Sydney.

»Ich habe eben auch meine Fähigkeiten. Schön, dass das zur Abwechslung mal jemand bemerkt.«

Die Fähigkeiten, Menschen zu lesen, war für Rio jahrelang überlebensnotwendig gewesen. Er hatte in Rio de Janeiro auf der Straße gelebt und auf einem Gehweg am Strand von Copacabana mit Zauberkunststücken für Touristen Geld verdient. Dazu hatte er sein Publikum kennen und mit atemberaubenden Taschenspielertricks unterhalten müssen. Beides nützte ihm jetzt, um einen Ausweis zu stehlen, den sie später noch brauchen würden.

Für diesen Trick brauchte es zwei Leute, aber Rio und Sydney waren ein eingespieltes Team. Sydneys Aufgabe war es, für Ablenkung zu sorgen.

»Entschuldigung«, sagte sie und ging auf den Sicherheitsmann zu. »Ob Sie wohl ein Bild von mir mit dieser Statue im Hintergrund machen könnten?«

Laut den Vorschriften durfte der Mann eigentlich gar nichts tun außer die Galerie bewachen. Aber er war ein netter Mensch, wie Rio vermutet hatte, und es fiel ihm schwer, Nein zu sagen. »Natürlich«, antwortete er lächelnd. »Wenn es schnell geht.«

Sydney gab ihm ihr Handy und stellte sich in Positur. Er machte ein Bild und gab ihr das Handy zurück. Doch als Sydney das Bild sah, runzelte sie die Stirn.

»Oh, Mist!«, sagte sie. »Tut mir leid, aber könnten Sie das noch mal machen? Ich habe die Augen zu und wegen des Gegenlichts sieht man mein Gesicht nicht.«

Sie dirigierte ihn einen Meter zur Seite, und je mehr Anweisungen sie gab, desto mehr war der Wärter abgelenkt. Im selben Moment ging Rio an ihm vorbei, streifte ihn und zog geschickt den Ausweis vom Gürtel. Dann kam der schwierige Teil. Rio musste den Ausweis kopieren und wieder an den Gürtel stecken, bevor der Mann merkte, dass er fehlte. Denn wenn er den Verlust meldete, wurde der Ausweis automatisch deaktiviert und war unbrauchbar.

Rio steckte ihn in die Tasche und drückte ihn an sein Handy, das über einen Scanner und eine Clone-App verfügte. Ein Moment verging, dann hörte er einen Piepton zum Zeichen, dass der Scan ausgeführt war. Er kehrte zu den anderen beiden zurück. Sydney war auch mit dem neuesten Bild unzufrieden und der Wärter wurde allmählich ungeduldig.

Rio mischte sich in ihr Gespräch ein. »Das Problem ist das Licht durch dieses Fenster.« Er zeigte auf das Foto auf Sydneys Handy. »Du musst auf der anderen Seite stehen.«

Davon wollte der Mann nichts wissen. »Ich werde nicht …«

»*Ich* könnte es doch machen«, bot Rio an.

»Gute Idee«, sagte der Mann.

Er gab Sydney das Handy zurück und im selben Augenblick steckte Rio den Ausweis wieder an seinen Gürtel.

»Dann viel Glück«, sagte der Wärter.

»Danke für Ihre Hilfe«, sagte Sydney.

Sie entfernten sich, und sobald sie außer Hörweite waren, sagte Rio leise: »Nett und ungeschickt, meine beiden Lieblingseigenschaften.« Sie durchquerten den Saal und machten das Bild unter besseren Lichtverhältnissen, damit der Wärter keinen Verdacht schöpfte. Anschließend gingen sie durch eine andere Galerie und zu einer Tür mit der Aufschrift *Nur für Mitarbeiter*. Sie warteten, bis niemand in der Nähe war, dann hielt Rio sein Handy an den Ausweis-Sensor. Ein Lämpchen am Sensor sprang von Rot auf Grün und das Schloss ging mit einem Klicken auf.

»Die Sicherheitstüren sind kein Problem mehr«, sagte Rio stolz.

Kat antwortete sofort. »Gut gemacht.«

Sie hielt sich im Innenhof in der Mitte zwischen den vier riesigen Flügeln des Museums auf. Der ursprünglich offene, über siebentausend Quadratmeter große Hof hatte 2000 ein riesiges Glasdach erhalten und war so zum größten überdachten öffentlichen Platz Europas geworden. Kat hatte ihn als idealen Standort ausgewählt, um die Routine des Sicherheitspersonals kennenzulernen. Sie hatte die angeborene Fähigkeit, dort, wo andere nur Chaos sahen, Muster zu erkennen, und analysierte jetzt die Gänge der Wärter, um herauszufinden, welchen Weg sie auf ihren Runden jeweils nahmen.

Die meisten gingen vom Erdgeschoss Stockwerk für Stockwerk nach oben und auf jedem Stock gegen den Uhrzeigersinn durch die Säle. Zwar war nicht sicher, ob sie das nachts genauso machten, aber Kat hielt es für wahrscheinlich.

»Brooklyn und Paris, wie ist die Lage bei euch?«, fragte sie.

»Schwierig«, antwortete Paris.

»Genau«, fügte Brooklyn hinzu. »Es ist hier ziemlich voll.«

Die beiden standen in einem Flur zwischen zwei Sälen mit Kunstwerken des alten Griechenland und Rom. Dort befand sich hinter einer Treppe ein Computerraum mit Servern für den Westflügel des Museums. Mithilfe dieser Server wollte Brooklyn sich in das Subnetz einschleusen und das ganze System übernehmen. Sie hatte dann Zugriff auf Überwachungskameras, Bewegungssensoren und andere Sicherheitseinrichtungen, wenn sie am Abend zurückkehrten. Doch um in den Computerraum zu kommen, musste Paris das Schloss an der Tür knacken und das war schwierig, weil auf dem Gang so viele Leute unterwegs waren. Endlich bedeutete ihm Brooklyn, die Schmiere stand, dass die Luft rein war.

»Wenn ihr Hilfe beim Ablenken oder Schlossknacken braucht, können Sydney und ich jederzeit zu euch stoßen«, spottete Rio.

»Wir haben nämlich auch unsere Fähigkeiten«, fügte Sydney mit einem Augenzwinkern zu Rio hinzu.

»Immer mit der Ruhe«, sagte Brooklyn. »Noch kommen wir selbst zurecht.« Sie schaltete ihr Mikrofon kurz ab, sah Paris an und fragte leise: »Oder?«

»Klar«, sagte Paris entschieden, wackelte mit dem Dietrich ein wenig hin und her und öffnete die Tür. »Auf jeden Fall.«

Sie tauschten die Plätze und Paris stand jetzt Wache. Sobald die Luft rein war, nickte er Brooklyn zu und sie schlüpfte in den Raum.

Kurz darauf meldete sie sich wieder. »Äh, vielleicht brauchen wir doch Hilfe.«

»Warum?«, fragte Kat.

»Weil die Server weg sind.«

»Wie bitte?«, fragten die anderen unisono.

Brooklyn hatte in dem Raum nur einige lose Kabel und eine Reihe von Halterungen und Stützen aus Metall gefunden.

»Man hat sie weggebracht«, sagte sie. »Übrig sind nur noch die Gestelle.«

»Was soll das heißen?«, fragte Rio.

»Vor allem, dass ich mich von hier nicht in ihr Netz einhacken kann«, sagte Brooklyn.

Im Innenhof überlegte Kat fieberhaft. Bis dahin war alles genau nach Plan verlaufen, aber um den Diebstahl durchzuführen, brauchten sie Zugang zum Sicherheitssystem. Ein Schwachpunkt von großen Gleichungen war, dass eine einzige falsche Zahl alle Berechnungen kaputt machte.

»Gibt es im Ostflügel noch einen Serverraum?«, fragte Sydney.

»Ja«, sagte Brooklyn. »Aber der ist wahrscheinlich auch leer. Ich kann mir nur einen Grund vorstellen, warum die Server von hier weggebracht wurden – nämlich, um alle an einem zentralen Ort zusammenzuführen. Leider wissen wir nicht, wo das sein könnte.«

»Kannst du dich auch noch von anderswo in das System einhacken?«, fragte Sydney.

»Es gibt immer noch die Sicherheitszentrale«, witzelte Brooklyn. »Aber dort kommen wir wohl nicht rein, ohne erwischt zu werden.«

»Oder kannst du einen Computer außerhalb des Gebäudes benutzen?«, fragte Rio.

»Wenn das ginge, hätte ich es schon getan. Das Netz des Museums ist durch einen Air Gap gesichert. Das heißt, es ist vollständig vom Internet abgetrennt und man kann nur vor Ort darauf zugreifen.«

»Was tun wir also?«, fragte Paris. »Den Einsatz verschieben? Abblasen?«

»Auf keinen Fall«, sagte Sydney sofort. »Der Auftrag kommt von Tru persönlich.« Sie meinte die hochrangige Beamtin des MI6, die die letzte Entscheidungsgewalt über das Team hatte. »Wir dürfen sie nicht enttäuschen und müssen das hier durchziehen.«

»Du bist die Alpha, Kat«, sagte Paris. »Was meinst du?«

Kat hatte alles bis ins letzte Detail geplant, aber jetzt waren sie von der Spur abgekommen. Es war ihr bisher größter Einsatz als Alpha und sie hatte das Gefühl, zu versagen. Sie begann, kaum merklich auf den Fußballen zu wippen und mit den Fingern zu zucken, verräterische Anzeichen ihrer wachsenden Anspannung.

»Ich weiß nicht, was ich davon halten soll«, gestand sie.

»Ich bin für Plan B«, sagte Sydney forsch.

»Haben wir einen?«, fragte Brooklyn.

»So eine Art … vielleicht«, sagte Sydney, während sie überlegte.

»So eine Art vielleicht?«, wiederholte Rio. »Irgendwie klingt das nicht besonders vielversprechend.«

»W-w-was meinst du denn, Sydney?«, fragte Kat leicht stotternd vor Aufregung.

»Ich arbeite noch daran. Ihr müsst mir jetzt einfach mal vertrauen.«

Es entstand eine Pause.

»Kat?«, sagte Paris. »Du entscheidest.«

»A-also gut«, sagte Kat widerstrebend. »Sag uns, was wir tun sollen, Sydney.«

»Ich will, dass Brooklyn zum Stein von Rosette kommt, wo ich auf sie warten werde. Die anderen bleiben in sicherer Entfernung. Sieht so aus, als könnte ich doch noch Guy Fawkes feiern.«

»Sag bitte, dass du nicht mitten im Britischen Museum eine Bombe zünden willst«, rief Kat.

»Natürlich nicht. Ihr sollt nicht deshalb in sicherer Entfernung bleiben, weil ich Sorge habe, dass euch etwas passieren könnte. Ich will nur nicht riskieren, dass ihr mit drinhängt, wenn etwas schiefgeht und jemand uns aus dem Gefängnis holen muss.«

»Jetzt kriege *ich* langsam Bedenken«, protestierte Brooklyn. »Ich dachte, wir sollten unsichtbar wie Geister sein.«

»Das gilt ja auch weiter«, sagte Sydney. »Aber eben wie Geister, die auf dem Dachboden heulen und laut mit Ketten rasseln.«

Der Stein von Rosette war das berühmteste Ausstellungsstück des Museums. Die Granitplatte war über ein Meter hoch, wog 762 Kilogramm und trug eine Inschrift in drei verschiedenen Sprachen. Vor allem mit seiner Hilfe hatten Ägyptologen die Hieroglyphen entschlüsseln können. Er stand in der Mitte von Saal vier, der ägyptischen Skulpturengalerie. Als Brooklyn dort ankam, wartete Sydney schon auf sie.

»Bereit?«, fragte Sydney.

»Für was? Du hast ja nicht gerade viel verraten.«

»Nein. Wenn ich euch meinen Plan erklärt hätte, hättet ihr ihn ziemlich sicher gleich abgelehnt.«

Brooklyn sah sie besorgt an.

»Keine Angst«, sagte Sydney. »Vertrau mir einfach und mach mir alles nach.«

Sie blickten durch den Saal und sahen die anderen, die sie aus einiger Entfernung beobachteten.

»Wird schon schiefgehen«, sagte Sydney leise zu sich selbst. Dann begann sie zu singen: *»Remember, remember, the fifth of November, gunpowder, treason, and plot!«*

Pulver, Verrat und Verschwörung? Es handelte sich um einen bekannten Reim für britische Schulkinder zum Gedenken an die Festnahme von Guy Fawkes.

»Remember, remember, the fifth of November, gunpowder, treason, and plot!«

Sydney stieß Brooklyn an. Sie sollte mitsingen.

»Remember, remember, the fifth of November, gunpowder, treason, and plot!«

Mit jeder Wiederholung sangen sie lauter. Schon bald hatte sich eine kleine Gruppe neugieriger Zuschauer versammelt. Dann eilte prompt ein Sicherheitsbeamter herbei.

Kat sah von ihrem Platz aus besorgt zu und wippte und zuckte wieder ein wenig. Für das, was hier passierte, hatte sie keine mathematische Gleichung. Sie sah nur Chaos.

2.
GUY FAWKES

Es war nicht der *nette und ungeschickte* Wärter, der da herbeieilte, um Sydney und Brooklyn zu stoppen, und den Sydney schon kennengelernt hatte. Officer Peter Ryan verstand keinen Spaß, was die Vorschriften anging. Er hatte breite Schultern, eine Igelfrisur und strotzte nur so vor Selbstbewusstsein. Wenn seine Chefs es erlaubt hätten, hätte er seine verspiegelte Sonnenbrille auch im Museum getragen.

»Brauchst du Hilfe, Pete?«, tönte eine Stimme aus seinem Walkie-Talkie.

»Nein«, schnaubte er und näherte sich zielstrebig den Unruhestifterinnen. »Da machen nur zwei alberne Schülerinnen Radau. Alles unter Kontrolle.«

»Remember, remember, the fifth of November, gunpowder, treason, and plot!« Sydney und Brooklyn hatten zu einem Rhythmus gefunden und einige aus der wachsenden Zuschauerschar fielen zum Spaß mit ein. Zumindest bis Officer Ryan eintraf.

»Jetzt ist aber gut!«, befahl er. »Ruhe bitte!«

Die Menge verstummte und auch Brooklyn hörte auf zu singen. Sie wusste ja nicht, was der Plan als Nächstes vorsah. Sydney dagegen sang völlig unbeeindruckt weiter.

»Remember, remember, the fifth of November, gunpowder, treason, and plot!«

Der Wärter starrte sie an. »Du hattest deinen Spaß und jetzt bist du bitte still!«

»Still?«, entgegnete sie frech. »Das ist doch genau das Problem, verstehen Sie? Wir waren viel zu lange still. So sind Sie mit Ihren Verbrechen davongekommen.«

Der Wärter schnaubte. »Was für Verbrechen haben wir denn begangen, meine Liebe?«, sagte er in einem Ton, der väterlich klingen sollte, aber nur herablassend war. »Haben wir gegen ein Gesetz der Mode verstoßen? Lass mich raten, unsere Uniformen wurden vom falschen Designer geschneidert.«

Sydney verdrehte die Augen. »Ich dachte mehr an das Übereinkommen über Maßnahmen zum Verbot und zur Verhütung der unzulässigen Einfuhr, Ausfuhr und Übereignung von Kulturgut, das die UNESCO 1970 verabschiedet hat.« Sie machte eine kurze Pause und fügte dann hinzu: »Mein Lieber.«

Officer Ryan geriet ein wenig aus dem Takt, als ihm klar wurde, dass die beiden Schülerinnen womöglich eine größere Herausforderung waren als zunächst gedacht, und Brooklyn konnte nur mit Mühe einen Lachanfall unterdrücken.

»Kann ich Hilfe in Saal vier kriegen?«, sagte er in sein Walkie-Talkie. »Wir haben hier eine Störung beim Stein von Rosette.«

Im Zuge der Vorbereitung auf den Einbruch hatte Sydney von dem Streit um Ausstellungsstücke wie den Stein von Rosette gelesen, die während der europäischen Kolonialisierung von Museen erworben worden waren. Es ging um die Frage nach den rechtmäßigen Eigentümern des kulturellen Erbes eines Landes, eine Kontroverse, die Sydneys Gerechtigkeitssinn ansprach und ihren Widerspruchsgeist weckte. Sie beschloss, das runde Dutzend Zuschauer an ihren Überlegungen teilhaben zu lassen.

»Der Stein von Rosette wurde aus Ägypten gestohlen, als Napoleon mit seiner Armee dort einmarschierte. Nach dem Sieg der Briten über die Franzosen bei Waterloo kam er dann als Teil der Kriegsbeute hierher nach London. Es handelt sich um ein unbezahlbares Kulturgut, keine Kampftrophäe. Der Stein gehört den Ägyptern.«

»Genau«, fiel Brooklyn ein. »Wie fänden Sie es, wenn bei uns die Magna Carta oder die Kronjuwelen gestohlen und in einem Museum in Kairo ausgestellt würden?« Sie sah Officer Ryan an. »Das würden Ihnen doch auch nicht gefallen.«

Officer Ryan hatte darauf keine Antwort und drückte wieder die Mikrofontaste seines Walkie-Talkies. »Ist die Hilfe unterwegs?«

Kat, Paris und Rio standen am anderen Ende der Galerie vor einer riesigen Büste König Amenhoteps III. und sahen zu. Kat hatte sich wieder beruhigt und grinste, als drei Wärter – zwei Männer und eine Frau – an ihnen vorbei zu Sydney und Brooklyn eilten.

»Das ist ja so genial von Sydney«, sagte sie. »Darauf wäre ich in einer Million Jahre nicht gekommen.«

»Worauf?«, fragte Rio verwirrt. »Was findest du daran genial? Jetzt haben wir doch nur noch mehr Wärter auf dem Hals.«

»Genau. Und die werden die beiden auf dem schnellsten Weg in die Sicherheitszentrale bringen, du weißt schon, die, von der aus Brooklyn sich in das System einhacken könnte.«

Paris nickte. »Das ist wirklich genial.«

Sydney, die das Gespräch über Funk mitgehört hatte, blickte in ihre Richtung und nickte ganz leicht. Kat nickte mit einer Mischung aus Bewunderung und Neid zurück. Es war großartig, Sydney an ihrer Seite zu haben, aber Kat stellte sich unwillkürlich vor, wie großartig es sein musste, Sydneys Selbstbewusstsein zu haben.

»Worum geht es?«, fragte die Frau und blieb stehen. Laut ihrem Namensschild handelte es sich um V. GARFIELD, LEITERIN DER SICHERHEITSABTEILUNG. Sie war schlank und groß und hatte schulterlange Haare und eine helle Haut. Und vor allem hatte sie zwei Teenager zu Hause und beging deshalb nicht den Fehler, Sydney und Brooklyn zu unterschätzen.

»Die beiden haben zuerst laut den Guy-Fawkes-Reim gesungen«, sagte Ryan. »Dann hat die hier von Napoleon und einem Übereinkommen angefangen.«

»Von dem Übereinkommen über Maßnahmen zum Verbot und zur Verhütung der unzulässigen Einfuhr, Ausfuhr und Übereignung von Kulturgut der UNESCO von 1970«, sagte Sydney, »Frau Leiterin der Sicherheitsabteilung Garfield.«

Die Anrede hatte sie Kat und den anderen zuliebe hinzugefügt, die sofort ihre Handys herausholten und nach Informationen über die Frau suchten.

Garfield lächelte. »Ihr seid also nicht nur Unruhestifter, sondern habt eure Hausaufgaben gemacht«, sagte sie beeindruckt.

»Ja, Ma'am«, sagte Sydney.

»Dann habt ihr guten Unterricht an der …« Garfield betrachtete das Wappen auf Sydneys Schuluniform genauer. »… Mädchenschule der City of London.«

»Und man hat uns beigebracht, dass wir für unsere Überzeugungen eintreten sollen«, sagte Sydney.

»Gut.« Garfield wandte sich an einen der Wärter in ihrer Begleitung. »Kontaktieren Sie den Schalter für Gruppenbesuche und lassen Sie sich den Namen der Aufsichtsperson der Schule geben. Finden Sie heraus, wo sie sich im Museum aufhält und bringen Sie sie direkt zur Einsatzzentrale.«

Sydney geriet in Panik. »Halt, bitte nicht.« Das hatte sie, als sie rasch Plan B improvisiert hatte, nicht bedacht. Sie trug ja eine falsche Schuluniform, und wenn die Aufsichtsperson der betreffenden Schule hier auftauchte, konnte die Situation rasch außer Kontrolle geraten. »Wenn Sie das tun, kriegen wir ernsthaft Schwierigkeiten.«

»Leidenschaftlich für seine Überzeugungen einzustehen, hat leider oft einen Preis«, sagte die Frau.

»Wir glauben an viele Dinge leidenschaftlich«, sagte Sydney, »auch an unsere Ausbildung. Wenn wir in Schwierigkeiten geraten, fliegen wir womöglich von der Schule. Und das könnte meinen Traum zerstören, eines Tages zu studieren. Ich will nach …«

»Cambridge«, zischte Kat mit Blick aufs Handy in ihr verstecktes Mikrofon. »Laut Garfields Seite bei LinkedIn hat sie am Trinity College in Cambridge Kunstgeschichte studiert.«

»Cambridge«, sagte Sydney.

Garfield lächelte, als sie den Namen ihrer Alma Mater hörte. »Du willst nach Cambridge und nicht nach Oxford?«

»Wie meine Mum«, sagte Sydney. »Sie war auf dem Trinity College.«

»Guter Einfall«, flüsterte Kat.

»Ich will dort Kunstgeschichte studieren«, fuhr Sydney fort. »Später möchte ich mal an einer Einrichtung wie dieser hier arbeiten. Ich liebe das Britische Museum. Deshalb finde ich es ja auch so schrecklich, dass es Dinge ausstellt, die nicht hierhergehören.«

Garfield überlegte kurz. »Wir müssen eine Entscheidung treffen«, sagte sie dann. »Ihr wollt keinen Ärger mit eurer Schule und ich will keinen Lärm in meinem Museum. Wie lösen wir das?«

»Vielleicht könnten meine Freundin und ich aufhören, Lärm zu machen«, sagte Sydney. »Und dann könnten wir Sie an einen Ort begleiten, wo wir unsere Bedenken äußern, damit sie an die richtigen Stellen weitergeleitet werden.«

»Ich weiß nicht, ob ich dich richtig verstehe«, sagte Garfield.

»Wenn wir eine förmliche Beschwerde einreichen können, haben wir wenigstens gezeigt, dass junge Leute eine Meinung zu diesem Problem haben und sie auch mitteilen wollen.«

Garfields Blick wanderte über die Gruppe von Zuschauern und sie stellte fest, dass einige von ihnen mit ihren Handys filmten. Das Letzte, was sie brauchte, war, dass ein solches Video im Internet auftauchte und dem Museum mit einem Titel wie *Museumswärter schüchtern mutige Schülerinnen ein* negative Schlagzeilen bescherte.

»Klingt vernünftig.« Garfield wandte sich wieder an den Wärter. »Dann lassen wir das mit der Aufsichtsperson. Ich denke, wir können das unter uns regeln.«

Wenig später führte sie die beiden zu einer Reihe von Büros im Keller unter dem Innenhof. Es war die Einsatzzentrale der Sicherheitskräfte des Museums und im Unterschied zu den antiken Relikten, die in den Räumen darüber ausgestellt wurden, sah hier alles modern aus und auf dem neuesten Stand der Technik.

»Ihr habt ja nicht unrecht«, sagte Garfield, als sie ihr Büro betraten. »Obwohl ich denke, dass euer Argument noch mehr für die Parthenon-Skulpturen gilt, die in Saal achtzehn gezeigt werden.«

Sydney merkte, dass sie Glück hatten. Die Frau hatte Verständnis für ihre Argumente.

»Sie stimmen uns also zu?«, fragte sie.

»Das habe ich nicht gesagt«, erwiderte Garfield. »Denn dass ihr nicht unrecht habt, heißt noch nicht, dass ihr recht habt.

Die Welt ist nicht so klar in Gut und Böse aufgeteilt, wie ihr vielleicht glaubt. Die Verwaltung von Kulturgütern ist eine komplexe Angelegenheit, in der es für beide Seiten gute Argumente gibt. Aber ich stimme euch zu, dass man darüber diskutieren sollte.«

»Danke«, sagte Sydney.

»Aber ich will nicht, dass ihr in meinem Museum noch einmal einen solchen Krawall macht. Ihr mögt gute Absichten haben, aber andere, die euch nachahmen, haben das vielleicht nicht. Die Kunstwerke sind unersetzlich und ich bin für ihren Schutz verantwortlich. Verstanden?«

»Ja, Ma'am«, antworteten Sydney und Brooklyn.

Sie durften sich setzen und Garfield schob ihnen einen Notizblock hin.

»Ich muss jetzt zehn Minuten lang Mails beantworten«, sagte sie. »Das gibt euch genügend Zeit, eure Gefühle in Worte zu fassen. Ich werde den Text an die zuständige Person weiterleiten, also schreibt gut und überzeugend. Nicht dass ich dumm dastehe, weil ich euch eine Chance gegeben habe.«

»Verstanden«, sagte Sydney.

»Danke«, sagte Brooklyn.

Sie beugten sich über den Block und Sydney begann zu schreiben. Es fiel ihr nicht schwer, weil ihr das Problem wirklich am Herzen lag. Brooklyn tat so, als würde sie sich mit Sydney besprechen, aber in Wirklichkeit suchte sie das Büro nach einem Computerterminal ab, das sie benutzen konnte.

Erschwert wurde das Ganze dadurch, dass Garfield nur wenige Meter entfernt an ihrem Schreibtisch saß.

»Entschuldigung«, sagte Brooklyn zu ihr. »Gibt es hier einen Computer, den ich benutzen kann?«

»Wofür?«

»Ich will etwas im Zusammenhang mit dem Übereinkommen nachsehen.« Brooklyn wandte sich an Sydney. »Von wann ist es noch mal?«

»Die UNESCO hat es 1970 beschlossen«, sagte Sydney.

»Richtig. Ich will nur sichergehen, dass wir den gleichen Wortlaut haben, und mein Handy hat hier unten keinen Empfang.«

»Ihr braucht nicht den genauen Wortlaut«, sagte Garfield. »Die werden schon wissen, was ihr meint.«

»Aber Sie haben doch gesagt, wir sollten uns möglichst überzeugend ausdrücken«, erwiderte Sydney. »Damit Sie nicht dumm dastehen, weil Sie uns eine Chance gegeben haben.«

Garfield seufzte. »Also gut, dann verwende den.« Sie zeigte auf einen Computer auf einem benachbarten Schreibtisch.

Brooklyn setzte sich sofort daran und suchte nach den Informationen. Zugleich steckte sie heimlich einen kleinen USB-Stick in einen entsprechenden Anschluss. Darauf hatte sie zuvor ein Programm geladen, das die Sicherheitsstruktur des Museums umging, sodass sie ein VPN, ein virtuelles privates Netzwerk, einrichten konnte. Das VPN würde ihr erlauben, von einem persönlichen Gerät aus auf das ganze

System zuzugreifen, wenn sie nach Schließung des Museums zurückkehrten.

Fünf Minuten später begleitete Garfield die beiden zum Innenhof hinauf.

»Danke, dass Sie uns nicht verpetzt haben«, sagte Brooklyn.

»Hoffentlich bereue ich es nicht«, sagte Garfield. »Ich will nicht noch mal erleben, dass ihr hier Krawall macht.«

»Keine Sorge«, sagte Sydney mit einem verschmitzten Lächeln. »Sie werden nichts mehr von uns mitkriegen.«

3.
BONFIRE NIGHT

SPÄTER AM SELBEN ABEND

Angeführt vom Strahl von Paris' Taschenlampe, gingen die fünf hintereinander durch den verlassenen Tunnel der Londoner U-Bahn. Sie waren zur längst stillgelegten U-Bahn-Station des Britischen Museums unterwegs. Schon seit 1933 fuhren hier keine Züge mehr. Seitdem war der Tunnel verschieden genutzt worden, unter anderem als militärische Dienststelle, Kommandozentrale und Lagerbereich. Für die City Spies am wichtigsten war, dass der Tunnel im Zweiten Weltkrieg als Luftschutzkeller gedient hatte. Damals hatte man einen zusätzlichen Tunnel gebaut, der ihn mit dem Keller des Museums verband, sodass man während der Luftschlacht um England Ausstellungsstücke dorthin auslagern konnte.

Jetzt wollten sie sich auf diesem Weg in das Museum schleichen.

»Wie weit noch?«, fragte Sydney.

»Schwer zu sagen«, antwortete Paris. »Es ist schwer, sich im Dunkeln zu orientieren, aber ich denke, wir nähern uns dem Ziel.«

»Wir werden es wissen, wenn wir den Schrei Amun-Res hören«, warf Rio ein.

Kat hob die Augenbrauen. »Du meinst den obersten Gott der ägyptischen Mythologie?«

»Sein Geist spukt angeblich in der stillgelegten U-Bahn-Station«, erklärte Rio.

»Wo hast du das aufgeschnappt?«, fragte Sydney.

»Bei meinen Recherchen für den Einsatz bin ich auf einen großen Blog über paranormale Aktivitäten in der Londoner U-Bahn gestoßen. Man hat Amun-Re schon wiederholt gesichtet und seine Schreie bis nach Holborn gehört. Sogar für das Verschwinden zweier Frauen in den Dreißigerjahren wurde er verantwortlich gemacht. Er entkommt offenbar jedes Mal durch einen Gang, der den Tunnel mit einem Sarkophag im Museum verbindet.«

»Dir ist schon klar, wie lächerlich das ist, ja?«, sagte Kat. »Erstens mal gibt es keine Geister. Und wenn es sie gäbe, gäbe es doch Amun-Re nicht, er ist schließlich eine Gestalt aus der Mythologie. Und selbst wenn es ihn gäbe, wozu sollte ein Geist einen Tunnel brauchen? Könnte er nicht einfach durch die Wand gehen?«

»Ich habe ja nicht gesagt, dass ich das glaube. Ich weiß selber, dass es eine Legende ist.« Rio klang undeutlich.

Sydney richtete den Strahl ihrer Taschenlampe auf ihn.

»Isst du etwa?«, fragte sie ungläubig.

Nach einer kurzen Pause antwortete Rio mit vollem Mund: »Kann sein.«

»Wo hast du das Essen her?«

»Vom Café im Innenhof.« Er schluckte. »Ich habe es in meinen Rucksack gesteckt für den Fall, dass ich Hunger bekomme.«

»*Für den Fall?* Als hätte es je eine Zeit gegeben, in der du keinen Hunger hattest.«

»Ich esse eben gern. Und? Es ist nur ein Eiersalat-Sandwich, das tut niemandem was.«

»Erzähl das den Einbrechern, die nach dem Diamantenraub in Antwerpen verhaftet wurden«, warf Kat ein.

»Vielleicht kannst du dir mal kurz vor Augen halten, dass einige von uns sich bei der Vorbereitung auf diesen Einsatz *nicht* alle Details sämtlicher großen Raubüberfälle der Geschichte gemerkt haben«, sagte Rio. »Was war in Antwerpen?«

»Es war der größte Diamantenraub aller Zeiten«, sagte Kat. »Die Übeltäter haben über hundert Millionen in Gold, Silber und Diamanten mitgenommen. Aber sie wurden geschnappt, weil einer von ihnen ein halb gegessenes Sandwich hat liegen lassen.«

Paris lachte. »Dann brauchen wir uns keine Sorgen zu machen.«

»Warum nicht?«, wollte Kat wissen.

»Weil Rio in seinem Leben noch nie Essen übrig gelassen hat.«

Die anderen lachten und Rio steckte den letzten Bissen in den Mund und hob die leeren Hände. »Alles weg«, nuschelte er.

Im selben Moment schreckte ein gewaltiger Luftzug sie auf und das Rattern eines Zuges, der durch einen benachbarten Tunnel raste. Sofort schalteten sie ihre Taschenlampen aus und verharrten bewegungslos, damit niemand sie durch die Fenster des Zugs sehen konnte.

Das Rattern verklang und Brooklyn ließ einen Seufzer der Erleichterung hören. »Nur damit eins klar ist: Ich habe überhaupt nichts dagegen, wenn wir keine gruseligen Tunnel und Gänge mehr benutzen. In New York habe ich genug U-Bahn-Ratten für mein ganzes Leben gesehen.«

»Es sind ja nicht nur die Ratten«, sagte Sydney. »Man darf auch den Gestank nicht vergessen. Das beste Wort dafür wäre … keine Ahnung …«

»Furchtbar?«, schlug Paris vor.

»Ekelhaft?«, sagte Brooklyn.

»Sagen wir, furchtbar ekelhaft«, entschied Sydney.

Paris lachte. »Gute Wahl.«

»Ich meine, bei einem wichtigen Einsatz kann man so was schon mal ertragen«, sagte Brooklyn. »Aber dieser Einsatz leuchtet mir nicht ein. Warum sind wir überhaupt hier?«

»Ganz einfach«, erklärte Kat. »So kommen wir am besten ins Museum, ohne das Sicherheitspersonal zu alarmieren.«

»Ich meinte mit *warum* nicht, wie wir am besten einbrechen, sondern warum wir es überhaupt tun. Bei dem Diamantenraub in Antwerpen verstehe ich das. Das waren Verbrecher, die hinter Geld her waren. Aber warum lässt der britische Staat zwei Gegenstände aus einem Museum stehlen, das ihm selbst gehört? Du hast das alles geplant, ist dir dieser Gedanke nicht auch gekommen?«

»Nicht wirklich«, sagte Kat. »Für die Planung spielt der Grund keine Rolle. Das ist wie ein absoluter Wert in einer Gleichung. Es gibt kein Gut oder Schlecht, positiv oder negativ, es geht nur um die Sache.«

»Ich habe viel darüber nachgedacht«, sagte Brooklyn. »Ich meine, wir sind doch eigentlich die Guten. Inwiefern ist das, was wir hier tun, gut?«

»Ich habe eine Theorie«, warf Sydney ein. »Ich glaube, es hat mit dem Muchabarat zu tun.«

»Dem ägyptischen Geheimdienst?«, fragte Paris.

»Ich habe mir das, was ich heute zu Garfield gesagt habe, nicht nur ausgedacht«, antwortete Sydney. »Die ägyptische Regierung drängt darauf, dass das Museum Ausstellungsstücke zurückgibt, aber der Premierminister weigert sich und sagt, Großbritannien sei der rechtmäßige Eigentümer. Ich vermute, dass der MI6 bei Ermittlungen im Nahen Osten die Hilfe des Muchabarat braucht, also haben sie einen Deal gemacht. Wir geben euch ein paar unschätzbare Kulturgüter zurück und ihr tut uns dafür einen Gefallen. Natürlich alles ganz heimlich, unter dem Tisch.«

»Klingt nicht schlecht«, meinte Kat. »Spielt aber vielleicht keine Rolle mehr, wenn wir die Station nicht bald erreichen.« Sie sah auf ihre Uhr. »Wir wissen, dass es nur ein kleines Zeitfenster von etwa zwanzig Minuten gibt, in dem die Wärter anderswo sind. Nur in dieser Zeit ist es sicher, den Keller zu betreten. Das heißt, wir müssen in weniger als einer halben Stunde dort sein.«

»Dann habe ich eine gute Nachricht«, sagte Paris, »weil ich glaube, dass wir fast da sind.« Er beschrieb mit dem Strahl seiner Taschenlampe einen kleinen Kreis und vor ihnen leuchtete etwas auf. »Seht ihr die Spiegelung? Sieht aus wie von einem alten Schild am Bahnsteig.«

»Wunderbar. Lass uns schneller gehen.« Kat war erleichtert. Sie hatten schon einmal improvisieren müssen und sie war fest entschlossen, den Einbruch nach Plan durchzuziehen.

Wenige Minuten später kletterten sie auf den Bahnsteig der stillgelegten Station. Gruselig war es hier auch ohne den Geist Amun-Res. An den gefliesten Wänden hing der Dreck von Jahrzehnten und im Dunkeln war das Trippeln kleiner Tiere zu hören.

»Ich habe hier Bilder vom Bahnsteig während des Zweiten Weltkriegs«, sagte Kat. Sie hielt ihr Handy so, dass sie sich anhand der Fotos orientieren konnte.

»Du hast hier unten Empfang?«, fragte Brooklyn. »Wie geht das? Ich habe nämlich keinen.«

»Damit hatte ich gerechnet«, sagte Kat. »Also habe ich die Bilder auf meinem Handy gespeichert, als wir noch oben waren.«

Paris und Sydney wechselten einen Blick. Sie waren beeindruckt.

»Nur damit das klar ist«, sagte Paris. »Du machst hier als Alpha einen super Job.«

»Auf jeden Fall«, bestätigte Sydney.

»Stimmt überhaupt nicht«, erwiderte Kat. »Wir haben es nur bis hierher geschafft, weil du beim Stein von Rosette so schnell improvisiert hast. Bisher hat mein Plan nicht geklappt.«

»Er hat ganz wunderbar geklappt«, sagte Sydney. »Das einzige Problem war, dass die mit den Servern umgezogen sind. Bei meinem Improvisieren habe ich übrigens die Chaostheorie benutzt, die ich von dir gelernt habe.«

»Es ist nett, dass du mir Mut machen willst«, sagte Kat. »Aber statt meine Gefühle ins Visier zu nehmen, müssen wir jetzt erst mal diesen Gang finden.« Sie wischte sich durch eine Reihe von Fotos und stoppte bei der Aufnahme einer Skulptur, die gerade in den Luftschutzkeller gebracht wurde. Darauf war zu sehen, wo der Gang zum Museum begann. »Der Eingang müsste dort drüben sein.« Kat zeigte zum anderen Ende der Station.

Sie fanden ihn rasch, aber er war zugemauert, ganz wie der Eingang zum Grab Tutanchamuns – obwohl diesen hier keine königlichen Siegel mit Hieroglyphen schmückten, sondern nur ein ungleichmäßiger Anstrich, der noch von der Armee stammte.

»Zeit für den Hammer«, sagte Paris. Er öffnete den Reißverschluss seines Rucksacks und holte zwei Hämmer und einen Meißel heraus. »Wir fangen in der Mitte an, da dürfte die Wand am schwächsten sein.«

»Oder …«, setzte Sydney an.

»Oder was?«

»Kat sagte doch, wir hätten es eilig. Und sie meinte auch, ich könnte was sprengen.«

»Ich habe eigentlich nicht an heute Abend gedacht«, sagte Kat. »Hast du überhaupt Sprengstoff dabei?«

»Was glaubst du denn?« Sydney grinste. »Ein paar Böller habe ich für den Fall der Fälle immer dabei.« Sie holte zwei schmale silberne Zylinder aus ihrem Rucksack und zeigte sie den anderen. »Mit denen wollte ich eigentlich Bonfire Night feiern.«

Kat überlegte rasch. Mit den Böllern waren sie schneller als mit dem Hammer. »Also gut«, sagte sie schließlich. »Dann führ uns das mal vor.«

»Wunderbar«, sagte Sydney aufgeregt. »Entfernt euch ein paar Schritte und geht irgendwo in Deckung.« Sie überlegte kurz. »Ach ja, und haltet euch die Ohren zu.«

4.
DER EINBRUCH

Sicherheitsbeamtin Barbara Curtis drehte ihre abendliche Runde im Erdgeschoss des Museums und hatte gerade den Saal mit der Löwenjagd betreten, da hörte sie vom Stock unter ihr zweimal einen dumpfen Knall und ein Krachen.

Sie blieb einen Moment lauschend stehen, dann drückte sie auf ihr Walkie-Talkie. »Hat das noch jemand gehört?«

»Was gehört?«, kam die Antwort des Nachtschichtleiters.

»Das Knallen und Krachen im Keller.«

»Ich habe gar nichts gehört«, antwortete ein Wärter auf der Runde durch das mittelalterliche Europa.

»Ich auch nicht«, sagte ein anderer im Lesesaal.

»Also, eingebildet habe ich es mir nicht«, sagte Curtis.

»Auf den Monitoren ist nichts«, sagte wieder der Leiter und ließ den Blick über die Wand von Videobildschirmen vor ihm wandern. »Wahrscheinlich hat nur jemand ein Feuerwerk zu Guy Fawkes gezündet.«

»Im Keller?« Curtis war nicht überzeugt.

»Geräusche pflanzen sich auf die merkwürdigste Weise fort. Es klang vielleicht, als würde es von unten kommen, kam aber wahrscheinlich von der Straße draußen.«

»Vielleicht. Aber ich sehe trotzdem mal nach.«

Curtis arbeitete schon eine ganze Weile in der Nachtschicht und wusste, dass das zweihundert Jahre alte Gebäude oft rätselhafte Knarrgeräusche von sich gab, aber diesmal hatte es sich anders angehört. Sie stieg die Treppe zum sogenannten Grabkeller hinunter, einem Labyrinth von Räumen voller Skulpturenfragmente, Steinplatten, Friesen und anderen Gegenständen, die alle mit Bestattungen und den Toten zu tun hatte. Es war eine gruselige Mischung.

Der Mittelgang mit seiner Gewölbedecke war von jahrtausendealten archäologischen Schätzen gesäumt. Körperteile von Statuen und Marmortorsi lagen neben Skulpturenfragmenten von Tieren und Fabelwesen. Jeder Gegenstand war mit einem Etikett versehen, auf dem er beschrieben wurde und seine Entstehungszeit, sein Herkunftsort sowie eine Inventarnummer angegeben waren, ein fünf- bis achtstelliger alphanumerischer Code, mit dem er in der Datenbank der Sammlung identifiziert werden konnte. Außerdem lagerten dort Kisten und Verpackungsmaterialien, mit denen man Ausstellungsobjekte als Leihgaben in Museen auf der ganzen Welt verschicken konnte.

Curtis ging langsam von Raum zu Raum, sah sich um und lauschte auf ungewöhnliche Geräusche. Alles war, wie es sein sollte, bis sie zu einer Werkstatt kam, an der ABTEILUNG ÄGYPTEN UND SUDAN – KONSERVIERUNG stand. Hier untersuchten und reparierten Wissenschaftler und Restauratoren alte Kunstwerke aus dem Niltal. Die Arbeit erforderte große Genauigkeit, entsprechend war der Raum immer ordentlich aufgeräumt.

Zumindest bisher.

»Was ist denn hier passiert?«, murmelte Curtis. Ein großes Holzregal war umgekippt. Zum Glück schienen keine Ausstellungsstücke oder Geräte beschädigt worden zu sein, aber Bücher und Papier waren überall verstreut und auf dem Boden lagen Werkzeuge und eine kaputte Wanduhr.

Der Anblick war verwirrend und sie fragte sich, ob womöglich ein kleines Erdbeben das Chaos ausgelöst hatte. Einen Eindringling verdächtigte sie nicht, weil alle Eingänge ins Museum weit weg waren. Zumindest glaubte sie das.

Weder sie noch praktisch sonst jemand aus dem Sicherheitsteam wusste, dass die Werkstatt an einen Tunnel aus dem Zweiten Weltkrieg angrenzte, der zu der alten U-Bahn-Station führte. Dass das Regal und die Uhr umgestürzt waren, lag an der Erschütterung durch Sydneys Sprengsätze, die sie zu Ehren der Bonfire Night extra stark gemacht hatte.

Kaum war der Weg frei, waren die fünf City Spies durch den Tunnel gehuscht, hatten ein großes Lüftungsgitter entfernt und die Werkstatt betreten. Sie hatten das Lüftungsgitter wieder eingesetzt und versucht, das Regal aufzurichten, doch dann hatte Rio die Schritte der Wärterin gehört. Jetzt saßen sie in der Werkstatt fest und mussten sich verstecken, während Curtis den Raum betrat, um den Schaden zu begutachten.

Brooklyn, die unter einem Schreibtisch kauerte, konnte

ganz deutlich ihre Beine und Füße sehen. Curtis kniete sich hin und betrachtete den Sockel des Regals.

»Warum bist du umgefallen?«, überlegte sie laut. »Waren die Bücher zu schwer?«

Einen halben Meter von ihr entfernt hielt Brooklyn die Luft an und tat keinen Mucks. Doch dann zuckte sie zusammen, denn plötzlich ertönte eine zweite Stimme. Sie gehörte dem Leiter der Sicherheit und kam aus dem Walkie-Talkie.

»In der südöstlichen Ecke des Obergeschosses hat ein Rauchmelder Alarm ausgelöst. Verstanden?«

»Verstanden«, antwortete ein Wärter.

»Bin schon unterwegs«, sagte ein anderer.

»Was ist mit Ihnen, Barb?«, sagte der Leiter. »Wo stecken Sie?«

»Drunten in der ägyptischen Konservierung und ich denke, ich habe den Auslöser der …«

»Jetzt haben wir auch noch einen Alarm im Erdgeschoss«, fiel der Leiter ihr ins Wort. »Ich brauche Sie dort.«

»Verstanden«, sagte Curtis. »Bin unterwegs.«

Feuer war für die Sammlung eines Museums eine der schlimmsten Gefahren. Ein einmaliger Alarm konnte auf eine Funktionsstörung zurückgehen, aber ein doppelter bedeutete womöglich den Ernstfall. Barbara Curtis eilte aus der Werkstatt, um ihren Kollegen zu helfen, nach der Ursache zu fahnden.

Als die Tür hinter ihr ins Schloss gefallen war, blieb es noch einen Moment still. Dann richtete Paris sich in seinem Versteck auf, einem Marmorgrab aus dem 13. Jahrhundert v. u. Z, wo er sich noch mit einer Abdeckplane zugedeckt hatte.

»Die Luft ist rein«, gab er bekannt.

Sydney trat aus einem Wandschrank, Brooklyn kroch unter dem Schreibtisch hervor und Kat stand hinter einer großen Transportkiste auf.

»Das war knapp«, sagte Sydney kleinlaut.

Kat sah sie böse an. »Viel zu knapp. Ich kann nicht glauben, wie laut das war. Wie viel Schwarzpulver hast du da reingetan?«

Sydney zuckte mit den Schultern. »Kann ich nicht genau sagen, aber der Lärm kam nicht nur vom Sprengstoff, sondern auch von dem Wahnsinnsecho im Tunnel.«

»Hört noch jemand dieses ständige Summen?« Brooklyn bewegte den Unterkiefer auf und ab, um den Druck auf ihren Ohren loszuwerden. »Ich höre das nämlich.«

»Ich habe doch gesagt, ihr sollt euch die Ohren zuhalten«, verteidigte sich Sydney. »Obwohl ich zugeben muss, dass die beiden Böller wohl etwas stärker waren, als wir gebraucht hätten.«

»Ein wenig?« Kat rollte mit den Augen.

»Aber ihr müsst zugeben, dass meine Rauchbomben dafür genau pünktlich gezündet haben.«

Paris nickte. »Auf jeden Fall.«

Sydney hatte vier Rauchbomben hergestellt, die aussahen wie Luftverbesserer. In jede hatte sie eine Zeitschaltuhr eingebaut und das Team hatte sie früher am Tag in den Toiletten versteckt.

Paris sah sich um. »Moment mal, wo ist Rio?«

»Ich habe nicht gesehen, wo er sich versteckt hat«, sagte Sydney.

»Ich auch nicht«, sagte Kat.

»Rio«, rief Paris, »du kannst jetzt rauskommen.«

»Vielleicht hört er dich nicht«, überlegte Brooklyn. Sie sprach lauter als sonst und wackelte immer noch mit dem Unterkiefer, um die Ohren freizubekommen. »Vielleicht hört er gar nichts mehr.«

Sie schauten sich um, aber er war nirgends zu sehen. Dann fielen ihre Blicke auf einen hölzernen Sarkophag.

»Ihr glaubt doch nicht …«, setzte Kat an.

Sie stürzten hin und Paris wuchtete den Deckel hoch. Darunter kam ein verängstigter Rio zum Vorschein, der sich hastig aufrichtete und aus dem Sarkophag kletterte.

»Alles in Ordnung?«, fragte Brooklyn.

»Ich habe den Deckel einen Spalt aufgehalten«, sagte Rio zitternd und fast hyperventilierend. »Aber dann wurde er zu schwer, und als er zuging, konnte ich ihn nicht mehr öffnen. Ihr könnt euch nicht vorstellen, wie dunkel es da drinnen ist.«

Paris las das Etikett auf dem Sarg vor. »Sarg des Horaawesheb mit weiblicher Mumie. Theben, zweiundzwanzigste Dynastie, neunhundert vor unserer Zeitrechnung.«

»Mumie?«, wiederholte Rio erschrocken. »Du meinst, ich

war in einem Sarg, in dem dreitausend Jahre lang eine Mumie lag?«

»Wenigstens liegt sie jetzt gerade nicht drin«, sagte Paris. »Wahrscheinlich wird sie in einem Labor konserviert. Aber ja, sie war auf jeden Fall da drin.«

»Und du hattest Angst vor dem Geist von Amun-Re.« Sydney grinste.

»Das ist nicht witzig.« Rio klopfte sich möglichen Mumienstaub von den Kleidern. »Überhaupt nicht.«

»Witzig oder nicht, die Zeit läuft«, sagte Kat energisch. »Der Rauchalarm lenkt die Sicherheitsleute nicht ewig ab, das heißt, wir müssen uns beeilen. Du fängst an, Brooklyn.«

»Bin schon dabei.« Brooklyn holte einen Laptop aus ihrem Rucksack und legte ihn auf den Schreibtisch. Sie ließ die Finger über die Tastatur tanzen, rief das VPN auf, das sie am Tag installiert hatte, und drang in das Sicherheitssystem des Museums ein. »Also, da haben wir die Videoüberwachung.«

Die anderen versammelten sich hinter ihr und blickten ihr über die Schulter. Auf dem Bildschirm erschienen die Bilder der Kameras.

»Das System arbeitet wie folgt«, erklärte sie. »Die beiden oberen Monitore werden von der Einsatzzentrale aus gesteuert. Im Moment sind sie auf die südöstliche Ecke ausgerichtet, wo der Rauchalarm ausgelöst wurde.«

»Dort sieht man die Wärter.« Paris zeigte auf den Monitor.

»In der unteren Reihe sind in ständigem Wechsel alle Kameras des Museums zu sehen«, fuhr Brooklyn fort. »Aber, und das ist das Gute, die Kameras sind nach Wichtigkeit geordnet. Dadurch soll sichergestellt werden, dass die wichtigsten am häufigsten zu sehen sind. Man braucht einer Kamera also nur den Wert *null* zu geben und sie verschwindet von den Monitoren.«

Sie gab unter einem Kamerabild eine Null ein und das Bild verschwand und wurde durch das Video einer anderen Kamera ersetzt.

»Genau wie ich dir gesagt habe, Rio.« Kat grinste. »Alles ist Mathematik.«

»Ich lösche also die Kameras auf eurem Weg und dann seid ihr unsichtbar«, sagte Brooklyn.

»Sehr gut!« Kat nickte und wandte sich an die anderen. »Also los.«

»Zu Befehl, Alpha«, sagte Paris lächelnd und mit einem Augenzwinkern.

Paris, Sydney und Rio huschten aus der Werkstatt in den Mittelgang, während Kat und Brooklyn sich weiter einrichteten. Kat behielt über die Videos der Überwachungskameras die Wärter im Blick, Brooklyn ging mit einem zweiten Laptop in ihr privates Netzwerk, um die weiteren Sicherheitseinrichtungen steuern zu können. Als die anderen an der Treppe ankamen, war sie bereit.

»Wir sind jetzt am Eingang zur ägyptischen Galerie«, meldete Paris. »Was machen wir mit dem Tastenfeld?«

Brooklyn rief schnell die technischen Daten auf ihrem Computer auf und nahm ein paar Anpassungen vor.

»Ich habe soeben den Zahlencode geändert«, sagte sie dann. »Ihr braucht das Tastenfeld jetzt nur noch mit dem gescannten Ausweis auf Rios Handy zu aktivieren und dann die Zahlen Zwei, Null, Eins, Eins einzugeben.«

»Du hast deinen Geburtstag als PIN-Code verwendet?«, fragte Paris.

»Ich wollte euch einfach daran erinnern, Leute. Es sind schließlich nur noch wenige Wochen bis dahin.«

Rio hielt sein Handy an das Tastenfeld, aktivierte es und gab die Zahlen ein. Auf dem Bildschirm erschien eine Schnittstelle mit zwei Pfeilen, die nach oben und unten zeigten.

»Fahre das Tor nur so weit hoch, dass wir drunter durchschlüpfen können«, sagte Sydney.

»Ich weiß schon.« Rio drückte auf den Pfeil nach oben. »Das ist nicht mein erster Einsatz.«

Das Metalltor erwachte zum Leben und sein Rattern hallte lautstark durch den Ausstellungssaal. Sydney und Paris zuckten zusammen und sahen sich nervös um. Hoffentlich alarmierten sie keine Wärter. Als das Tor sich einen guten halben Meter vom Boden abgehoben hatte, hielt Rio es an.

»Das Tor ist offen«, sagte Sydney. »Jetzt musst du dich um die Laser und Bewegungsmelder kümmern.«

»Bin schon dabei«, antwortete Brooklyn.

Sie öffnete auf dem Bildschirm einen Grundriss des gesamten Erdgeschosses. Die verschiedenen Sicherheitsmaßnahmen überlagerten sich zum Teil. Zuerst schaltete sie die Laser-Lichtschranken aus, dann deaktivierte sie die Bewegungsmelder. Aber als sie den letzten anklickte, wurde der gesamte Bildschirm blau.

»Moment, was ist da passiert?«, rief sie. »Ist das System abgestürzt? Oder startet es neu?«

»Auf meinem Bildschirm ist alles in Ordnung«, sagte Kat, die noch die Videos der Überwachungskameras auf ihrem Laptop hatte.

»Aber meiner ist ganz blau geworden.«

»Liegt es am Computer oder am System?«

»Ganz eindeutig am System. An meinen anderen Fenstern hat sich nichts geändert.«

»Ist das normal?«

Brooklyn schüttelte den Kopf. »Nein.«

»He, habt ihr uns vergessen?«, war jetzt Sydneys Stimme zu hören. »Was ist los?«

»Ich bin mir nicht sicher«, sagte Brooklyn. »Als ich den letzten Bewegungsmelder deaktiviert habe, ist das System abgestürzt. Vielleicht ist es ein ganz normaler Neustart aus Wartungsgründen … oder etwas anderes.«

»Ist es abgestürzt, bevor oder nachdem du den letzten deaktiviert hast?«, fragte Paris.

»Gleichzeitig.«

»Du weißt also nicht, ob die Melder an oder aus sind?«

»Genau.«

Eine Pause entstand. »Irgendeine Ahnung, wie lange es dauert, wenn es ein Neustart ist?«

»Nein.«

»So lange können wir nicht warten«, sagte Sydney. »Sobald die Wärter das mit den Rauchbomben geklärt haben, wird zumindest einer von ihnen wieder hierher zurückkehren.«

»Oder hast du sie vielleicht doch noch davor abgeschaltet?«, fragte Rio.

»Möglich«, sagte Brooklyn. »Vielleicht schalten sie sich auch automatisch ab, wenn das System abstürzt.«

»Das Risiko ist zu groß«, sagte Kat enttäuscht. Wieder einmal waren ihre minutiöse Planung und ihre mathematischen Berechnungen nicht aufgegangen. »Kommt zurück und wir verlassen das Museum durch die U-Bahn-Station. Wir müssen den Einsatz abbrechen. Der Plan hat nicht funktioniert.«

»Komm schon, Kat, du bist mehr als dein Plan«, sagte Paris. »Wir kriegen das hin.«

»Wie denn?«

»Denk mal an die vielen Raubüberfälle, die du analysiert hast. Da musste doch bestimmt auch mal ein Bewegungsmelder abgeschaltet werden, ohne dass eine Weltklasse-Hackerin dabei geholfen hätte. Zum Beispiel bei dem Diamantenraub, von dem du uns erzählt hast, dem mit dem Sandwich.«

»In Antwerpen?«

»Gab es dort Bewegungsmelder?«

»Die gab es tatsächlich.«

»Und wie haben sie die ausgetrickst?«

»Mit Haarspray. Das haben sie auf die Sensoren gesprüht und es hat gereicht.«

»Gut, das hilft uns nicht weiter«, sagte Rio. »Wir haben kein Haarspray dabei.«

»Ich schon«, sagte Sydney.

»Du?« Rio sah sie ungläubig an. »Mit Sprengkörpern habe ich ja gerechnet, aber wer bringt zu einem Diebstahl im Museum Haarspray mit?«

»Fragt der Junge, der ein Eiersalat-Sandwich dabeihatte«, gab Sydney zurück. »Eigentlich ist es ja ein Pflegespray und ich habe es nicht für den Einsatz mitgebracht, sondern immer ein kleines Fläschchen in meinem Rucksack.«

»Weil?«

»Weil ich tolle Haare habe. Die ab und zu einen kleinen Pflegespritzer brauchen.«

»Das ist ja schön und gut«, sagte Brooklyn. »Aber man muss zum Einsprühen nahe an den Bewegungsmelder ran und das geht nicht, ohne sich zu bewegen und ihn auszulösen.«

»Stimmt nicht unbedingt«, sagte Paris. »Es handelt sich um thermische Bewegungsmelder. Die werden nur durch Bewegung *und* Körperwärme ausgelöst. Sonst würde jede zufällig vorbeikommende Maus oder mutierte Riesenkakerlake schon für Alarm sorgen.«

»Und weißt du, wie man als Mensch Körperwärme vermeiden kann?«, fragte Rio.

Paris lächelte. »Das weiß ich tatsächlich.«

Er lief die Treppe wieder hinunter und die anderen sahen ihm fragend nach. Zwei Minuten später kehrte er mit zwei

Gegenständen zurück, die ihm im Kellergang aufgefallen waren – einem Transportrollwagen und einer Wärmedecke.

»Was ist das?«, fragte Rio.

»Ein Rollwagen, mit dem man Marmorstatuen transportieren kann, und eine Wärmedecke, mit der man Ausstellungsstücke vor Temperaturschäden schützt, wenn sie verschickt werden.«

»Und was machen wir damit?«, fragte Sydney.

»Ich habe das bei meinem Überlebenstraining gelernt.« Paris meinte damit einen Kurs, den er bei der Royal Air Force gemacht hatte. »Die Wärmedecke hält dich bei Kälte warm, indem sie verhindert, dass die Körperwärme entweicht. Wir wickeln sie also um Rio, setzen ihn auf den Wagen und schieben ihn zum Bewegungsmelder, bis er ihn mit deinem Haarspray einsprühen kann.

»Pflegespray.«

»Sorry, mit dem Pflegespray.«

»Warum ich?«, fragte Rio.

»Weil jemanden verschwinden zu lassen der ultimative Zaubertrick ist und du toll zaubern kannst.«

»Ich verstehe zwar, worauf du hinauswillst, aber wir sind total vom Plan abgekommen«, protestierte Kat. »Ich muss das erst mathematisch durchdenken.«

»Dazu haben wir keine Zeit«, sagte Rio.

»Du kannst den Einsatz abbrechen, Kat«, sagte Paris. »Es ist dein Recht. Aber ich bin fest davon überzeugt, dass es so funktioniert.«

»Wie lautete noch mal dieser Mother-Spruch?«, fragte Sydney. Sie versuchte sich an den gereimten Zweizeiler zu erinnern, den sie im Zuge ihrer Ausbildung gehört hatten. »›Am besten ist dran …‹«

»›… wer anderen vertrauen kann‹«, sprach Kat den Satz zu Ende.

»Letztlich geht es um Vertrauen«, sagte Sydney. »Und um das Team.«

Kat überlegte kurz und ihre Finger begannen wieder zu zucken. »Also gut, lasst Rio verschwinden«, sagte sie. »Aber macht schnell, wir haben nicht viel Zeit.«

Rio legte sich auf dem Rollwagen auf den Bauch und Paris und Sydney wickelten ihn in die Wärmedecke ein. Der Bewegungsmelder war etwa fünfzehn Meter entfernt, sie mussten dem Wagen also einen kräftigen Schubs geben, damit er von allein bis dorthin fuhr.

»Wir sehen hier nichts, also haltet uns auf dem Laufenden«, sagte Kat.

»Gut«, sagte Sydney. »Er rollt schon mal in die richtige Richtung und jetzt kommt der Wagen zum Halten, aber es reicht nicht ganz.«

»Du musst noch etwa zwei Meter nach rechts«, rief Paris Rio zu und Rio schob sich mit seinen Fingern auf dem Boden seitwärts.

»Er nähert sich dem Bewegungsmelder und hat bisher noch keinen Alarm ausgelöst«, informierte Sydney die anderen. »Könnte tatsächlich funktionieren.«

»Du bist fast da, Kumpel«, sagte Paris aufmunternd. »Roll bis zur Wand weiter.«

»Er ist da«, sagte Sydney. »Jetzt muss er aufstehen.«

»Ganz vorsichtig«, sagte Paris.

Rio rollte sich vom Wagen und stand langsam auf. Die Wärmedecke hielt er dabei wie einen Schild vor sich.

»Du bist nahe dran«, sagte Paris. »Noch eine Haaresbreite.«

»Gut, dass ich Haarspray dabeihabe«, witzelte Rio und machte noch einen kleinen Schritt, bis er direkt vor dem Bewegungsmelder stand. Dann senkte er die Decke langsam mit einer Hand ab. Der Rest seines Körpers blieb vollkommen reglos. Und dann kam seine Fingerfertigkeit ins Spiel. Blitzschnell streckte er die Hand mit der Spraydose aus und sprühte den Sensor ein, bevor er losgehen konnte.

Sobald er fertig war, stand er wieder so bewegungslos da wie die Statuen um ihn.

»Getroffen?«, fragte Paris.

»Das werden wir sehen«, flüsterte Rio in sein Mikrofon. »Macht euch bereit, wegzulaufen, falls es nicht geklappt hat.« Er atmete tief aus und bewegte die Hand vor dem Sensor hin und her.

Nichts geschah und er grinste stolz.

»Getroffen!«, sagte er.

Die anderen juchzten leise. »Toll!«, lobte Kat. »Aber wir müssen uns trotzdem beeilen. Auf dem Monitor sieht es aus, als seien die Wärter gleich fertig.«

Paris, Sydney und Rio eilten durch den Saal zu den Ausstellungsstücken von Tutmania. Die beiden Gegenstände, hinter denen sie her waren, waren eine edelsteinbesetzte Halskette und eine goldene Brustplatte.

Gerade als sie an der Vitrine angelangt waren, tönte die Stimme einer Frau durch die Galerie. »Sofort stehen bleiben!«, befahl sie.

Sydney erstarrte. Sie hatte dieselbe Stimme an diesem Tag schon einmal gehört. Sie gehörte Valerie Garfield, der Sicherheitschefin des Museums.

5.
LONDON BRIDGE

»Bleibt sofort stehen!«, wiederholte Valerie Garfield.

Sie kam mit raschen Schritten und laut klackenden Absätzen näher. Sydney, Paris und Rio standen da wie erstarrt und drehten sich dann langsam zu ihr um. Sie überlegten, ob sie weglaufen sollten, entschieden sich aber dagegen, als sie sahen, wer die Sicherheitschefin begleitete.

»Was ist los?«, wollte Kat über Funk wissen. »Wessen Stimme war das?«

»Das ist schwer zu erklären«, sagte Sydney. »Am besten, ihr kommt mal rauf.«

»Wie bitte?«

»Sydney hat recht«, sagte Paris. »Lasst eure Sachen in der Werkstatt und kommt hierher in die Tutmania-Ausstellung. Es geht um etwas ganz anderes, als wir dachten.«

»Ich habe genug gesehen«, sagte Garfield zu ihren Begleitern. »Sonst hätte ich es nicht geglaubt.« Sie wurde von drei Personen begleitet, die nicht zum Personal des Museums gehörten.

Sondern zum MI6.

»Mother? Tru? Was macht ihr denn hier?«, fragte Rio.

Mother war der für die City Spies zuständige Agent, aber zugleich noch viel mehr. Er war außerdem ihr Vater, weil er die fünf Anfang des Jahres adoptiert hatte. Sie waren ganz buchstäblich eine Spionagefamilie und im Moment war Mother von Kopf bis Fuß der stolze Papa. Neben ihm stand Gertrude Shepherd, besser bekannt als Tru, eine große Frau mit einem leichten Hinken und einer legendären Laufbahn als Spionin. Sie war Mothers Chefin und eine hochrangige Beamtin beim Geheimdienst.

»Bravo!«, sagte sie. »Bravo!«

»Das war wirklich eine tolle Arbeit«, fügte Mother hinzu. »Ich bin schwer beeindruckt.«

Mother und Tru strahlten, Valerie Garfield schien dagegen weniger begeistert. Schließlich war soeben ein Team von Einbrechern, die noch nicht mal einen Führerschein hatten, in das Museum eingedrungen, das sie schützen sollte. Sie blieb vor Sydney stehen, schüttelte den Kopf und lächelte dann widerstrebend.

»Ich habe euch ja sogar selbst in die Einsatzzentrale gebracht«, sagte sie ein wenig fassungslos. »Wahrscheinlich bist du auch gar keine Schülerin der Mädchenschule der City of London.«

»Nein«, sagte Sydney verlegen. Sie empfand normalerweise keine Schadenfreude, außerdem war ihr Garfield auf Anhieb sympathisch gewesen. »Bin ich nicht.«

»Wer bist du dann?«

»Das unterliegt leider der Geheimhaltung«, sagte das vierte

Mitglied der Gruppe, ein vornehm wirkender Herr in den Sechzigern mit schütterem Haar und einem maßgeschneiderten Anzug, und trat einen Schritt nach vorn. Da der Saal dunkel war, konnten sie sein Gesicht erst jetzt sehen, als das Mondlicht von draußen darauffiel.

»Moment mal«, rief Paris. »Sind Sie …?«

»Ja«, sagte der Mann lächelnd. »Sir David Denton Douglas, aber nennt mich ruhig C.«

Paris musste unwillkürlich lächeln, als er das hörte.

C war die Bezeichnung für den Geheimdienstchef, den obersten Spion Großbritanniens.

»Tru hat mir von euren Großtaten berichtet«, fuhr C fort, »aber ich habe angenommen, dass sie die Geschichten stark ausgeschmückt hat und sie weniger auf Tatsachen beruhen.«

»Als ob«, sagte Tru. »Habe ich Ihnen gegenüber je übertrieben?«

C sah sie nur an und sie lächelte schief.

»Ich gebs ja zu«, sagte sie, »aber nicht in Bezug auf dieses Team. Da hat jedes Wort gestimmt.«

C nickte. »Das glaube ich jetzt.«

Kat und Brooklyn betraten jetzt den Saal und blieben verwirrt stehen.

»Was ist hier los?«, fragte Kat.

»Heute wurdet ihr als sogenanntes rotes Team eingesetzt«, sagte Mother. »Ihr solltet die Sicherheitssysteme des Museums testen.«

»Und wir haben verloren«, sagte Garfield. »Kläglich.«

»Dem MI6 liegen glaubhafte Informationen vor, dass das Museum überfallen werden soll«, sagte Tru. »Dabei war insbesondere von der Tutmania-Ausstellung die Rede.«

»Der Geheimdienst hat mich kontaktiert und ich habe versichert, es könne nichts passieren«, sagte Garfield. Sie sah die fünf an. »Das war offenkundig falsch.«

»Zum Glück waren es diesmal die Guten«, sagte Tru. »Wir werden einen Bericht schreiben und die Schwächen auflisten, die wir gefunden haben.« Sie hielt inne und lächelte die fünf an. »Die *ihr* gefunden habt.«

»Das würde ich sehr begrüßen«, sagte Garfield.

»Wenn Sie nichts dagegen haben, würden wir jetzt gerne mit dem Team sprechen«, sagte C.

»Natürlich. Genauso wie ich mit meinem sprechen muss.« Sie wandte sich zum Gehen.

»Es brennt übrigens nirgends«, rief Sydney ihr nach.

»Wie bitte?«

»Ihre Mitarbeiter suchen gegenwärtig nach einem Feuer, das verschiedene Rauchmelder ausgelöst hat. Aber das waren nur Rauchbomben, vollkommen harmlos.«

»Danke«, sagte Garfield.

»Und mit Ihrem Computersystem stimmt was nicht«, fügte Brooklyn hinzu. »Es hat sich vor etwa zehn Minuten abgeschaltet. Ich weiß nicht, was es war, Absturz oder Neustart oder etwas anderes, aber Sie sollten das überprüfen.«

»Gut.« Garfield nickte müde. »Noch was?«

Eine kurze verlegene Pause entstand, dann sagte Rio: »Positiv ist zu vermerken, dass das Eiersalat-Sandwich, das ich im Café gekauft habe, köstlich war. Mit einem Hauch von Paprika, wirklich lecker.«

Die Sicherheitschefin musste lachen. »Ich werde es weitergeben.«

Als sie gegangen war, wandte Tru sich an das Team. »Die armen Mitarbeiter! Das wird kein lustiges Gespräch.«

»Aber ihr Versagen ist unser Erfolg«, sagte C. »Das war sehr eindrucksvoll. Wer hat den Einsatz denn geleitet?«

Alle Blicke richteten sich auf Kat.

»Ich war die Alpha«, sagte sie. »Aber mein Plan hat nicht funktioniert.«

»Für mich sah es aus wie ein voller Erfolg«, widersprach C.

»Das Team hatte Erfolg, nicht der Plan«, sagte Kat. »Es gab Unwägbarkeiten, die ich nicht berücksichtigt habe.«

»Das Team und der Plan sind ein und dasselbe«, sagte C. »Unterwegs wird es immer Hindernisse geben, aber über Erfolg oder Misserfolg entscheidet das Ergebnis.«

»Richtig«, sagte Sydney. »Dein Plan war toll.«

»Ich habe eine Frage«, sagte Paris. »Ich dachte, rote Teams wüssten immer Bescheid, dass es sich nicht um einen echten Einsatz handelte. Warum haben Sie uns nicht gesagt, um was es wirklich geht?«

»Weil wir nicht nur das Museum testen wollten, sondern auch euch«, erklärte Tru.

»Euer Team ist wahnsinnig erfolgreich«, sagte C. »Aber ich wollte das aus eigener Anschauung erleben.«

»C wollte sicher sein, dass der Erfolg auf euer Konto geht«, sagte Mother. »Deshalb habe ich euch auch nicht bei der Planung geholfen. Was er heute Abend erlebt hat, erlebe ich täglich.«

»Und das war genial«, sagte C. »Absolut genial.«

Sie unterhielten sich noch eine Weile, sprachen über die Kernpunkte des Einsatzes, und als sie eine halbe Stunde später mit der U-Bahn in ihr Safe House in Notting Hill zurückfuhren, lächelten sie immer noch. Tru, die lieber öffentliche Verkehrsmittel nutzte als ihren Dienstwagen mit Chauffeur, begleitete sie und strahlte von allen am meisten.

»Ihr seid jetzt die aufsteigenden Stars des Geheimdienstes«, sagte sie. »Euer Auftritt heute wird die Tür für noch größere und bessere Projekte öffnen.« Sie lachte. »Und ich war schon von dem Feuerwerk in Battersea Park beeindruckt.«

»Sie haben es gesehen?« Sydney war der Neid anzuhören.

»Das gehört doch zur Bonfire Night. Vom Dach in Vauxhall Cross hat man einen wunderbaren Blick und es war wirklich spektakulär.«

»Wir konnten leider nicht gehen«, sagte Sydney. »Kat hasst die Bonfire Night.«

»Ist nicht wahr«, widersprach Kat, »sie passte nur nicht in den Zeitplan.«

»Das glaube ich nicht. Tief im Innern hasst du sie.«

Kat überlegte kurz und lachte dann. »Also gut, du hast recht. Ich finde sie wirklich total schrecklich.«

Tru sah sie neugierig an. »Warum?«

»Wo soll ich anfangen? Sie ist laut, es ist voll und überall explodieren Raketen. Es ist das absolute Chaos.«

Sydney sah sie ungläubig an. »Das ist doch das Beste daran!«

Sie fuhren noch ein paar Minuten weiter und lachten und redeten, bis der Zug aus einem unersichtlichen Grund plötzlich weit entfernt von jeder Station mitten im Tunnel stehen blieb.

»Seltsam«, sagte Tru.

»Was ist los?«, fragte Mother.

Aus den Zuglautsprechern kam eine verlangsamte und seltsam verzerrte Version von *London Bridge is Falling Down*, einem bekannten Kinderlied. Es hörte sich an, als käme sie aus einer kaputten Spieluhr, und als die Melodie zu Ende war, fiel auch der restliche Strom aus und sie saßen im Dunkeln.

Unter den Fahrgästen wurde besorgtes Gemurmel laut. Dann sagte Kat: »Wie gesagt, das absolute Chaos.«

6.
DER FÜNFTE NOVEMBER

Ein paar Minuten lang saßen sie schon in der U-Bahn fest und es war immer noch stockdunkel, abgesehen von einigen Sicherheitslichtern und den Taschenlampen-Apps auf den Handys der Fahrgäste. Einige beschwerten sich, aber niemand schien in Panik zu geraten, jedenfalls noch nicht.

»Wir haben Taschenlampen in unseren Rucksäcken«, sagte Paris leise zu Mother. »Sollen wir die rausholen?«

»Wartet noch«, sagte Mother. »Vielleicht finden einige es merkwürdig, dass ihr welche dabeihabt, und wir wollen nicht unnötig auffallen. Die Störung dauert hoffentlich nur kurz und wir fahren gleich weiter.«

»Okay«, sagte Paris.

Trus Handy pingte. Eine Nachricht war eingegangen.

»Sie kriegen hier unten Nachrichten?«, fragte Brooklyn. »Wie kommt es, dass Sie Empfang haben?«

Tru lächelte. »Sagen wir einfach, ich habe mein Handy nicht im Supermarkt gekauft.«

Tatsächlich handelte es sich bei Trus Handy um eine Spezialanfertigung vom geheimen Kommunikationsteam des HMGCC, Her Majesty's Government Communication Centre. Zu den vielen Besonderheiten des Geräts gehörten eine Hightech-Sicherheitsverschlüsselung, die Verbindung zu einem geheimen »Geisternetz«, das auch über Antennen in der Londoner U-Bahn verfügte, und eine Echtzeit-Direkteinspeisung von Eilmeldungen aus der Informationsabteilung des Geheimdienstes.

Eine solche Eilmeldung war gerade eingetroffen.

»Nicht nur wir sind betroffen«, sagte Tru. »Anscheinend steht die ganze Londoner U-Bahn still.«

»Ein allgemeiner Stromausfall?«, fragte Mother.

»Ich glaube, nur die U-Bahn ist betroffen.«

Wieder ein Ping.

»Was ist das jetzt?« Tru blickte auf den Monitor. »Es wurde eine rätselhafte Nachricht zum aktuellen Stromausfall an mehrere Nachrichten- und Regierungsstellen geschickt.«

»Wie lautet sie?«, fragte Rio.

»Die Londoner U-Bahn steht still, weil eine defekte Sicherung es so will«, las Tru vor. »Unterschrieben mit Mr Bevin Hoffet.«

»Dieser Hoffet ist kein Shakespeare«, sagte Sydney.

»Nein, für mich ist das bestenfalls ein mittelmäßiger Mother-Spruch«, witzelte Paris.

»Mittelmäßig?«, sagte Mother mit gespielter Entrüstung. »Meine Zweizeiler sind poetisch, aber das hier ist …«

»Kein Gedicht, sondern nur ein Schabernack«, fiel Kat ein. »Das gilt für alles. Den Reim und den Stromausfall bei der U-Bahn. Ein Streich zur Bonfire Night.«

»Wie bist du dir so sicher?«, fragte Brooklyn.

»›Mr Bevin Hoffet‹ ist ein Anagramm für *November fifth*, das Datum der Bonfire Night. Wie in dem Reim ›*Remember, remember the fifth of November.*‹«

Die anderen schwiegen kurz verblüfft, dann fragte Brooklyn: »Wie machst du das?«

»Was?«, fragte Kat.

»Worte hören und sofort ein darin verstecktes Anagramm finden?«

Mother nickte. »Wirklich unglaublich.«

»Atemberaubend«, fügte Tru hinzu.

»Ihr wisst doch, dass ich ständig Muster sehe«, sagte Kat. »Ich kann das nicht einfach an- und ausschalten, es ist immer da. Manches passt zusammen, anderes nicht. Der Name Bevin Hoffet passt nicht, er ist irgendwie komisch, vor allem mit dem Mr davor. Deshalb habe ich angefangen, darüber nachzudenken, und dann ist mir gleich der fünfte November eingefallen. Es ist ziemlich offensichtlich.«

»Für dich, Kind«, sagte Tru. »Nur für dich.«

Der Stromausfall dauerte genau elf Minuten und fünf Sekunden, ein weiterer Hinweis auf den fünften November. Danach erklang wieder »London Bridge« aus den Lautsprechern und die Züge erwachten zum Leben.

Die einzige negative Auswirkung des Stromausfalls schien auf den ersten Blick die Verspätung der Fahrgäste zu sein – und dass die für die U-Bahn zuständige Behörde Transport of London in einem schlechten Licht dastand. Ein paar Stunden nach Kat erkannte auch jemand bei der BBC die Anspielung auf das Datum und in den Morgennachrichten wurde die Störung als aufwendiger Streich zur Bonfire Night dargestellt. Abhängig vom Interviewpartner wurde das Ganze entweder als ernstes Vergehen, Symptom behördlicher Inkompetenz oder lustiger, dem fünften November angemessener Streich eingestuft.

Für die City Spies war der Stromausfall, wie Mother gehofft hatte, nur eine kurze Störung an einem Abend, der ansonsten ganz im Zeichen ihres Einsatzes und des Lobs stand, das sie vom obersten Spion der Nation eingeheimst hatten. Diese Einschätzung änderte sich allerdings, als das Team drei Tage später wieder in der Schule in Kinloch Abbey war.

Brooklyn und Kat saßen gerade im Englischunterricht und arbeiteten an einem Aufsatz. Ihre Aufgabe war, über etwas zu schreiben, das sie schön fanden. Kat schrieb über ihre Liebe zu Polynomen, Brooklyn überlegte, mit welchem Adjektiv sie den köstlichen Duft ihrer Lieblingspizzeria in New York am besten wiedergeben konnte. Da klopfte es an der Tür und Dr. Graham, der Schuldirektor, trat ein.

»Entschuldigen Sie die Störung, Ms White, aber ich muss mit Christina und Supriya sprechen«, sagte er. Er verwendete die Decknamen der beiden.

»Natürlich«, sagte die Lehrerin.

Brooklyn und Kat wechselten einen Blick. Sie hatten beide keine Ahnung, um was es ging. Ihre Neugier wurde noch größer, als Dr. Graham sagte, sie sollten ihre Sachen mitnehmen.

»Was ist?«, fragte Brooklyn, als sie im Flur waren.

»Ihr habt Besuch.« Graham senkte die Stimme zu einem vertraulichen Flüstern. »Ihr nennt sie Tru, soviel ich weiß.«

»Das wird ja ülkiger und ülkiger«, sagte Kat, ein Zitat aus einem ihrer Lieblingsbücher, *Alice im Wunderland*. »Warum kommt sie hierher?«

Graham schmunzelte. »Ich frage da lieber nicht nach.«

Bevor er im Bildungswesen Karriere gemacht hatte, hatte er als Offizier der Royal Scots beim militärischen Geheimdienst gedient und war dann für den MI6 abgeworben worden. Tru war die Führungsoffizierin, die ihn rekrutiert hatte, und aufgrund ihrer beruflichen Beziehung war Kinloch als Schule für das City-Spies-Team ausgewählt worden. Tru wusste, dass Geheimnisse bei Graham sicher waren, aber bisher hatte sie das Schulgelände noch nie persönlich besucht, aus Furcht, jemand könnte sich fragen, was ein hochrangiges Mitglied des MI6 an einer Privatschule in Schottland zu suchen hatte. Doch jetzt saß sie zusammen mit Mother in Grahams Büro.

»Danke, Christopher«, sagte sie. »Wir wären jetzt gern allein, wenn Sie nichts dagegen haben.«

»Selbstverständlich«, sagte Graham.

»Hier kann uns niemand hören, ja?«, fragte Mother.

»Nein«, beteuerte der Direktor. »Der Raum ist sicher.«

Brooklyn und Kat wechselten einen unschlüssig Blick, dann sagte Brooklyn: »Vielleicht sollten wir den Heizungsschacht hinter dem Schreibtisch schließen.«

Graham sah sie überrascht an.

»Er befindet sich direkt über dem Leseraum der Bibliothek«, erklärte Kat. »Und manchmal hört man das eine oder andere Wort, das hier gesprochen wird.«

»Wenigstens haben uns das andere gesagt«, fiel Brooklyn ein. »Wir würden natürlich niemals lauschen.«

»Natürlich nicht«, sagte Graham. »Danke für den Hinweis.«

Er ging und Mother bückte sich und schloss das Gitter. Dann gingen sie zu der Sitzgruppe auf der anderen Seite des Büros.

Brooklyn sah ihn an. »Warum bist du hier?« Sie klang zum ersten Mal beunruhigt. »Geht es allen gut?«

»Ja.« Mother nickte. »Tru ist wegen einer dringenden Sache hier, die leider nicht warten kann, bis ihr von der Schule nach Hause kommt.«

»Sehr dringend.« Tru wandte sich an Brooklyn. »Neulich im Museum hast du gesagt, mit dem Computersystem würde was nicht stimmen, ich glaube, so hast du dich ausgedrückt.«

»Richtig. Der Bildschirm wurde plötzlich ganz blau.«

»Und was bedeutet ein solcher Bluescreen genau?«

»Manche nennen es den Blauen Tod. Es ist eine Fehlermeldung und bedeutet in der Regel, dass das System zusammengebrochen ist und angehalten wurde. Aber in unserem Fall war es anders, mehr wie eine Art Update oder Neustart. Denn als wir zurückkehrten, um unsere Laptops zu holen, war alles wieder normal und sah gut aus.«

»Es sah vielleicht so aus, war es aber nicht«, sagte Tru. »Und deshalb brauche ich von dir jetzt eine ehrliche Antwort.«

»Natürlich.«

»Hast du das Sicherheitssystem irgendwie verändert?«

»Gibt man mir die Schuld an dem Absturz?«, fragte Brooklyn empört. »Es war nicht meine Schuld. Ich habe überhaupt nichts ...«

»Niemand macht dir irgendwelche Vorwürfe«, fiel Tru ihr ins Wort. »Ich muss nur wissen, ob du außer dem VPN vielleicht noch ein anderes Programm installiert hast.«

»Nein«, antwortete Kat. »Unser Plan war, da rein- und wieder rauszugehen, ohne dass jemand es bemerkt.«

Brooklyn zuckte schuldbewusst die Schultern. »Daran habe ich mich vielleicht nicht ganz genau gehalten.«

»Inwiefern?«, fragte Mother.

»Ich habe einen RAT installiert«, gestand Brooklyn. »Einen Random-Access-Trojaner.«

»Warum hast du das getan?«, fragte Kat. »Du solltest doch keine Spuren hinterlassen.«

»Habe ich auch nicht. Der Trojaner ist unsichtbar. Niemand kann ihn finden außer mir. Ein alter Hacker-Trick. Man lässt sich ein Hintertürchen offen für den Fall, dass man irgendwann noch mal ins System muss.«

Sie sah Tru an. Würde sie jetzt gleich ausgeschimpft? Aber Tru lächelte nur strahlend.

»Wie sich herausstellt, tritt dieser Fall genau heute ein.«

Tru wandte sich an Mother. »Dr. Graham soll die anderen holen, dann brechen wir gleich zur FARM auf.«

»Sie sind mir nicht böse?«, fragte Brooklyn.

»Ganz im Gegenteil. Aber jetzt müssen wir an die Arbeit.«

»Worum geht es denn?«, fragte Kat.

»Wie sich herausgestellt hat, war der Stillstand der U-Bahn mehr als nur ein Streich«, sagte Tru.

»Und was hat das mit dem Sicherheitssystem des Britischen Museums zu tun?«, fragte Brooklyn.

Tru sah sie ernst an. »Alles.«

7.
DIE FARM

Die Foundation for Atmospheric Research and Monitoring, kurz FARM, Stiftung zur Erforschung und Überwachung der Atmosphäre, war eine in einem alten Herrenhaus im Norden Schottlands untergebrachte Wetterstation. Generationenlang hatte das weitläufige dreistöckige Gebäude mit dem umliegenden Gelände den Baronen und Baroninnen von Aisling gehört. Als der letzte Baron 1953 ohne Erben starb, wurde das Anwesen in ein meteorologisches Forschungszentrum umgewandelt. Aufgrund seiner Lage mit Blick auf die Nordsee hatte es den perfekten Standort, um das wechselhafte Wettergeschehen zu beobachten.

Für einen flüchtigen Beobachter war die FARM auch lediglich ein vormals herrschaftliches Anwesen, das jetzt die nicht allzu aufregende Aufgabe hat, das Wetter von gestern zu analysieren und den Verlauf möglicher Unwetter vorherzusagen. Nur wenige schenkten ihr überhaupt Beachtung und genau deshalb war der Geheimdienst dort eingezogen.

Denn in Wirklichkeit handelte es sich um eine verdeckte Operation des MI6. Die Stiftung erstellte zwar tatsächlich Wetterberichte, doch dienten diese in erster Linie als Tarnung für die Arbeit, die dort eigentlich gemacht wurde. Im Kalten Krieg hatte das Haus ein Team von Spionen beherbergt, die seine nördliche Lage dazu nutzten, die Sowjetunion abzuhören. In jüngerer Zeit war es zu einem Zentrum der Kryptologie geworden, weil derselbe Supercomputer, der den Weg eines Hurrikans berechnen konnte, auch zum Entschlüsseln komplexer Codes geeignet war. Und seit fünf Jahren war die FARM das Zuhause der City Spies. Hier wohnten sie und absolvierten sie ihre Ausbildung unter den fürsorglichen Augen Mothers und einer Agentin namens Alexandra Montgomery, meist Monty genannt, einer Kryptologin, die die Einrichtung leitete. Und hier traf sich Tru mit ihnen, um zu erklären, warum sie so überstürzt von London gekommen war.

»Vier staatliche Einrichtungen wurden von einer Person oder Gruppe gehackt, die sich Horus nennt, buchstabiert H-O-R-U-S.« Das Team hatte sich um den Konferenztisch im Priesterloch versammelt, dem geheimen unterirdischen Raum der FARM für Lagebesprechungen. »Das Parlament, die nationale Gesundheitsbehörde, die Londoner U-Bahn und das Britische Museum.«

»Wow!«, sagte Rio. »Große Ziele.«

»Sehr große«, fügte Paris hinzu.

»Worum geht es dabei?«, fragte Monty.

»Die Systeme wurden gehackt und die Hacker haben eine Art Lösegeldsoftware installiert«, erklärte Tru. »Die von diesen Systemen gespeicherten Informationen dienen ihnen als Geiseln. Entweder die Regierung zahlt Millionen Pfund für den Codeschlüssel, oder Horus beginnt, Daten zu löschen, und bringt damit das Leben in ganz Großbritannien zum Erliegen. Die Abschaltung der U-Bahn in der letzten Nacht war kein Streich. Sie sollte demonstrieren, wozu diese Leute fähig sind und wie ernst sie es meinen.«

»Weiß man, wer Horus ist?«, fragte Rio.

»Wir wissen, dass Horus mit Umbra zu tun hat.« Umbra war ein globales Verbrechersyndikat, mit dem die City Spies schon früher zu tun gehabt hatten. »Aber wahrscheinlich sind sie unabhängig und nutzen Umbra nur für technische Unterstützung und mehr Durchsetzungskraft.«

»Wann ist das Lösegeld fällig?«, fragte Mother.

»Darüber wird gegenwärtig noch verhandelt. Aber die haben vermutlich nicht viel Geduld. Deshalb wollte C, dass ich euch aus der Schule hole.«

»C hat Sie geschickt?«, fragte Paris ungläubig. »Um *uns* auf den Fall anzusetzen?«

»Ja und nein. Er hat mich geschickt, aber ihr seid nicht offiziell mit dem Fall befasst. Wir können in der Sache nicht ganz frei entscheiden. Noch steht nicht fest, dass Leute außerhalb des Vereinigten Königreichs dafür verantwortlich sind, und bis dahin sind der MI5 und die Behörde für Internetsicherheit zuständig, das Cyber Security Centre, nicht der MI6. Natürlich leitet C sowohl den MI5 wie den MI6, deshalb hält er uns auf dem Laufenden. Er hat alle offiziellen Aufgaben an die entsprechenden Gruppen weitergeleitet und die arbeiten mit Scotland Yard zusammen und stehen in

Verbindung mit dem Büro des Premierministers, dem Kommunikationshauptquartier der Regierung und … na, ihr versteht schon. Es arbeiten sehr viele Leute mit und das ist nicht immer effizient.«

»Aber was sollen wir dann tun?«, fragte Sydney.

»Wir sollen herausfinden, wer sich hinter Horus verbirgt, und überlegen, wie wir den Angriff abwehren.«

»Aber so, dass auf beiden Seiten niemand erfährt, dass wir überhaupt im Spiel sind«, sagte Mother.

»Richtig.« Tru nickte. »Ihr schnüffelt herum und macht euch kundig, ohne dass man euch sieht.«

»Es gibt beim MI6 viele Teams, die er dazu heranziehen könnte«, sagte Paris. »Warum wir?«

»Aus mehreren Gründen«, sagte Tru. »Zuallererst habt ihr ihn damals wirklich beeindruckt. Ich erinnere mich nicht, ihn je so begeistert erlebt zu haben. Zweitens kennt ihr euch bestens mit den Alarmsystemen und dem Netz des Britischen Museums aus. Das könnte nützlich sein, weil das Museum ja auch zu den Zielen des Anschlags gehört. Und dann ist da noch WannaCry.«

»Wer will weinen?«, fragte Kat verwirrt.

»Nein, meine Liebe, *WannaCry*«, verbesserte Tru.

»Das war ein Kryptowurm«, sagte Brooklyn. »Die Nordkoreaner haben ihn als weltweiten Botnetz-Angriff gestartet und Hunderttausende von Computern in mehr als hundertfünfzig Ländern infiziert. Das gesamte Internet drohte zusammenzubrechen.«

»Und was hat das mit uns zu tun?«, fragte Sydney.

»Die größten Technologieunternehmen und die besten Geheimdienste sowie viele Tausend der fähigsten und bestbezahlten Cybersicherheitsbeauftragten haben versucht, den Angriff zu stoppen, bevor er die digitale Welt, wie wir sie kennen, zerstörte«, sagte Tru. »Aber der Retter in dieser Situation war ein junger Mann, nur ein paar Jahre älter als ihr, der allein im Keller des elterlichen Hauses vor sich hin arbeitete. Er lebte irgendwo in Devon auf dem Land und stoppte den Angriff, indem er mit einem Domain-Namen, den er für zehn Pfund gekauft hatte, ein sogenanntes ›Sinkhole‹ schuf.«

»Er wurde über Nacht in der Hackergemeinde zu einer Legende«, sagte Brooklyn.

»Er hatte selbst keine ganz weiße Weste, aber an diesem Tag war er der Held. Und C meinte, man dürfe junge, frühreife Briten, die im Keller ihrer Eltern am Computer sitzen, niemals unterschätzen.« Tru ließ den Blick durch das Priesterloch wandern und lächelte. Dann gab sie Mother eine Akte. »Hier sind die Unterlagen, leider noch ziemlich dünn, mit allem, was wir bisher über den Hack wissen, und den Gefahren, die den jeweiligen Zielen drohen.«

»Eins verstehe ich nicht«, sagte Sydney. »Kat spricht doch immer von Mustern, aber die Auswahl dieser Ziele ergibt keinen Sinn.«

»Inwiefern nicht?«, fragte Monty.

»Mit der U-Bahn fahren Millionen Menschen durch die

Stadt. Das Parlament regiert. Die Gesundheitsbehörde kümmert sich um Gesundheit und medizinische Versorgung. Das sind alles gigantische Unternehmen, aber das Britische Museum nicht. Ich meine, ich gehe total gerne hin und es hat eine tolle Sammlung, aber es kommt mir so vor, als würde Horus drei Banken und einen Bonbonladen ausrauben. Es passt nicht zusammen.«

»Es sei denn, der Bonbonladen verschafft dir Zutritt zur Bank«, sagte Kat.

»Wie meinst du das?«, fragte Rio.

»Bei der Vorbereitung auf den Einsatz im Museum habe ich mich auch mit dem Einbruch in der Baker Street befasst. Dort hat sich eine Bande 1971 Zutritt zu einer Filiale der Lloyd's Bank verschafft und ist mit einer Millionenbeute entkommen. Die Diebe sind nicht direkt in die Bank eingebrochen, sondern über ein Lederwarengeschäft zwei Häuser weiter, von dem sie einen Tunnel zum Tresorraum gegraben haben. Vielleicht ist das Museum wie das Lederwarengeschäft nur als Zugangsstelle gedacht.«

»Genauso wie wir über eine aufgegebene U-Bahn-Station ins Museum gelangt sind«, ergänzte Paris.

»Richtig«, sagte Kat.

»Nur dass die Ziele hier im Unterschied zur U-Bahn-Station weit auseinanderliegen«, sagte Rio. »Sie sind über ganz London verteilt.«

»Du denkst an einen konkreten Einbruch«, sagte Brooklyn. »Aber das hier war ein Cyberangriff und die Ziele gehören alle zum britischen Staat, das heißt, sie hängen irgendwo alle am selben Computernetz.«

»Das leuchtet mir ein«, sagte Mother. »Wenn wir herausfinden, dass der Angriff im Museum angefangen hat, könnten wir uns bei der Ermittlung des Schuldigen auf einen kleineren Kreis von Kandidaten beschränken.«

»Dann mache ich mich doch mal auf die Suche«, sagte Brooklyn. »Ich fahre Beny hoch und schaue, was ich finden kann.«

Beny war der Spitzname des Cray XC40 Supercomputers, der eine ganze Wand des Priesterlochs beanspruchte. Brooklyn setzte sich an ein Terminal und begann etwas einzugeben, während die anderen die Unterlagen aus der Akte herumreichten.

»Ich muss wieder nach London, bevor meine Abwesenheit auffällt«, sagte Tru. »Haltet mich auf dem Laufenden, wenn ihr etwas findet, und … viel Erfolg und macht uns stolz.«

»Machen wir doch immer«, sagte Mother.

Tru lächelte. »So wahr.«

»Bevor Sie gehen, noch eine Frage«, sagte Monty. »Woher wissen Sie, dass auch Umbra im Spiel ist?«

»Was meinen Sie?«, fragte Tru.

»Sie sagten vorhin, Sie wüssten, dass Horus mit Umbra zu tun hat. Woher wissen Sie das, wenn noch gar nicht klar ist, wer Horus ist?«

»Die Information kam ursprünglich von einer Quelle innerhalb der Organisation. Dadurch erfuhren wir überhaupt erst, dass das Museum ein Ziel war.«

»Aber die Information war ungenau«, sagte Kat. »Sie glaubten, bestimmte Stücke aus der Tutmania-Ausstellung wären das Ziel. Warum hat Ihre Quelle Ihnen nicht gesagt, dass es sich um einen Cyberangriff handelt?«

»Und warum hat sie nur das Museum genannt, wenn es doch noch andere, viel größere Ziele gab?«, fügte Sydney hinzu.

»Man kann sich schwer vorstellen, was es bedeutet, jahrelang Undercoveragent in einer so gefährlichen Organisation wie Umbra zu sein«, sagte Tru. »Man kann nicht einfach anrufen oder auf direktem Weg kommunizieren. Diese Quelle ist ein besonders wertvoller Agent des MI6. Sie kann uns nicht alles sagen, denn wenn wir zu viel auf einmal wüssten, würde Umbra merken, dass es eine undichte Stelle gibt. Der Agent kann uns nur eine verschlüsselte Nachricht schicken und hoffen, dass wir sie lesen können.«

»Mit Codes kennen wir uns aus«, sagte Kat zuversichtlich. »Können wir die Nachricht sehen?«

Tru überlegte. »Sie warnte uns nur, dass das Museum angegriffen würde. Und das hat sich bestätigt.«

»Warum dürfen wir sie dann nicht sehen?«, fragte Paris.

»Weil sie hochsensible Informationen enthält.«

»Sie meinen, über die Identität der Quelle?«, fragte Monty.

»Womöglich. Und da ist noch was. Aber darüber wollte ich eigentlich nicht sprechen.«

»Es handelt sich um eine ernste Bedrohung und wir sollen Ihnen helfen, das Problem zu lösen«, sagte Mother. »Sie sind zu uns gekommen und können uns vertrauen.«

Tru überlegte kurz und nickte dann. »Okay.«

Sie zog einen Aktenordner mit dem Stempel STRENG GEHEIM aus ihrer Tasche und öffnete ihn. Er enthielt nur ein einziges Blatt Papier, das gleich an mehreren Stellen mit STRENG VERTRAULICH gestempelt war. Mitten auf dem Blatt stand:

Wunderbare Dinge

515194001270

389523771458

Kleopatra

»Das ist die ganze Nachricht?«, fragte Rio.

Tru nickte. »Ja.«

»Wie haben Sie sie bekommen?«, fragte Monty.

»Das darf ich euch nicht sagen.«

»Gut, ›Wunderbare Dinge‹ ist der Titel der Tutmania-Ausstellung«, sagte Kat. »Und Kleopatra?«

»Die Mumie von Kleopatra, also nicht die der Königin, sondern einer anderen Kleopatra, befindet sich in derselben Galerie des Museums«, erklärte Tru. »Als wir noch von einem Diebstahl ausgingen, nahmen wir an, sie sollte zusammen mit den anderen Ausstellungsstücken gestohlen werden.«

»Das wussten wir gar nicht«, sagte Kat. »Die Mumie sollten wir bei unserem Einbruch nicht holen.«

»Wir wollten ja auch gar nicht, dass ihr tatsächlich etwas

mitnehmt. Ihr solltet nur zeigen, dass die Sammlung nicht sicher ist. Und das war klar, als ihr im Saal wart. Die Mumie ist sehr groß und schwer, deshalb haben wir uns für die Halskette und die Brustplatte entschieden.«

»Und die Zahlen?«, fragte Paris.

»Enthalten jeweils einen Breiten- und einen Längengrad. Die erste gilt für das Britische Museum. Sie hat uns zusammen mit dem Ausstellungstitel und dem Namen Kleopatra davon überzeugt, dass das Museum das Ziel war.«

»Und die zweite Zahl?«, fragte Mother. »Wenn die erste das Ziel angibt, könnte die zweite dem Angreifer gehören.«

»Genau das macht uns ja solches Kopfzerbrechen«, sagte Tru. »Sie enthält die Koordinaten der CIA.«

8.
ALLES GEHT

Nachdem Tru gegangen war, plünderte das Team die Küche und versorgte sich mit Essen für die Mittagspause. Dann kehrten alle ins Priesterloch zurück und machten sich an die Arbeit. Mother brachte Brooklyn, die dort geblieben war, kalte Pizza. Brooklyn war schon voll im Hacker-Modus. Sie saß auf einem Gaming-Stuhl, trug Kopfhörer und blickte konzentriert auf den Bildschirm.

»Danke!«, sagte sie lauter als beabsichtigt, als Mother ihr die Pizza hinlegte.

Mother bedeutete ihr, die Kopfhörer kurz abzunehmen.

»Wir spielen eine Runde ›Alles geht‹ – wenn du dabei sein willst?«, sagte er. »Aber du kannst auch hier weiterarbeiten.«

»Ich mache mit, solange ich esse«, sagte Brooklyn. »Dann verteile ich auch kein Fett auf der Tastatur mit meinen Pizzafingern.«

»Dafür ist Monty bestimmt dankbar.«

»Alles geht« war eine Brainstorming-Technik, die das Team oft am Anfang einer Operation einsetzte. Den Namen hatte sie von einem Mother-Spruch: »Es gibt Lösungen, die jeder versteht. Wer mehr will, muss denken: Alles geht.«

Der Grundgedanke bei diesem Spiel war, dass keine Theorie, keine Überlegung so abwegig, ausgefallen oder weit hergeholt war, dass sie nicht des Nachdenkens wert gewesen wäre. Das befreite die Gedanken und führte zu kreativen Problemlösungen. Die Gruppe versammelte sich mit ihrem Essen um den Besprechungstisch und Mother stellte sich an das Whiteboard, um die Vorschläge aufzuschreiben.

»Wer macht den Anfang?«, fragte er.

»Ich«, meldete sich Brooklyn. »Als einzige Amerikanerin am Tisch möchte ich sagen, ich kann mir total vorstellen, dass die CIA da mit drinhängt. Wir sollten die ernsthaft in Erwägung ziehen.«

»Darüber habe ich gerade auch nachgedacht«, sagte Sydney. »Ich weiß, dass Länder ihre Verbündeten ausspähen, und die CIA tut das bestimmt auch mit Großbritannien. Aber warum sollte sie diese Ziele angreifen? Was nützt es den Vereinigten Staaten, wenn die Leute hier in der U-Bahn festsitzen oder Krankenhäuser den Betrieb einstellen müssen?«

»Vielleicht ist es ja aus Versehen passiert«, meinte Brooklyn.

»Wie kann ein Cyberangriff aus Versehen passieren?«, fragte Paris.

»Denk doch daran, was den Amerikanern mit WannaCry passiert ist«, sagte Brooklyn.

»Hast du nicht gesagt, der käme aus Nordkorea?«, fragte Rio.

»Schon, aber er wurde mithilfe eines Wurms programmiert, der in den USA von der National Security Administration entwickelt wurde. Die Nordkoreaner sind durch ein Leck an den Code gekommen.«

»Du meinst also, die CIA könnte eine Cybertechnologie entwickelt haben, die Horus in die Finger bekam und für den Angriff nutzte?«, fragte Mother.

»Entweder das oder die Amerikaner haben den Angriff aus einem uns unbekannten Grund selbst gemacht.«

Mother schrieb die Wörter »CIA? Absicht? Zufall?« an die Tafel.

»Ich finde, wir sollten auch die Mythologie berücksichtigen«, sagte Paris.

Rio, der mit Stäbchen Chicken Lo Mein aus einer Takeaway-Box aß, lachte. »Du immer mit deiner Mythologie.«

Sydney warf Rio einen amüsierten Blick zu. »Keine Vorurteile beim ›Alles geht‹.«

»Schon klar, ich stelle ja nur etwas fest.«

Paris war ein Mythologie-Fan und hatte in Kinloch sogar einen Folklore- und Mythenclub gegründet. »Ich habe die aus meinem Zimmer mitgebracht«, sagte er und zeigte auf einen Stapel Bücher neben seiner Pizza. »Um mich über Horus zu informieren.«

»Was hast du bisher herausgefunden?«, fragte Monty.

»Er war eine der wichtigsten Gottheiten der ägyptischen Mythologie. Der Gott des Himmels, einschließlich Sonne und Mond. Und er wurde meist als Mensch mit dem Kopf eines Falken dargestellt. Er war eine Art ägyptischer Apollo.«

»Inwiefern bringt uns das weiter?«, fragte Rio.

»Wenn wir herausfinden, warum die Gruppe sich nach ihm benannt hat, gibt uns das womöglich Aufschluss über ihr Selbstverständnis. Vielleicht gibt es uns sogar einen Hinweis auf ihre Identität.«

»Das ist gut«, sagte Mother und schrieb »Horus-Mythos« an die Tafel.

»Und dann gibt es da noch die vier Söhne des Horus«, fuhr Paris fort. »Sie sind die Schutzgötter der vier Kanopenkrüge, die die Mumien im Leben nach dem Tod begleiten.«

»Was sind Kanopenkrüge?«, fragte Brooklyn.

»Bei der Mumifizierung werden dem Körper die Organe entnommen und in eigene Gefäße gegeben«, erklärte Paris. »Je eins für Leber, Lunge, Magen und Darm.«

»Was ist mit dem Gehirn und dem Herz?«, fragte Kat.

»Die alten Ägypter hielten das Herz für den Sitz der Seele, also haben sie das in der Leiche gelassen. Und sie glaubten, das Gehirn sei nur dazu da, Schleim zu produzieren, also haben sie es verflüssigt.«

Sydney machte ein würgendes Geräusch und hielt ihre Takeaway-Box hoch. »Will jemand mein Moo Shu Pork? Ich habe plötzlich keinen Hunger mehr.«

»Ich könnte mir also Folgendes denken«, fuhr Paris fort. »Vielleicht haben sie Horus gewählt, weil ihre vier Ziele den vier Söhnen entsprechen? Also weil diese Einrichtungen die vier wichtigen Organe sind, die Großbritannien am Laufen halten. Vielleicht gibt es einen Zusammenhang zwischen ihnen, den wir mithilfe des Mythos besser verstehen.«

»Interessante Theorie«, sagte Mother und schrieb »vier Söhne des Horus« an die Tafel. »Das kommt auf die Liste.«

»Schreib auch Guy Fawkes drauf«, sagte Rio. »Schließlich hat alles in der Bonfire Night angefangen. Und als sie die U-Bahn angegriffen haben, hatte ihre Nachricht Bezüge zu Guy Fawkes.«

»Gutes Argument«, sagte Kat. »Dazu kommt noch, dass Hacker oft Guy-Fawkes-Masken tragen, um ihre Identität zu verbergen.«

Brooklyn nickte zustimmend. »Vollkommen richtig. Die Guy-Fawkes-Maske ist in der Hackerwelt ein wichtiges Symbol der Anarchie.«

Mother schrieb »Guy Fawkes / Hacker« an die Tafel. »Ich habe auch eine Idee, die ich aber nicht aufschreiben will.« Er steckte die Kappe auf seinen Marker. »Ich will nur mündlich darüber sprechen.«

Er setzte sich ans Kopfende des Tisches und die anderen beugten sich erwartungsvoll vor.

»Hatte sonst noch jemand den Eindruck, dass Tru sich seltsam verhielt, als wir sie nach der Nachricht der Quelle bei Umbra gefragt haben? Als würde sie etwas verbergen?«

»Das tut Tru doch immer«, sagte Rio. »Es gehört zu ihrem Beruf.«

»Außerdem hat sie uns nach anfänglichem Widerstand die Nachricht ja dann doch gezeigt«, sagte Paris.

»Aber warum mussten wir sie erst dazu drängen?«, fragte Kat.

»Ich vermute, dass die Verbindung mit der CIA ihr Sorge macht«, sagte Brooklyn. »Bestimmt sind deswegen schon alle beim MI6 in Panik. Wenn das auch nur ansatzweise in die Öffentlichkeit kommt, schlägt es hohe Wellen.«

»Ich glaube, sie ist einfach von Natur aus verschlossen«, sagte Sydney. »Ihre Position beim MI6 bringt das mit sich.«

»Stimmt«, sagte Monty. »Aber an dieser Sache ist alles sensibel und sie wollte nur mit dieser einen Information nicht richtig herausrücken. Mein Gefühl sagt mir, dass da noch etwas anderes dahintersteht, und zwar, dass sie sich Sorgen um ihre Quelle macht.«

Mother sah Monty an und lächelte. »Das ist auch mein Eindruck. Wie kommst du drauf?«

»Von einem verdeckten Ermittler innerhalb von Umbra darf beim MI6 möglichst niemand wissen. Tru erwähnte, dass es ihn schon seit Jahren gibt. Ich wäre nicht überrascht, wenn Tru und C die beiden Einzigen beim Geheimdienst sind, die seine Identität kennen.«

Mother nickte. »Und wenn das stimmt, wäre ich der Dritte.«

»Sie hat dir gesagt, wer es ist?«, fragte Sydney verblüfft.

»Nein, ich habe es selbst herausgefunden. Glaube ich zumindest. Ganz sicher bin ich mir nicht.«

»Wer ist es?«, fragte Rio.

Mother holte tief Luft. »Clementine.«

»Du meinst Clemmie, deine Frau?«, fragte Rio.

»Die Frau, die dich in dem brennenden Lagerhaus in Paris sterben lassen wollte?«, fügte Sydney hinzu.

»Ja, meine Frau Clementine. Und wir wissen alle, was in Paris passiert ist, du brauchst es nicht jedes Mal zu erwähnen, wenn ihr Name fällt.«

»Ich denke, doch«, erwiderte Sydney. »Ich will das im Gedächtnis halten, damit wir nicht vergessen, von was für einer Person wir sprechen.«

»Ich weiß genau, was für eine Person sie ist.« Mother strich mit den Fingern ganz leicht über die Brandnarben an seinem Unterarm. »Ich weiß nur nicht, warum sie mir eine Nachricht schicken will.«

9.
KRYPTOS

Mother und Clementine waren nicht nur verheiratet, sondern einst auch ein höchst erfolgreiches Spionage-Team. Sie waren die Stars des MI6, bis ein Einsatz in Paris auf schreckliche Weise schiefging. Sie hatten den Anführer von Umbra in eine Falle locken und festnehmen wollen, aber Clementine hatte die Rollen getauscht, Mother und das Vereinigte Königreich verraten und sich der Organisation angeschlossen. Als direkte Folge davon hing Mother in einem brennenden Lagerhaus fest und wäre dort auch ums Leben gekommen, hätte nicht ein obdachloser Junge, der heimlich in dem Gebäude lebte, ihn gerettet. Der Junge war Paris und die Rettung war der Anfang der City Spies.

Als Mother nach England zurückkehrte, war Clementine zusammen mit ihren gemeinsamen Kindern Annie und Robert verschwunden. Seit fünf Jahren hatte er sie nicht mehr gesehen, doch jetzt war er überzeugt, dass seine Frau versuchte, Kontakt mit ihm aufzunehmen.

»Warum glaubst du, die Nachricht sei von Clementine?«, fragte Monty.

»Weil darin von Kleopatra die Rede ist.«

»Ich dachte, das sei eine Anspielung auf die Mumie im Britischen Museum«, sagte Brooklyn.

»Das glaubt der MI6. Aber sieh dir die Nachricht noch mal an.«

Wunderbare Dinge

515194001270

389523771458

Kleopatra

»*Wunderbare Dinge* heißt die Ausstellung, und 51,5194 Grad Nord und 0,1270 Grad West sind der Breiten- und Längengrad für das Britische Museum. Wenn sie die Mumie gemeint hätte, hätte sie Kleopatra oben zum Titel gesetzt. Aber das hat sie nicht. Kleopatra steht in der letzten Zeile.«

»Wie eine Unterschrift«, sagte Monty, die begriffen hatte, worauf er hinauswollte.

»Genau«, sagte Mother.

»Warum sind die vom MI6 dann da nicht draufgekommen?«, fragte Rio.

»Weil sie den Spitznamen von Clemmie nicht kennen. Das mit Kleopatra war ein Insiderwitz in unserer Familie. Wenn Clementine sich manchmal ein wenig wie eine Diva aufführte, nannte ich sie im Scherz ›meine liebe Kleopatra‹. Die Kinder haben das sofort übernommen.«

Alle lachten und auch Mother musste bei der Erinnerung lächeln.

»Sie hatten beide viel Humor«, sagte er. »Aber im Lauf der Zeit wurde daraus etwas Ernsteres.«

»Inwiefern?«, fragte Brooklyn.

»Am Victoria Embankment, nicht weit von der MI6-Zentrale entfernt, steht ein zwanzig Meter hoher ägyptischer Obelisk, bedeckt mit Hieroglyphen. Er heißt ›Kleopatras Nadel‹ und der kleine Platz darum herum wurde unser geheimer Treffpunkt. In einer Mauer in der Nähe steckt ein loser Ziegel, den wir als toten Briefkasten benutzten.«

»Toter Briefkasten?«, fragte Paris verwirrt.

»Das ist ein geheimer Ort, an dem zwei Agenten Nachrichten füreinander verstecken.« Mother klang ironisch.

»Ich weiß, was das ist.« Paris verdrehte die Augen. »Mir ist nur nicht klar, warum ihr einen gebraucht habt. Ihr habt doch zusammen gelebt und gearbeitet. Da müsste es doch ausreichend Gelegenheiten gegeben haben, Nachrichten auszutauschen, ohne sie in einem Park an der Themse zu verstecken.«

»Wir haben die meiste Zeit zusammen gelebt und gearbeitet«, erklärte Mother. »Aber manchmal mussten wir uns vor einem Einsatz aufteilen, um unsere Legenden aufzubauen.« Er sah Paris mit einem Augenzwinkern an. »Eine Legende ist eine erfundene Biografie, hinter der ein Spion seine Identität verbirgt.«

»Das weiß ich doch auch«, sagte Paris.

»In den sechs Wochen vor unserem Einsatz in Paris beispielsweise …«

»Dem, bei dem Clementine dich in einem brennenden Lagerhaus liegen ließ?«, fragte Sydney.

»Genau. Ich arbeitete an einer Legende als Schwarzmarkthändler, der auf gestohlene Kunstwerke spezialisiert ist. Den Kindern sagten wir, ich müsste wegen der Arbeit länger verreisen, und ich bin in ein Loft drunten am Kanal in Camden gezogen. Clemmie und ich durften keinen direkten Kontakt haben, aber ich joggte jeden Tag an der Themse und sah nach, ob sie mir eine Nachricht dagelassen hatte.«

»Kleopatra ist also nicht nur ein Spitzname«, sagte Brooklyn. »Es ist ein Spitzname, der sich auf versteckte Nachrichten bezieht.«

Mother nickte. »Aber die Frage ist, wo hat sie die Nachricht diesmal versteckt?«

»Vielleicht wieder im toten Briefkasten«, schlug Sydney vor. »In dem losen Ziegel in der Mauer.«

»Nein«, sagte Mother. »Da habe ich schon nachgesehen, da ist nichts.«

»Wie konntest du nachsehen?«, fragte Rio. »Kleopatras Nadel steht in London und wir sind da eben erst drauf gekommen.«

»Das stimmt, aber die Nachricht an sich kam schon vor einer ganzen Weile. Deshalb wollte Tru ja erst, dass ihr in das Museum einbrecht.«

Monty schloss die Augen und überlegte. »Und du hast letzte Woche nachgesehen, als ihr alle zum Einbruch in London wart.«

»Ich habe in den vergangenen fünf Jahren jedes Mal nachgesehen, wenn ich in London war«, gestand Mother. Er hatte

Mühe, seine Stimme unter Kontrolle zu halten. »Wahrscheinlich hoffe ich einfach immer, irgendeinen Zettel vorzufinden, der erklärt, warum das alles passiert ist.«

Alle schwiegen, bis Sydney sich meldete. »Ich wollte nur sagen …«

»Ich weiß«, sagte Mother. »Sie wollte mich im Feuer sterben lassen.«

»Nein, nicht das. Zumindest nicht diesmal. Ich wollte nur sagen, dass mir wirklich leidtut, was dir passiert ist.«

»Es tut uns allen leid«, fügte Brooklyn hinzu. »Ich verstehe zwar nicht, wie jemand wie die Frau, die du beschreibst, so was tun kann, aber es tut uns wirklich leid, was du durchmachen musstest.«

»Danke«, sagte Mother, »ich finde es ja auch schrecklich. Aber es hat mich ziemlich direkt zu euch geführt und das tut mir überhaupt nicht leid.«

Einen Augenblick ließen alle diese Worte auf sich einwirken und niemand sagte etwas. Das Gute und das Schlechte waren so eng miteinander verbunden.

»Erzähl uns doch von ihr«, brach Kat das Schweigen. »Wir haben uns immer gescheut, nach ihr zu fragen, aber es könnte uns helfen, sie und eventuelle Hinweise besser zu verstehen.«

»Natürlich.« Mother nickte. »Ihr Vater war Berufsdiplomat und sie wuchs in Hauptstädten überall auf der Welt auf. Für den MI6 wurde sie angeworben, als sie noch in Oxford studierte, genau wie Monty. Sie ist intelligent, charmant und unglaublich sprachbegabt.«

»Wo habt ihr euch kennengelernt?«, fragte Brooklyn.

»Auf dem IONEC, dem Intelligence Officer's New Entry Course, einem sechsmonatigen Ausbildungsprogramm in Fort Monckton in Portsmouth.«

»Du hast gesagt, sie sei in Hauptstädten überall auf der Welt aufgewachsen«, sagte Paris. »War da auch Washington darunter? Wenn ja, könnte das etwas mit ihrer Anspielung auf die CIA zu tun haben.«

»Nein.« Mother schüttelte den Kopf. »Aber sie hat als Teil eines Austauschprogramms zwischen CIA und MI6 ein paar Wochen dort verbracht.«

»Sie hat das CREEP gemacht?«, fragte Monty überrascht.

Mother nickte. »Wie kommst du darauf?«

»Ich habe es auch gemacht. Wahrscheinlich fünf, sechs Jahre später.«

»Was ist CREEP?«, fragte Brooklyn. »Klingt irgendwie ... schräg.«

»Nur wir haben es so genannt«, sagte Monty. »Offiziell handelte es sich um das Crypto-Research Educational Exchange Program. Die Leiterin der Chiffrier-Abteilung des MI6 fuhr jedes Jahr zusammen mit den fünf besten Kryptologie-Studierenden von IONEC für zwei Wochen in die CIA-Zentrale. Sie wollte immer unbedingt, dass wir im Oktober gehen.«

»Warum?«, fragte Sydney.

»Weil es im Oktober in London am meisten regnet und in Washington besonders trocken ist. Die CIA-Zentrale liegt am Stadtrand. Wir haben den ganzen Tag in einem verdunkelten

Raum verbracht und mit den Amerikanern gelernt, wie man Codes knackt, aber zum Mittagessen saßen wir im Hof an Picknicktischen und haben den Sonnenschein genossen. Es war wirklich super.«

»Clementine war also richtig gut im Codeknacken?«, fragte Brooklyn. »Eine der besten des Ausbildungsprogramms?«

»Die Beste in unserem Kurs«, sagte Mother. »Sie war hin und her gerissen, welche Richtung sie im Geheimdienst einschlagen sollte. Sie wäre zufrieden damit gewesen, die ganze Zeit nur mit Codes und Verschlüsselungen zu verbringen. Ich glaube, sie hat sich für den Außendienst entschieden, weil ich da hinwollte. Aber sie war richtig gut in Kryptologie.«

Kat griff nach dem Blatt mit der Nachricht und studierte sie einen Augenblick lang, dann schien sie plötzlich etwas zu begreifen und riss verblüfft die Augen auf. »›Richtig gut‹ ist noch eine Untertreibung.«

»Was meinst du?«, fragte Paris.

»Sie war wohl eher unglaublich gut.« Kat war ihre Aufregung deutlich anzuhören. »Ich muss mal was nachsehen.«

Sie ging mit der Nachricht zu einem Terminal und führte eine kurze Suche durch, während die anderen ihr erwartungsvoll zusahen.

»Sie macht wieder dieses Kat-Gesicht«, flüsterte Rio.

»Ich weiß.« Paris bedeutete ihm, still zu sein. »Störe sie nicht in ihrer Konzentration.«

Nach einigen weiteren Suchen wandte Kat sich wieder an die anderen. »Genial!«

»Was?«, fragte Sydney.

»Überlegt doch«, sagte Kat, »was ist der perfekte Code?«

»Einer, den man nicht brechen kann«, sagte Rio.

»Fast«, sagte Kat. »Aber selbst wenn man einen Code nicht entziffern kann, weiß die andere Seite doch, dass es ihn gibt, und das beeinflusst ihr Handeln. Im Zweiten Weltkrieg wussten die Alliierten von der Existenz von Enigma, noch bevor sie den Code entschlüsselt hatten, und reagierten entsprechend. Der perfekte Code ist einer mit zwei Bedeutungen. Wenn die andere Seite die eine Bedeutung entschlüsselt hat, weiß sie nichts von der zusätzlichen Nachricht.«

»Wir können dir kaum noch folgen, Kat«, sagte Brooklyn.

»Clementine gibt uns die ›Wunderbaren Dinge‹ und die Koordinaten des Britischen Museums und dann auch noch Kleopatra. Der MI6 schließt daraus, dass das Museum das Ziel des Anschlags ist, was auch stimmt. Also das ist genial, weil es sich um wichtige Informationen und eine verschlüsselte Nachricht handelt, sodass der MI6 denkt, seine Arbeit sei getan.«

Sie kehrte zum Tisch zurück und zeigte den anderen noch einmal die Nachricht.

»Aber Kleopatra hat eine doppelte Bedeutung«, fuhr sie fort. »Es bedeutet für Mother, aber nur für ihn, etwas anderes und das heißt, dass es auch eine verborgene Nachricht nur für ihn gibt.«

»Wo verborgen?«, fragte Sydney.

»In dieser Nachricht.« Kat hielt das Blatt hoch.

»Aber da stehen sonst nur noch die Koordinaten für die CIA.«

»Mit ebenfalls einer doppelten Bedeutung. Der MI6 liest das und hat Sorge, dass die Amerikaner an dem Cyberangriff beteiligt sind. Aber die Zahlen sind nicht nur die Koordinaten der CIA-Zentrale. Das habe ich eben überprüft. Sie gelten zwar für das Gelände der CIA, aber konkret für einen ganz bestimmten Ort auf dem großen Innenhof. Dem Hof, von dem Monty gerade gesprochen hat. Das hat mich erst auf den Gedanken gebracht.«

»Unglaublich!«, rief Monty, bei der der Groschen gefallen war. *»Kryptos!«*

»Richtig!«

Monty schüttelte staunend den Kopf. »Das ist wirklich genial.«

»Äh, Moment, euch ist schon klar, dass wir anderen keine Ahnung haben, wovon ihr da redet«, sagte Paris.

»Kryptos ist eine Skulptur, die im Hof der CIA steht«, sagte Monty. »Wie konnte mir das entgehen? Ich habe sie jeden Tag in der Mittagspause gesehen. Sie ist bei Kryptologen auf der ganzen Welt legendär. Sie besteht aus vier Tafeln und jede enthält eine codierte Nachricht des Künstlers.«

»Sie wurde vor über dreißig Jahren aufgestellt und seitdem hat man überall auf der Welt versucht, sie zu entschlüsseln«, fiel Kat ein. »Trotz jahrzehntelanger Versuche wurden bisher nur drei Tafeln entschlüsselt. Jeder Kryptologe will der Erste sein, der den letzten Text knackt.«

»Du glaubst also, der Hinweis auf die Skulptur ist Teil der Nachricht an uns?«, fragte Mother.

»Ich weiß es«, sagte Kat, »weil genau wie Kleopatra und die Koordinaten der CIA auch die ›Wunderbaren Dinge‹ eine doppelte Bedeutung haben.«

»Du sprichst von der dritten Tafel«, sagte Monty langsam und nickte. »Du hast recht, Kat, Clementine ist genial, aber du bist es auch. Wow!«

»Was steht auf der dritten Tafel?«, fragte Brooklyn.

»Der verschlüsselte Text dort ist ein Auszug aus Howard Carters Tagebuch«, sagte Kat.

»Und Carter war der Archäologe, der das Grab von Tutanchamun entdeckt hat?«, fragte Paris.

»Ja, ich hab das hier aufgerufen.« Kat kehrte zum Computer zurück. »Der Eintrag beschreibt den Moment, in dem Carter ein Loch öffnete, das so groß war, dass er sehen konnte, was in der Grabkammer war.« Sie begann vom Bildschirm abzulesen: »Ich hielt eine Kerze hinein und spähte nach drinnen. Die aus der Kammer entweichende warme Luft brachte die Flamme zum Flackern, aber im nächsten Moment tauchten aus dem Staub Einzelheiten des Raums auf.«

Kat hob den Kopf und sah die anderen an. »Der Eintrag endet mit einer Frage. ›Können Sie etwas sehen?‹ Carters Antwort wird nicht mehr zitiert, aber sie wurde berühmt. ›Ja, wunderbare Dinge.‹ Von diesem Ausspruch hat die Ausstellung ihren Namen. Und so sorgte Clementine dafür, dass wir wissen, dass sie Kryptos meint.«

»Wie machen wir also weiter?«, fragte Mother. »Nehmen wir mal an, du hast recht, wovon ich überzeugt bin. Was hat sie uns durch eine Skulptur in der CIA-Zentrale zu sagen?«

»Ich wette, sie will das Internetforum als toten Briefkasten nutzen«, sagte Monty. »Es gibt da eine sehr aktive Internetgemeinde von Amateur- und Profi-Kryptologen, die die letzte Tafel entziffern wollen. Kat und ich sind beide auch Mitglieder.«

»Im Ernst?«, sagte Rio.

»Es ist wahnsinnig interessant«, erklärte Kat. »Und die Leute von der Kryptologengemeinde sind unglaublich nett und hilfsbereit. Es gibt da so viele kluge Köpfe, die über alles Mögliche diskutieren, von fortlaufenden Chiffrierschlüsseln und Verschlüsselungsschemata bis hin zu Transpositionsmethoden und Kryptogrammen.«

»Es gibt da einen spannenden Thread über Beziehungen zwischen Kryptos und Enigma«, fügte Monty hinzu.

Sydney lachte. »Ich glaube, ihr zwei versteht unter ›wahnsinnig interessant‹ und ›spannend‹ etwas anderes als der Rest von uns.«

»Möglich, aber ich glaube, dass ihr da tatsächlich etwas entdeckt habt«, sagte Mother. »Wir müssen auf dieser Seite also etwas posten, das so klingt, als ginge es darin um eins dieser spannenden Themen, das zugleich aber eine Nachricht an Clementine enthält.«

»Genau«, sagte Kat. »Und wenn sie antwortet, wissen wir, dass wir recht hatten.«

Kat und Monty verfassten also einen sorgfältig formulierten Post für das Kryptos-Forum. Der Titel lautete »Kleopatras Nadel« und im Text war von einem möglichen Zusammenhang zwischen dem Kryptos-Code und den Hieroglyphen auf den Seiten des Obelisken die Rede. Es klang so plausibel, dass es nicht fehl am Platz wirkte, zugleich aber so verworren, dass es nicht viel Aufmerksamkeit auf sich ziehen würde.

Siebenundvierzig Minuten später pingte der Computer. Eine Antwort war eingetroffen.

Vor den Augen der anderen klickte Kat darauf.

»Was sagt sie?«, fragte Brooklyn.

Kat las laut vom Bildschirm vor: »Hallo, ist Kryptos also Transposition?«

»Eine Transposition der Hieroglyphen, oder was?«, fragte Paris. Transposition war eine Verschlüsselungsmethode.

»Es ist eine eher merkwürdige Vermutung«, sagte Monty. »Dadurch gibt sie uns zu verstehen, dass sie verschlüsselt spricht.«

»Welchen Code benutzt sie?«, fragte Brooklyn.

»Einen der allereinfachsten«, sagte Monty. »Das Akrostichon.«

»Man nimmt den ersten Buchstaben jedes Wortes, um die Nachricht zu lesen«, erklärte Kat. »H-I-K-A-T.« Sie blickte vom Bildschirm auf. »Sie schreibt ›Hi, Kat‹.«

»Sie weiß, dass du es bist?«, rief Sydney erschrocken. »Woher? Hast du den Post unterschrieben? Oder über deine Benutzerkennung?«

»Nein«, sagte Kat ratlos. »Sie weiß es einfach.«

»Es ist eine logische Schlussfolgerung«, sagte Mother. »Die Nachricht entziffert haben entweder Kat oder Monty.«

»Das ist nur logisch, wenn sie weiß, wer Kat und Monty sind«, sagte Sydney. »Aber da wir alle Teil einer streng geheimen Operation sind, finde ich das sehr beunruhigend.«

»Clementine ist eine unglaubliche Spionin, viel besser als ich«, sagte Mother. »Und wenn sie eine Doppelagentin ist, die noch für den MI6 arbeitet, hat Tru sie vielleicht informiert.«

»Das wird ja immer schlimmer«, sagte Sydney.

»Antworte ihr auch mit einem Akrostichon«, sagte Monty zu Kat. »Damit sie weiß, dass wir die Nachricht gelesen haben. Aber für den Fall, dass jemand anders die Nachricht liest, sollte das, was du schreibst, auch eine Antwort auf ihre Frage nach dem Code sein.«

Kat nickte und las die Antwort, die sie eintippte, laut vor. »Könnte letztlich eine obskure Paraphrase aus textlichen Rätseln abbilden.«

Paris versuchte mitzulesen. »K-L-E-O, mein Gott! Du hast gerade Kleopatra als Akrostichon geschrieben, als sei es nichts. Wie ist dir das so schnell eingefallen?«

Kat zuckte mit den Schultern. »Was soll ich sagen? Keine Ahnung, es ist mir eben eingefallen.«

Es pingte.

»Was schreibt sie als Antwort?«, fragte Mother.

»Ein Wow-Emoji und ein Lachen-mit-Tränen-Emoji.«

»Weil sie auch beeindruckt ist, wie schnell du das gemacht hast«, sagte Mother.

»Jetzt wissen wir, dass es sich um Clementine handelt«, sagte Monty. »Sie hat den Kontakt aufgenommen, also sollten wir abwarten, was sie uns sagen will.«

Einen Moment später pingte es wieder und Kat las den anderen vor. »Wirklich eine spannende Idee. Ich denke, du solltest dich genauer damit befassen, was wir schon über die vierte Tafel wissen, und dann von dort aus weitersehen.«

Und noch eine Nachricht traf ein.

»Ich muss weg, aber lass uns in 24 Stunden weiterdiskutieren.«

Ein letztes Ping kündigte eine letzte Nachricht an.

»Kreativer Austausch, toll!«, las Kat vor.

»Wieder ein Akrostichon«, sagte Monty, »für Kat. Das ist die letzte Nachricht.«

»Sie will also in vierundzwanzig Stunden wieder schreiben«, sagte Paris. »Was war das mit der vierten Tafel?«

»Es ist schon so lange her, dass jemand eine Tafel des *Kryptos* entziffert hat, dass der Künstler, der die Skulptur geschaffen hat, drei Hinweise gegeben hat«, sagte Monty. »Er nannte drei Wörter, die im Text vorkommen.«

Sie ging zum Whiteboard und schrieb: »Nordosten, Berlin, Uhr.«

»Clementine will uns nicht in vierundzwanzig Stunden wieder schreiben«, überlegte Mother, »sie will uns in Berlin treffen.« Er beugte sich vor und zeigte auf die Nachricht auf dem Computerschirm. »Als sie ›von dort aus weitersehen‹ schrieb, meinte sie das nicht im übertragenen Sinn, sondern ganz wörtlich.«

»Das ist keine gute Idee«, meinte Sydney. »Das machen wir nicht. Es könnte eine Falle sein.«

»Du hast recht«, sagte Mother. »Wir können das nicht machen.«

»Zum Glück«, sagte Sydney.

»Aber ich schon.«

»Moment, nein. Mir ist klar, warum du das …«

»Sydney, es ist lieb von dir, dass du auf mich aufpassen willst, aber das steht nicht zur Diskussion. Wir haben von C persönlich einen Auftrag bekommen und er führt uns nach Berlin. Und auch wenn du es vielleicht nicht glaubst, weiß ich ganz genau, wozu Clementine fähig ist.« Er schob seine Ärmel zurück und zeigte die Verbrennungsnarben an seinen beiden Armen. »Aber ich werde nach Berlin fahren, um herauszufinden, wohin uns dieser Hinweis führt.« Er wandte sich an Kat. »Bestätige das Treffen.«

»Mach ich«, sagte Kat, »aber du darfst nicht allein hin.«

»Ich kann sehr gut auf mich aufpassen.«

»Das meine ich nicht. Es geht um die Uhr. Seit die Hinweise des Künstlers veröffentlicht wurden, ist eine Debatte darüber entbrannt, um welche Uhr es sich handelt. Es gibt drei Kandidaten in Berlin. Du kannst nicht an drei Orten gleichzeitig sein und musst deshalb zwei von uns mitnehmen.«

10.
BERLIN

Paris blickte durch das Fenster auf die Landschaft, durch die der ICE von Hamburg nach Berlin mit einer Geschwindigkeit von über dreihundert Stundenkilometern raste. Er saß zusammen mit Rio und Mother an einem Tisch. Obwohl sie schon vor dem Morgengrauen aufgestanden waren, um den Flug von Edinburgh zu bekommen, waren sie in Erwartung des bevorstehenden Tages hellwach. Wenn sie die Nachricht richtig interpretiert hatten, würden sie in Kürze Clementine treffen.

»Entscheidend ist Situationsbewusstsein«, erklärte Mother, während er auf einem Tabletcomputer, der zwischen ihnen auf dem Tisch lag, ein Diagramm zeichnete. »Man muss das gesamte Spielfeld im Auge behalten, um mögliche Angriffe und Fluchtwege zu erkennen.«

Ein Beobachter hätte den Eindruck gehabt, dass er die Strategie für ein Fußballspiel erläuterte. Denn ihre Jacken, Jogginghosen und Reisetaschen trugen alle das rot-weiße Logo der Jugendmannschaft des FC Aberdeen. Die Requisiten waren Teil einer Legende für einen verdeckten Einsatz, der nie durchgeführt worden war, und erweckten den Eindruck, dass es sich bei den dreien um einen Trainer und zwei Spieler handelte, unterwegs zu einem Jugendturnier im fußballverrückten Deutschland. In Wahrheit skizzierte Mother eine Gegenüberwachungsstrategie für ihr Treffen.

»Wir sind Clementine ausgeliefert«, sagte er. »Sie hat uns keine Zeit zur Vorbereitung gegeben und drei mögliche Treffpunkte, es ist also entscheidend, dass wir vorsichtig und flexibel sind. Jeder von uns wird eine der Uhren von einem sicheren Ort aus beobachten, und wenn ihr Clementine seht, verständigt ihr mich und ich komme so schnell wie möglich.«

»Und wenn sie uns anspricht?«, fragte Paris.

»Ruft ihr mich trotzdem. Aber ich denke, sie hält nach mir Ausschau, nicht nach euch.«

Sein Handy vibrierte zum Zeichen, dass eine Nachricht eingetroffen war, und die anderen beiden wechselten einen wissenden Blick.

»Von wem die wohl ist?«, fragte Rio. »Wieder mal.«

Mother blickte auf das Display und nickte. »Sydney.«

Zwar war Sydney gegen den Einsatz gewesen, aber jetzt war sie trotzdem enttäuscht, nicht dabei zu sein. Brooklyn war damit beschäftigt, den Hackern auf die Spur zu kommen, und Kat war die Expertin für alles, was mit dem Britischen Museum zu tun hatte, entsprechend war es sinnvoll, dass die beiden auf der FARM blieben und weiter daran arbeiteten, Horus aufzuspüren. Deshalb kamen Sydney, Paris und Rio als Kandidaten für die Reise nach Berlin infrage und Sydney war sicher gewesen, ausgewählt zu werden.

»Lass mich raten«, sagte Paris. »Diesmal schreibt sie: ›He, Leute, ihr habt mich vergessen.‹«

»Sie dichtet jetzt«, sagte Mother und las vor: »›Wer spioniert mit offenen Augen, wird als Spion besonders taugen.‹«

»Ist das ein Mother-Spruch?«, fragte Rio.

»Keiner, den ich kenne«, sagte Mother. »Und da ich sie erfinde, müsste ich das ja.«

»Sie denkt sich selbst welche aus«, sagte Paris. »In ihrer Verzweiflung.«

»Sie macht sich nur Sorgen um uns«, verteidigte Mother Sydney. »Sie will, dass wir aufpassen und vorsichtig sind.«

»Das glaube ich nicht«, erwiderte Rio. »Es geht darum, dass sie hier sein will.«

»Sie glaubt jedenfalls, dass du sie für das bestrafst, was sie über Clementine gesagt hat«, sagte Paris.

»Nein.« Mother schüttelte den Kopf. »Ich habe ihr erklärt, dass wir keine Zeit haben, eine Legende zu erfinden, und deshalb die mit dem FC Aberdeen nehmen müssen, die schon fertig war. Mit Trikots, Pässen, Reisetaschen und allem.«

»Und was hat sie darauf geantwortet?«, fragte Paris.

»Dass ich sie dafür bestrafen würde, was sie über Clementine gesagt hat. Was wohl auch stimmt. Also, eigentlich nicht bestrafen. Aber sie war so entschieden gegen den Einsatz, dass ich Angst hätte, sie würde uns nicht verständigen, wenn sie Clementine als Erste sähe. Dann hätten wir diese Chance vertan.«

»Wenn sie nichts gesagt hätte, wäre sie also dabei und nicht ich.« Rio klang gekränkt.

»Nein«, versuchte Mother ihn zu trösten. »Wir sind das richtige Team für diesen Einsatz. Er ist heikel, aber wir sind bereit.«

Sie verließen den Zug in dem modernen, gläsernen Berliner Hauptbahnhof. Auf dem Weg zum Ausgang sah Mother Rio an. »Warum sagst nicht du es?«

Rio zog die Augenbrauen hoch. »Heißt das, ich bin der Alpha?«

Mother lachte. »Nein, der bin ich. Aber du darfst es sagen.«

Rio zuckte mit den Schultern, als sei es einen Versuch wert gewesen. »Mir recht. Also: Alles klar zum Einsatz. Legen wir los.«

Sie lächelten alle drei.

Es gab drei sehr ungewöhnliche Uhren in Berlin und jede kam als Kandidatin für die Uhr infrage, von der im Kryptos-Code die Rede war.

Zuerst besuchten sie die Mengenlehre-Uhr. Sie galt bei denen, die versuchten, den Code zu entschlüsseln, als Favorit, weil sie allgemein auch Berlin-Uhr genannt wurde. Sogar ins *Guinness-Buch der Rekorde* hatte sie es geschafft, als erste öffentliche Uhr, die die Zeit nicht mit Zahlen oder Zeigern, sondern nur mit farbig leuchtenden Feldern darstellte. Statt eines Zifferblatts hatte sie vierundzwanzig in vier Reihen angeordnete Lampen, die Stunden, Minuten und Sekunden durch Blinken anzeigten. Die Uhr stand auf dem Gehweg vor einem beliebten Berliner Einkaufszentrum, dem Europa-Center.

»Das ist deine Uhr, Paris«, sagte Mother, als sie auf der anderen Straßenseite vor dem Einkaufszentrum standen. »Wenn du dich in dieses Café setzt, siehst du die Uhr und jede Person, die sich ihr nähert. Behalte den Hoteleingang im Auge, Clementine könnte von dort kommen.«

»Verstanden«, sagte Paris zuversichtlich.

»Dann gehen wir jetzt rein und schauen uns die zweite Uhr an.«

Die zweite bemerkenswerte Uhr, die Uhr der fließenden Zeit, stand im Innenhof des Europa-Centers und erstreckte sich über drei Etagen. Einzigartig an ihr war, dass sie die Zeit mittels einer leuchtend grün gefärbten Flüssigkeit anzeigte, die durch in Säulen angeordnete Glaskugeln floss. Die Uhr war gleichzeitig eine Skulptur.

»Okay, Rio, hier ein kurzer Test«, sagte Mother. »Was ist deiner Meinung nach der sicherste Ort, an dem du hier warten kannst?«

Rio ließ den Blick durch den Innenhof wandern und zeigte auf einen Balkon in der dritten Etage. »Da droben. Von dort habe ich den besten Blick auf den Innenhof und bin von hinten geschützt, sodass niemand sich an mich anschleichen kann.«

Mother lächelte. »Ausgezeichnet«, sagte er. »Und was für Fluchtwege hast du, wenn etwas schiefgeht?«

»Ich gehe in die Richtung der meisten Einkäufer und tauche in der Menge unter.«

»Vollkommen richtig.« Mother sah die beiden an. »Ihr zwei seid also nah beieinander, Rio hier in der dritten Etage und Paris im Café auf der anderen Straßenseite. Bei der leisesten Andeutung von Ärger trefft ihr euch und verschwindet von hier. Wo ist unser Treffpunkt?«

»Im Zoo, gleich hinter dem Eingang«, sagte Paris.

»Der ist nur ein paar Blocks entfernt. Außerdem will ich, dass ihr euch alle zwei Minuten bei mir meldet.«

»Ist das nicht ein wenig übertrieben?«, fragte Paris.

»Übertrieben gibt es bei Clemmie nicht.« Mother sah auf seine Uhr. »Es sind noch fünfzig Minuten bis zu den vierundzwanzig Stunden seit gestern. Bleibt noch eine halbe Stunde zusammen und geht dann auf Position. Ich mache mich auf den Weg zum Alexanderplatz.«

»Sei vorsichtig«, sagte Rio.

»Das gilt auch für euch beide.«

Die dritte ungewöhnliche Uhr Berlins war die große Weltzeituhr auf dem Alexanderplatz, einem der belebtesten Plätze der Stadt. Sie wog über sechzehn Tonnen, stand wie ein Turm in der Mitte des Platzes und drehte sich ständig. Ihre vierundzwanzig Seiten stellten die wichtigsten Zeitzonen der Welt dar und trugen die Namen von einhundertachtundvierzig Großstädten, deren aktuelle Zeit jeweils angezeigt wurde.

Mother hatte sich aus zwei Gründen dafür entschieden, diese Uhr zu observieren. Einmal standen die anderen beiden Uhren so nah beieinander, dass Paris und Rio sich notfalls gegenseitig helfen konnten. Zweitens war er, nachdem er sich über die Uhren kundig gemacht hatte, überzeugt, dass Clementine diese wählen würde. Aufgrund der ständigen Menschenströme auf dem Platz konnte sie jederzeit von irgendwo auftauchen und wieder verschwinden.

Er hatte gerade noch genug Zeit, die Aussichtsplattform oben auf dem Berliner Fernsehturm zu besuchen, einem berühmten Wahrzeichen der Stadt und dem fünfthöchsten Fernsehturm Europas. Von dort hatte er den perfekten Blick auf den Alexanderplatz. Er betrachtete die verschiedenen Zugänge zum Platz und beschloss, dass er am besten in der Nähe eines bei Touristen beliebten Karussells wartete. Dort war er in der Nähe der Uhr und hatte zugleich viele Möglichkeiten, sich zu verstecken.

»Dies ist ein Test der Sprechanlage«, sagte er, als er beim Karussell angekommen war. »Seid ihr beide auf Position?«

»Ich höre dich laut und deutlich«, antwortete Paris. »Ich sitze im Café.«

»Isst du was?« Rio klang auf einmal neidisch.

»Schon, ich will ja nicht auffallen«, sagte Paris.

»Ich glaube, ich habe den Kürzeren gezogen.«

»Keine Sorge, du kriegst bald was zu essen.« Mother sah auf die Uhr. »In sechzig Sekunden sind seit Clemmies Nachricht genau vierundzwanzig Stunden vergangen. Haltet die

Augen offen und gebt mir Bescheid, wenn ihr etwas Verdächtiges seht.«

»Verstanden«, sagte Rio.

»Und wie oft meldet ihr euch bei mir?«

»Alle fünf Minuten«, sagte Paris.

Mother räusperte sich.

»Gut, alle zwei. Aber ich halte das trotzdem für übertrieben.«

»Zum Glück bin ich der Alpha, euer Führungsoffizier und euer Vater. Das heißt, es gibt drei Gründe, warum ich euch überstimmen kann.«

»Wenn wir schon von übertrieben reden«, sagte Rio, »wie viele Nachrichten hast du von Sydney bekommen, seit wir uns getrennt haben?«

»Nur drei«, sagte Mother. Die anderen mussten lachen. »Sie hat entweder das Interesse verloren oder ist müde.«

In der nächsten halben Stunde warteten sie geduldig und hielten nach einem Zeichen von Clementine Ausschau, sahen aber nur Einkäufer und Passanten. Es war ein kalter Tag, was Pech für Paris und Mother bedeutete, weil sie beide im Freien warteten. Zum einen froren sie, zum anderen war es schwerer, jemanden zu erkennen, wenn die meisten Leute in dicke Mäntel verpackt waren. Mother war zusätzlich dadurch genervt, dass das Karussell immer wieder dieselbe Musik spielte.

»Wie lange noch, bis wir abbrechen?«, fragte Paris.

»Wir haben eine weite Reise gemacht, also geben wir ihr mindestens eine Stunde«, sagte Mother.

»Verstanden.«

Mothers Handy vibrierte. Es war wieder Sydney.

Ist sie aufgetaucht?, schrieb sie.

Nein, antwortete Mother.

Sydney: Ich muss mit dir reden.

Mother: Ich wollte dich wirklich nicht bestrafen. Aber ich muss mich jetzt auf die Uhr konzentrieren.

Kurz darauf klingelte Mothers Handy. Die Anrufer-ID gehörte Sydney.

»Hör mir nur ganz kurz zu«, sagte sie hastig, als er abnahm.

Mother seufzte ungeduldig, einmal wegen Sydney und dann, weil der Einsatz zu scheitern drohte. »Was ist?«, fragte er kurz angebunden.

»Wie sich herausstellt, hättet ihr mich doch mitnehmen sollen«, sagte Sydney.

Mothers Geduld war erschöpft. »Ich weiß, du bist enttäuscht, aber …«

»Denn es gibt eine vierte Uhr und ich glaube, an der ist sie.«

»Welche Uhr?«

»Der Schlüssel zu alldem ist doch Ägypten«, sagte Sydney. »Zuerst im Britischen Museum, dann mit Kleopatra und dem Zitat auf dem Kryptos.«

»Komm zur Sache, wir sind hier in einer entscheidenden Phase.«

»Es gibt ein Museum in Berlin mit einer eigenen Abteilung für ägyptische Kunst und Altertümer, das sogenannte

Neue Museum. Zu seiner Sammlung gehört auch die älteste bekannte Sonnenuhr der Welt. Das ist doch auch eine Art Uhr, oder? Und sogar eine wichtige.«

»Möglich«, überlegte Mother. »Aber vielleicht klammern wir uns auch nur an einen Strohhalm.«

»Das dachte ich zuerst auch. Also hab ich mir einen virtuellen Rundgang des Museums angesehen und weißt du, was direkt daneben ist? Eine Büste der Kleopatra.«

Mother rannte schon zu einem Taxi, bevor er antwortete. »Schick mir alle Informationen über das Museum und wo es liegt. Und ich will wissen, in welchem Saal die Sonnenuhr ausgestellt ist.«

»Verstanden.«

Mother hielt kurz den Atem an. »Danke, Sydney, prima gemacht.«

»Freut mich, wenn ich helfen konnte.«

Mother alarmierte Rio und Paris über Funk und die beiden beschlossen, vor Ort zu ihm zu stoßen. Das Taxi brachte ihn über eine Brücke auf eine Insel zwischen zwei Spreearmen, auf der unter anderem das Neue Museum stand mit einer der weltweit bedeutendsten Sammlungen altägyptischer Kunst, darunter die weltberühmte Büste der Nofretete.

Mother blieb keine Zeit, das Museum im Voraus zu erkunden, und als er auf die Säulen des Eingangs zueilte, war ihm bewusst, dass er gegen jede Menge Regeln verstieß, die er seinen Schützlingen beigebracht hatte. Er hatte keinen Plan und rannte womöglich in eine Falle. Aber nach Jahren der

Suche war er Clementine dichter auf den Fersen als je zuvor.

Er war bereit, das Risiko einzugehen.

»Ich bin am Museum«, sagte er, als er am Eingang stand. »Hoffentlich komme ich nicht zu spät.«

»Wir sind unterwegs«, antwortete Paris, der mit Rio gerade vor dem Europa-Center in ein Taxi stieg.

Auf dem Weg durch das Marmorfoyer versuchte Mother langsamer zu atmen. Er musste sich beruhigen und durfte nicht auffallen. Überraschenderweise half ihm dabei Sydneys selbst ausgedachter Mother-Spruch. »Wer spioniert mit offenen Augen, wird als Spion besonders taugen.« Er holte tief Luft, kaufte eine Eintrittskarte und griff nach einem Plan mit einer Übersicht über die Ausstellungsräume.

Drei Minuten später blickte er durch einen großen Saal in Richtung der Sonnenuhr. Daneben stand, genau wie Sydney gesagt hatte, eine Büste der Kleopatra. Von Clementine war leider nichts zu sehen.

»Ich bin bei der Sonnenuhr«, sagte Mother in sein Mikrofon.

»Ist sie da?«, fragte Paris.

»Nein«, antwortete Mother enttäuscht. »Offenbar bin ich zu spät dran. Ich sehe nur zwei Männer, eine Familie mit zwei Kindern und einen Jungen mit einem kleinen Rucksack.«

»Und könnte sie die Frau der Familie sein?«, fragte Rio.

»Nein, das ist sie nicht. So eine Pleite.«

Dann machte es plötzlich klick.

»Mein Gott!«, sagte Mother und seine Stimme zitterte. »Mein Gott!«

Er klang, als wollte er gleich in Tränen ausbrechen.

»Was ist denn?«, fragte Paris aufgeregt. »Was ist?«

»Der Junge! Es ist Robert.«

11.
PLANÄNDERUNG

Mother hatte sich das Wiedersehen unendlich oft ausgemalt und sich genauso oft überlegt, was er sagen wollte. Doch als er jetzt über den Mosaikboden ging, war er vor Rührung sprachlos.

In den fast sechs Jahren, die sie einander nicht gesehen hatten, war Robert einen halben Meter gewachsen und sein einst rundes Gesicht war schmaler geworden. Trotzdem war er unverkennbar. Von Mother konnte man das nicht behaupten. Er war nach dem Brand in Paris fast ein Dutzend Mal operiert worden und der MI6 hatte bei dieser Gelegenheit gleich sein Aussehen geändert. Das half zwar wunderbar, seine Identität vor anderen Spionen zu verbergen, aber jetzt hatte er Angst, sein eigener Sohn könnte ihn nicht erkennen.

»Robert?«, fragte er zögernd.

Der Junge blickte neugierig zu ihm auf, als versuche er, das Gesicht einzuordnen. »Dad?«

»Ich weiß, dass du mich nicht erkennst«, sagte Mother verunsichert. »Ich hatte einen Unfall und Operationen …«

Robert fiel ihm ins Wort. »Ich weiß, wer du bist. Ich kann nur nicht glauben, dass du wirklich hier vor mir stehst.«

Er schlang die Arme um seinen Vater, und Mother erwiderte die Umarmung so fest, dass Roberts Füße vom Boden abhoben.

»Ich habe die ganze Welt nach dir durchkämmt.« Mothers Stimme drohte zu versagen. »Überall habe ich dich gesucht.«

»Jetzt bin ich da«, sagte Robert.

So verharrten sie, bis Mother sich zwang, Robert loszulassen. Er war Vater, aber gleichzeitig auch Spion. Zwar hatte er keine Ahnung, was für Kräfte hier am Werk waren, aber er musste seinen Sohn beschützen.

»Wo ist deine Mutter?«, fragte er und ließ den Blick durch den Saal wandern.

»Keine Ahnung. Wir haben uns gestern Abend verabschiedet.«

»Verabschiedet?«, fragte Mother verwirrt. »Was heißt das?«

»Es wurde alles so organisiert, dass wir zusammen sein können«, sagte Robert. »Dass ich zu dir nach Hause kommen kann.«

»Sie lässt dich gehen?« Mother konnte es immer noch nicht glauben.

»Sie sagte, ich könnte wählen, und ich wollte bei dir leben.«

Tränen strömten Mother über das Gesicht und er wischte sie mit den Händen weg und versuchte sich zu fassen, um nicht aufzufallen.

»Sie meinte, du wärst bestimmt überrascht und womöglich gerührt«, fuhr Robert fort. »Ich sollte dich deshalb daran erinnern, dass wir von hier verschwinden müssen und niemand uns folgen darf. Sie sagte, du müsstest mich so schnell wie möglich aus Deutschland wegbringen.«

»Sie sagt mir selbst jetzt noch, was ich tun muss.« Mother überlegte kurz. »Obwohl sie natürlich recht hat. Wir müssen sofort weg. Was hast du alles dabei?«

»Nur den Rucksack. Ich reise mit leichtem Gepäck.«

»Gut.« Mother hatte seine Gefühle und die Situation wieder im Griff. »Gehen wir.« Er schaltete sein Mikrofon ein. »Paris, Rio, wo seid ihr?«

»Im Taxi und gleich am Museum«, antwortete Paris.

»Reicht der Platz für vier Passagiere?«

»Ich denke schon«, sagte Rio. »Wenn einer vorn sitzt.«

»Dann sagt dem Fahrer, er soll warten. Wir kommen zum Ausgang und müssen dann gleich von hier weg.«

»Wir?«, fragte Rio verwirrt. »Kommt Robert mit uns mit?«

»Selbstverständlich.«

Kurz darauf verließen Mother und Robert das Museum und eilten in Richtung Straße. Sie achteten darauf, nicht zu schnell zu laufen, um nicht aufzufallen. Es war kalt und Mother schlug den Mantelkragen hoch, während er die Umgebung nach Beobachtern oder Verfolgern absuchte. Er war überzeugt, dass Clemmie in der Nähe war, um sich zu vergewissern, dass alles geklappt hatte. Zugleich wusste er, dass sie sich so gut versteckt hatte, dass er sie niemals finden würde.

Bevor er in das Taxi einstieg, drehte er sich noch einmal

um und legte beide Hände auf die Brust. Es war seine Art, ihr dafür zu danken, dass sie Robert hatte gehen lassen.

»Alexanderplatz«, wies er den Fahrer an und ließ sich auf den Beifahrersitz fallen. »Bitte schnell.«

Die Jungs saßen alle drei hinten und stellten sich vor.

»Schön, dich kennenzulernen, ich bin Rio.«

»Und ich Paris. Wir sind … hm …« Paris wusste nicht genau, was er sagen sollte.

»Sie sind deine Brüder und nennen mich Mother, obwohl ich ihr Adoptivvater bin«, sagte Mother von vorn. »Es ist viel passiert, seit wir uns das letzte Mal gesehen haben. Ich erkläre dir alles, wenn Zeit dazu ist.«

»Schön, euch kennenzulernen«, sagte Robert verwirrt und versuchte ein Lächeln.

Mother hatte sich aus demselben Grund für den Alexanderplatz entschieden, aus dem er geglaubt hatte, dass Clementine ihn als Treffpunkt gewählt haben könnte. Man konnte dort leicht in der Menschenmenge untertauchen und genau das hatte er vor. Robert hatte inzwischen Rios Jacke von der Jugendmannschaft des FC Aberdeen angezogen, um sich vom Aussehen her den anderen anzugleichen, und Mother rief Monty wegen neuer Flugtickets an.

»Ich brauche vier Tickets ab Berlin Brandenburg. Buche sie auf die drei Namen unserer Aberdeen-Legende und außerdem auf …« Er brach ab und blätterte in dem gefälschten Pass, den Robert bei sich trug. »Benjamin David Dobrow.«

»Wer ist das?«, fragte Monty.

»Robert.«

»Wahnsinn! Also, auf diese Geschichte bin ich gespannt.«

»Ich auch«, sagte Mother. »Wir werden etwa eine Stunde zum Flughafen brauchen und dann noch eine Stunde für die Sicherheitskontrolle. Buche uns für den ersten Flug, der danach geht.«

»Wohin? Edinburgh?«

Mother überlegte. Sosehr er sich über Roberts Rückkehr freute, musst er doch Clementine im Auge behalten. Vielleicht war alles eine raffinierte Falle. Wenn Clementine für Umbra arbeitete, folgte sie womöglich Robert, in der Hoffnung, dass er sie zu dem Ort führen würde, von dem aus Mother und das Team operierten. Es wäre riskant, direkt zur FARM zurückzukehren. »Nimm London«, sagte er. »Dort ist Robert aufgewachsen.«

»Trifft sich gut, weil wir auch dahin müssen«, sagte Monty.

»Warum?«

»Neue Entwicklungen in unserem Fall.«

Mother war in Gedanken so mit Robert und den dadurch verursachten Verwicklungen beschäftigt, dass er nicht wusste, wovon sie redete. »Welchem Fall?«

»Na, dem Cyberangriff.« Monty unterdrückte ein Lachen. »Du weißt schon, dem Fall, mit dem der Geheimdienstchef uns beauftragt hat. Mit Folgen für das ganze Land.«

»Richtig. In meinem Kopf geht gerade alles durcheinander.«

»Verständlich. Aber wir haben hier heute gute Fortschritte

gemacht und es gibt Spuren, denen wir gern vor Ort folgen würden.«

»Wunderbar«, sagte Mother. »Dann brauchen wir ein Safe House für acht Personen.«

»Ich habe schon eins ausgesucht und schreibe dir die Adresse zusammen mit den Reisedaten, sobald ich alles arrangiert habe.«

»Du bist großartig, Monty.«

»Passt auf euch auf und Glückwunsch. Du freust dich bestimmt wahnsinnig, ihn bei dir zu haben.«

»Das kannst du dir gar nicht vorstellen.«

Am Alexanderplatz stiegen sie in einen Zug zum Flughafen, zwei Stunden später flogen sie nach München und von dort nach London. Eine halbe Stunde nach Abflug waren die Jungs schon eingeschlafen, erschöpft von einem anstrengenden Tag, der noch nicht vorbei war. Mother selbst war hellwach. Zärtlich drückte er die Hand seines Sohnes, wie um sich zu vergewissern, dass das alles wirklich stattfand und er es sich nicht nur einbildete.

12.
DIE HEILIGEN SCHWESTERN VON ST. JOSHUA

Das Flugzeug landete erst nach Mitternacht in Heathrow und es war fast zwei, als Mother und die Jungs endlich an der Adresse ankamen, die Monty ihnen geschrieben hatte. Es handelte sich um ein schmales Backsteinhaus zwischen zwei viktorianischen Stadthäusern in einer ruhigen Gegend von Hyde Park. Neben der Tür hing ein kleines Schild mit der Abbildung eines Auges in einem Dreieck und dem lateinischen Spruch *semper occultus*.

Sie stiegen die Stufen zur Haustür hinauf.

»Sieht nett aus«, sagte Mother.

»Mir egal, ich brauche nur noch ein Bett«, sagte Rio und klopfte. »Ich bin so was von müde.«

»Ich auch«, fügte Robert hinzu.

»Wann hat unser Tag überhaupt angefangen?«, fragte Paris. »War das heute oder sind wir …«

Er vollendete die Frage nie, denn die Tür ging auf und zu ihrer Verblüffung stand vor ihnen nicht Monty, sondern eine Frau in den Sechzigern mit weißen Haaren, einer Hornbrille und Pausbacken. Sie wirkte trotz der späten Stunde munter.

Und sie trug die Tracht einer Ordensschwester.

»Verzeihung, Schwester«, sagte Rio. »Ich wollte nicht so laut klopfen. Ich meine, ich wollte überhaupt nicht an Ihre Tür klopfen. Also …«

»Wir bitten um Entschuldigung«, übernahm Mother. »Leider haben wir uns wohl in der Adresse versehen.«

»Unsinn«, sagte die Nonne. »Ihr seid doch bestimmt die Freunde von Monty.«

Rio und Paris wechselten einen verwirrten Blick, Mother und Robert taten dasselbe.

»Ich bin Schwester Christine«, sagte die Frau. »Kommt doch herein. Die anderen sind in der Küche.«

Sie traten in einen engen Flur mit kahlen Wänden, an denen nur ein großes Holzkreuz hing.

Paris sah sich ein wenig unsicher um. »Sind wir hier …«

»In einem Kloster?«, beendete Schwester Christine den Satz. »Ja. Wir sind Mitglieder eines kleinen, aber sehr engagierten Ordens, der Heiligen Schwestern von St. Joshua.«

Mother überlegte und musste lachen.

»St. Joshua«, sagte er. »Das passt wie die Faust aufs Auge.«

»Warum?«, fragte Robert verwirrt.

»Er ist der Schutzheilige der Spione«, erklärte Mother.

»Sie sind mir ja ein ganz Schlauer«, sagte Schwester Christine mit einem engelsgleichen Lächeln.

Während sie die Treppe zum ersten Stock hinaufstiegen, überlegte Mother, ob es einen Orden des heiligen Joshua wirklich gab oder ob das Kloster nur Teil einer verdeckten Operation war, so wie ihre Stiftung zur Erforschung und Überwachung der Atmosphäre. Fast hoffte er, dass die Schwestern zu einem geheimen Spionagering unter Leitung des Papstes gehörten.

»Willkommen«, rief Monty, als sie die Küche betraten.

»Ihr seid extra aufgeblieben«, rief Paris angenehm überrascht.

»Wir sind selbst erst vor einer Stunde gekommen«, sagte Sydney.

»Außerdem wollten wir unseren besonderen Gast begrüßen.« Monty wandte sich mit einem herzlichen Lächeln an Robert. »Ich freue mich sehr, dich kennenzulernen. Ich bin Monty.«

»Ich freue mich auch«, sagte Robert ein wenig zögernd, noch vollauf damit beschäftigt, mit seinem sich rasant verändernden Leben Schritt zu halten. Er sah die anderen an und versuchte ihre Mienen zu lesen.

Brooklyn ergriff die Initiative, trat einen Schritt vor und streckte die Hand aus. »Ich bin Brooklyn.«

»Hallo, Brooklyn.« Er gab ihr die Hand.

»Wie sollen wir dich nennen? Robert? Benjamin? Oder ist dir ein anderer Name lieber?«

»Ehrlich gesagt, weiß ich das gar nicht so recht. ›Robert‹ war ich schon sehr lange nicht mehr und Benjamin ist nur der Name in dem Pass, den meine Mutter mir gegeben hat. War das gestern? Keine Ahnung. Oder vorgestern? Ich habe irgendwie das Zeitgefühl verloren.«

»Das können wir alles morgen klären«, sagte Mother. »Jetzt sollten wir erst mal schlafen.«

»Tolle Idee!«, rief Rio.

In diesem Augenblick hörten sie vom Erdgeschoss das Läuten einer Handglocke. Schwester Christine lauschte auf die Töne, und als das Läuten aufhörte, zog sie eine Glocke aus der Tasche ihrer Kutte und antwortete mit einer Folge von Klingeltönen.

Mother und die Jungen sahen sich verwirrt an, aber Kat war auf einmal ganz aufgeregt.

»Ist das nicht unglaublich?«, rief sie.

»Was?«, fragte Rio.

»Die unterhalten sich mit einem Code. Mit den Glocken.«

»Nur wenn wir auf verschiedenen Stockwerken sind«, sagte Schwester Christine. »Wir haben es nicht so mit der Technik und es spart uns das viele Treppenlaufen. Schwester Neve wollte nur wissen, ob ihr etwas braucht, und ich habe ihr gesagt, ihr wärt versorgt.«

»Genau das meine ich«, sagte Kat. »Ich bin total dafür, dass wir uns auf der FARM auch solche Glocken zulegen.«

»Wenn ihr morgen Zeit habt, kann ich euch vielleicht unseren Code beibringen«, sagte die Nonne.

»Ja bitte«, rief Kat. »Ich bin auf jeden Fall dabei.«

»Aber jetzt müsst ihr erst mal alle schlafen«, sagte Mother.

»Ich zeige euch eure Zimmer«, sagte Schwester Christine. »Aber ich muss euch warnen, wir sind kein Luxushotel. Wir haben ein Gelübde der Enthaltsamkeit abgelegt und führen ein einfaches, schlichtes Leben.«

»Haben die Zimmer Betten?«, fragte Rio.

»Natürlich.«

»Dann ist das perfekt.«

Schwester Christine ging mit den Kindern in den dritten Stock, Monty und Mother blieben in der Küche sitzen. Robert ging als Letzter und warf Mother noch einen Blick zu.

»Ich komme gleich noch hoch und sehe nach dir, mein Sohn«, sagte Mother.

Robert nickte. »Gut.«

Monty strahlte, und als die anderen außer Hörweite waren, sagte sie: »Mein Sohn? Wie schön das klingt.«

»Ich kann es immer noch nicht glauben«, sagte Mother.

»Clemmie hat ihn einfach gehen lassen?«

Er nickte. »Sieht so aus.«

»Was für eine Überraschung!«

»Apropos Überraschung. Das ist hier ein Kloster?«

»Hier haben vierundzwanzig Schwestern gelebt. Jetzt sind es nur noch sechs und sie wohnen alle im Erdgeschoss. Es gibt also zwei Stockwerke mit leeren Zimmern, die sie gerne zu einem günstigen Preis vermieten. Außerdem sind sie ziemlich von der Außenwelt abgeschottet, wir haben hier also alle Ruhe, die wir brauchen.«

»Es ist für uns perfekt«, sagte Mother. »Fast möchte man glauben, die Schwestern seien nur eine Tarnung des MI6, wie die FARM.«

»Ich habe auch so einen Verdacht«, sagte Monty. »Aber sie hüten ihre Geheimnisse voller Inbrunst.«

Sie grinsten beide.

»Wie hast du überhaupt davon erfahren?«

»Der Orden hat Klöster in Hauptstädten auf der ganzen Welt«, sagte Monty. »Ich habe schon früher gelegentlich welche für Einsätze verwendet. Ich war ja schon Spionin, lange bevor ihr in mein Leben getreten seid, und kenne mich in der geheimen Welt der Spionage aus.«

»Das weiß ich«, sagte Mother. »Und ich fürchte, ich brauche dein Wissen noch, bevor du schlafen gehen kannst.«

»Worum geht es?«

Mother zeigte auf Roberts Rucksack, der auf dem Küchentisch stand.

»Ich bin sein Vater und würde es mir nie verzeihen, wenn ich auf der Suche nach Wanzen oder Peilsendern seine Sachen durchwühle …«

»Aber du bist zugleich Spion und weißt, dass es sein muss?«, fragte Monty.

Er nickte.

»Ich kümmere mich darum. Leg du dich schlafen und ich erledige das.«

13.
REGENT'S PARK

Atemgeräusche holten Paris aus tiefem Schlaf. Jemand befand sich in seinem Zimmer. Er öffnete die Augen und blickte erschrocken in ein anderes Augenpaar wenige Zentimeter über ihm. Bevor er noch reagieren konnte, leckte ihm eine nasse Zunge über das Gesicht. Die überaus zutrauliche schwarze Labradorhündin des Klosters wollte mit ihm Freundschaft schließen.

»Igitt!«, sagte Paris. Er wischte sich den Sabber ab und setzte sich auf die Bettkante. »Bist du mein Wecker?« Er kraulte die Hündin hinter den Ohren und las den Namen auf ihrem Halsband. »Hannah, ja? Schön, dich kennenzulernen.«

Er war trotz des sabbernden Weckens noch etwas wackelig auf den Beinen, als er die Treppe nach unten stieg. Aus der Küche empfing ihn der süße Duft frisch gebackenen Brots.

»Sind wir die Ersten?«, fragte er Sydney, die bereits am Tisch saß, vor sich eine fast leere Schale Müsli.

Sydney lachte. »Von wegen. Du bist der Vorletzte. Nur Robert schläft noch.«

»Wo sind dann alle?«

»Mother ist bei einer Besprechung mit Tru, die anderen sind damit beschäftigt, Horus zu identifizieren und den Cyberangriff zu stoppen.«

»Und wie?«

»Ausgehend von der Theorie, dass die Hacker das Britische Museum als ›Bonbonladen‹ verwendet haben, um Zugang zu den anderen Zielen zu bekommen, konnte Brooklyn Hinweise auf drei mögliche Drahtzieher ausfindig machen. Eine Ägyptologin, eine Computerfirma und einen noch geheimnisvollen Dritten.«

»Was soll das heißen?«

»Brooklyn hat einen Usernamen gefunden, aber wir wissen nicht, wem er gehört.«

»Wer macht was?«, fragte Paris.

»Brooklyn und Monty sind zu der Computerfirma unterwegs, Kat und Rio recherchieren die Ägyptologin.«

»Na toll, dann bleibt der geheimnisvolle Dritte für uns übrig. Wie gehen wir vor?«

»Der geheimnisvolle Dritte bleibt eigentlich für mich übrig«, sagte Sydney. »Du sollst hierbleiben und auf Robert aufpassen.« Sie machte eine bedeutungsvolle Pause. »Und zwar gut.«

»Was soll das heißen?«

»Überleg doch. Clementine lässt ihn einfach so gehen, nachdem sie ihn jahrelang versteckt hat? Das nehme ich ihr nicht ab. Ich traue ihr nicht über den Weg und ihm auch nicht. Vielleicht soll er das Team von innen ausspionieren.

Meine Sorge ist, dass Mother das vor lauter Glück, ihn bei sich zu haben, nicht sieht.«

»Ich glaube nicht, dass er ein Spion ist«, sagte Paris. »Ich glaube, er ist sauber.«

»Hoffentlich hast du recht. Denn wenn nicht, könnte das schlimme Folgen haben.«

Was Sydney und Paris nicht wussten – Robert, der kurz nach Paris aufgestanden war, hatte beim Herunterkommen seinen Namen gehört und war lauschend auf der Treppe stehen geblieben. Der Blick auf seinem Gesicht war gleichermaßen wütend wie traurig.

RUSSELL SQUARE

»Ich fasse immer noch nicht, dass du mich so früh geweckt hast«, beschwerte Rio sich bei Kat, als sie die U-Bahn-Station Russell Square in Richtung Bernard Street verließen.

»Ich weiß, dass du deinen Schönheitsschlaf brauchst, aber der Geheimdienstchef hat uns mit einem sehr wichtigen Einsatz betreut«, sagte Kat ohne jedes Mitgefühl. »Außerdem behauptest du doch, du könntest von uns allen am besten Schlösser knacken.«

»Ich *behaupte* das nicht, ich habe das schon oft bewiesen.«

»Deshalb habe ich dich ja nicht schlafen lassen. Wir müssen in die Wohnung einer Ägyptologin einbrechen, die eine mögliche Verdächtige ist. Und als Anreiz für dich habe ich gleich um die Ecke der Wohnung eine erstklassige Bäckerei ausfindig gemacht.«

»Oh, du hättest mit der Bäckerei anfangen sollen«, sagte Rio, dessen Eifer erwacht war. »Besuchen wir die davor oder danach?«

»Danach. Du willst doch keine klebrigen Finger haben.«

»Gutes Argument. Außerdem will ich mich beim Essen nicht beeilen müssen. Damit ich das Essen in meiner Datenbank richtig bewerten kann, muss ich dafür sorgen, dass ich genug Zeit habe, es zu genießen und zu verdauen. Erzähl mir mehr.«

»Über die Ägyptologin?«, fragte Kat.

»Nein, über die Bäckerei.« Rio klang, als liege das auf der Hand. Doch dann lachte er. »War nur Spaß. Warum brechen wir in die Wohnung ein?«

»Brooklyn hat mithilfe von Beny alle Aktivitäten auf den Servern des Britischen Museums in den Tagen vor dem Cyberangriff durchsucht. In drei Fällen haben User sich auf verdächtige Weise eingeloggt.«

»Und die Wohnung gehört einem dieser User?«

»Dr. Imogen Gaisman«, sagte Kat. »Sie ist eine bekannte Ägyptologin und hat das Museum schon oft beraten. Und sie ist eine der beiden Kuratorinnen, die die Ausstellung ›Wunderbare Dinge‹ konzipiert und nach London gebracht haben. Am Tag vor dem Anschlag loggte sie sich um drei Uhr morgens in das System ein.«

»Das ist alles? Vielleicht konnte sie nicht schlafen und wollte ihre Mails aufarbeiten.«

»Vielleicht. Aber Brooklyn hat sich auch in ihr Bankkonto

gehackt. Dort sind in der Woche davor drei größere Summen von insgesamt fünfzigtausend Pfund eingegangen.«

»Das ist viel Geld«, gab Rio zu.

»Und am Tag des Angriffs ist sie spontan nach Kairo geflogen.«

»Was heißt spontan?«

»Sie hat den Flug erst am Morgen des Tages gebucht und keinen Rückflug dazugenommen.«

Sie blieben stehen, denn auf der anderen Straßenseite lag Gaismans Wohnung.

»Das mag ja alles sonderbar klingen«, sagte Rio skeptisch. »Aber ich verstehe immer noch nicht, was es mit einem Cyberangriff auf wichtige britische Einrichtungen zu tun haben soll. In ihre Wohnung einzubrechen kommt mir wie ein unnötiges Risiko vor. Vielleicht sollten wir in der Bäckerei über eine andere Strategie nachdenken.«

Kat überlegte kurz und nickte. »Das habe ich befürchtet.«

»Was?«

»Das Haus mit ihrer Wohnung ist noch ziemlich neu, und du hast Angst, dass du es nicht schaffst, da reinzukommen.«

»Von wegen!« Rio riss empört die Augen auf.

»Das braucht dir nicht peinlich zu sein, ich verstehe das vollkommen. Ich hätte wohl besser Paris fragen sollen. Er hat mehr Erfahrung.«

»Soll das ein Witz sein? Du weißt doch, wie lange er neulich im Museum gebraucht hat, das Schloss zu knacken. In die Wohnung hier würde er nie reinkommen.«

»Und du glaubst, du schaffst es?«

»Versuch doch, mich aufzuhalten.« Er sah sich kurz nach Autos um und eilte über die Straße zu dem Wohnhaus.

Kat folgte ihm und musste ein Lachen unterdrücken. Nur ein Gedanke ging ihr durch den Kopf: Manche Leute sind so leicht zu manipulieren.

LOVELACE & HOPPER CYBER SOLUTIONS

In der sogenannten Tech City im Londoner Osten betraten Monty und Brooklyn ein modernes Bürogebäude, das mit seinen Betonwänden, frei liegenden Trägern und großen offenen Bereichen aussah, als hätte es einst eine Textilfabrik beherbergt. Sie nahmen den Aufzug zu den Büros von Lovelace & Hopper Cyber Solutions im dritten Stock.

Diese Firma hatte die neuen Server des Museums installiert. Bei Sichtung der entsprechenden Unterlagen war Brooklyn aufgefallen, dass die Firma oft zur Wartung vor Ort gewesen war und vollen Zugang zu den Computersystemen des Museums hatte und damit jede Menge Gelegenheit zu einem heimlichen Cyberangriff. Um herauszufinden, ob sie tatsächlich dafür verantwortlich war, musste Brooklyn ins Netzwerk der Firmenzentrale eindringen.

»Bereit?«, flüsterte Monty, als sie vom Aufzug zu den Büros gingen.

»Wütende Mutter und muffelige Tochter«, sagte Brooklyn. »Wird bestimmt lustig.«

Sie öffneten die Tür und Brooklyn war über die Größe der

Räumlichkeiten, oder vielmehr deren fehlende Größe, überrascht. Nach dem zu schließen, was sie über die Firma gelesen hatte, hatte sie etwas Beeindruckenderes erwartet. Es gab nur eine Handvoll Büros und einen Empfang, der aber nicht besetzt war.

»Hallo, ist da jemand?«, rief Monty. »Hallo?«

Eine Frau in den Zwanzigern mit kurz geschnittenem magentaroten Haar steckte den Kopf aus dem nächsten Büro. Sie trug Jeans, High Tops von Converse und ein Baseballtrikot.

»Wer seid ihr und was wollt ihr hier?«, fragte sie.

»Wir sind Mutter und Tochter und suchen nach Hilfe für unseren Computer«, erklärte Monty. »Wir sind hier doch bei Lovelace and Hopper Cyber Solutions, ja?«

»Schon, aber ...«

»Moment, jetzt kapier ich das«, fiel Brooklyn ihr aufgeregt ins Wort. »Die Firma ist nach Ada und Grace benannt.«

Die Frau schien angenehm überrascht. »Du kennst Ada und Grace?«

»Ada Lovelace, Computerpionierin und erste Programmiererin der Welt«, sagte Brooklyn. »Und Grace Hopper, Programmiergenie und Konteradmiralin der Marine und bekannt als Oma COBOL. Die beiden sind Legenden.« Brooklyn sah sich um. Einige weitere Leute blickten aus ihren Büros. Sie hatten alle eins gemeinsam. »Arbeiten in dieser Firma nur Frauen?«

»Möglich«, sagte die Frau. »Wer seid ihr noch mal?«

»Mein Laptop geht nicht mehr an«, sagte Monty, wie sie es besprochen hatten. Sie zog einen silbernen Laptop aus ihrer Tasche und legte ihn auf den Empfangstisch. »Meine Tochter hat ihn kaputt gemacht.«

»Ist gar nicht wahr«, protestierte Brooklyn. »Ich wollte nur ein wenig Platz schaffen und habe dabei aus Versehen einige Systemdateien gelöscht.«

»Was für mich auf dasselbe hinausläuft«, sagte Monty.

»Mom, warum kannst du nie ...«

»Tut mir leid, ich kann euch nicht helfen«, fiel die Frau ihr ins Wort. »Wir machen hier keinen technischen Support.«

»Aber ist Ihr Motto nicht ›Für uns ist kein Problem zu groß‹?«, fragte Monty.

»Schon, aber viele Probleme sind für uns zu klein. Wir sind hier nur wenige und arbeiten an großen Projekten, deshalb haben wir keine Zeit, Laptops zu reparieren.«

Brooklyn spürte, wie ihre Chancen schwanden, und platzte heraus: »Meine Brüder sagen bestimmt wieder ›typisch Mädchen‹.«

»Wie?«

»Wenn sie erfahren, dass der Laptop kaputt ist, werden sie sagen, das liegt daran, dass ich ein Mädchen bin und nichts von Computern verstehe.« Sie sah die Frau verzweifelt an.

Ihr Blick verfehlte seine Wirkung nicht und die Frau lächelte widerstrebend. »Ich kann ihn mir ja mal kurz ansehen.«

»Danke, das wäre toll«, sagte Brooklyn.

KNIGHTSBRIDGE

Brooklyn hatte zwar Imogen Gaisman und die Computerfirma identifizieren können, aber bei der dritten verdächtigen Person hatte sie keinen Erfolg gehabt. Diese Person hatte ihre Spuren viel besser verwischt und Brooklyn fand nur ein Log-in von jemandem mit dem Benutzernamen KV66. Die Angestellten des Museums hatten ganz andere Mitarbeiter-IDs, und Brooklyn konnte nirgendwo einen wirklichen Namen finden, der damit verbunden gewesen wäre.

Sydney hatte eine Idee, wer ihnen vielleicht weiterhelfen konnte, sie wusste allerdings nicht, ob die betreffende Person erfreut sein würde, sie zu sehen, als sie an die Eingangstür eines vornehmen Hauses in Knightsbridge klopfte. Wenig später ging die Tür auf und Sydney lächelte Valerie Garfield an, die Sicherheitschefin des Britischen Museums.

»Interessant, dass du klopfst«, sagte Garfield, als sie sah, wer es war. »Ich hätte gedacht, deine bevorzugte Zugangsmethode wäre, ein Loch in die Mauer zu sprengen und dann durchzugehen.«

»Nein, Ma'am, das mache ich nur, wenn es zum Einsatz gehört.« Sydney versuchte, die Stimmung der Frau zu lesen.

»Was ist das dann jetzt? Ein Plauderstündchen?« Garfield lehnte sich aus der Tür und sah sich nach den anderen um. »Oder lenkst du mich ab, während deine Freunde sich durch die Hintertür ins Haus schleichen?«

»Ich bin ganz allein«, sagte Sydney. »Aber meine Freunde und ich brauchen Ihre Hilfe.«

»Ihr braucht meine Hilfe?« Garfield lachte. »Habt ihr eine Ahnung, wie es in meinem Leben zugeht, seit ihr darin aufgetaucht seid? Der Einbruch war schon schlimm genug, aber jetzt habe ich auch noch den MI5 und das Cyber Security Centre auf dem Hals. Ihr in eurem geheimen Mädchen- und Jungsclub seid darüber vermutlich bestens informiert.«

»Ich bin wegen des Cyberangriffs hier«, sagte Sydney. »Wir haben einen Hinweis auf den möglichen Drahtzieher, und wir versuchen, mehr herauszufinden.«

»Einen Hinweis?«, fragte Garfield ungläubig. »Weißt du, wie lächerlich das klingt? Ich will euch ja nicht zu nahe treten, aber ihr seid Kinder. Für diese Situation sind jetzt andere zuständig und ich wurde angewiesen, nicht darüber zu sprechen. Also, tut mir leid, aber ich kann euch nicht helfen.«

Sie wollte die Tür schließen, aber Sydney trat rasch mit dem Fuß dazwischen.

»Können Sie mir wenigstens sagen, ob Sie jemanden mit dem Usernamen KV66 kennen?«

Garfields Gesichtsausdruck veränderte sich vollkommen. »Er hat damit zu tun?« Sie schüttelte den Kopf. »Das hätte ich mir denken können.«

»Wen meinen Sie?«, fragte Sydney.

Garfield holte tief Luft und seufzte, dann machte sie Tür ganz auf und bedeutete Sydney, einzutreten.

»Darüber unterhalten wir uns besser bei einer Tasse Tee. Aber du musst mir versprechen, dass du nichts klaust, während du hier bist, und dich auch nicht in meine Computer einhackst.«

»Ich bin nicht die Hackerin.« Sydney grinste.

»Nein, du bist die, die sich Zutritt zu Orten verschafft, an denen sie nicht erwünscht ist.«

Sydney lachte. »Stimmt schon eher.«

»Ich werde dich nicht fragen, wie du an meine Adresse gekommen bist.«

»Ist wahrscheinlich besser so.«

REGENT'S PARK

Mother hatte in seiner Nachricht an Tru nur dringend um ein persönliches Gespräch gebeten und sie trafen sich beim See mit den Booten im Regent's Park. Es war ein idyllischer Ort. Orangefarbenes und braunes Herbstlaub bedeckte den Boden und an den ansonsten kahlen Ästen der Bäume hingen leuchtend gelbe Blüten. Tru saß auf einer Bank und las einen Krimi von Agatha Christie, als Mother kam und sich an das andere Ende setzte, sodass es so aussah, als würden sie nicht zusammengehören.

»Guten Morgen, Tru«, sagte Mother. »Es wurden übrigens auch in diesem Jahrhundert Krimis geschrieben.«

»Mir sind die Klassiker lieber«, erwiderte Tru scharf. »Und ich mag es nicht, zu solchen Treffen bestellt zu werden. Also sagen Sie mir, was so dringend ist. Haben Sie bei der Suche nach Horus Fortschritte gemacht?«

»Ich bin leider in einer dringenderen Angelegenheit hier.«

»Was könnte noch dringender sein als ein schwerer Cyberangriff auf unser Land?« Tru klang verärgert, obwohl sie weiter auf ihr Buch blickte, als würde sie lesen.

»Sie müssen mich ansehen«, sagte Mother. »Es ist wichtig.«

Tru ließ sich nicht gerne herumkommandieren, aber sie klappte das Buch zu, legte es auf den Schoß und wandte sich ihm zu. »Ich bin ganz Auge.«

»Ist Clementine Ihr Maulwurf bei Umbra?«

»Warum fragen Sie?« Ihre Stimme klang ausdruckslos.

»Unglaublich«, sagte Mother und schüttelte den Kopf. »Ich konfrontiere Sie gerade mit dieser ungeheuerlichen Sache, von der ich weiß, dass sie wahr ist und dass Sie sie seit fast sechs Jahren vor mir geheim halten. Und Sie zucken nicht einmal mit der Wimper. Kein Mucks, kein Blinzeln, nicht die kleinste Regung.«

»Zuallererst, wenn Sie die Antwort kennen, brauchen Sie die Frage nicht zu stellen. Und zweitens, vergessen Sie nicht, dass wir in diesem Geschäft nicht zucken. Zucken kostet Menschenleben. Wissen Sie, wer Mansfield Smith-Cumming war?«

»Der erste Chef des Geheimdiensts. Der ursprüngliche C.«

»Richtig. Wussten Sie, dass er eine Beinprothese hatte?«

»Worauf wollen Sie hinaus, Tru?« Mother klang verärgert.

»Wenn er beim Eignungstest potenzielle Spione befragte, zog er plötzlich und ohne Vorwarnung ein Messer und stach sich in das Holzbein, um zu sehen, ob sie zusammenzuckten.

Wenn sie das taten, wusste er, dass sie nicht das Zeug zum Spion hatten.«

»Interessant«, sagte Mother. »Was ist Ihre Prothese? Ein Herz aus Holz?«

»Seien sie nicht melodramatisch.«

»Ich bin, was ich will. Wie konnten Sie mir das antun? All die Jahre habe ich Clementine und die Kinder gesucht, und Sie wussten die ganze Zeit, wo sie waren.«

»Nein, falsch. Ob Sie mir jetzt glauben oder nicht, die Kinder waren nie Teil des Plans. Clementine sollte ein paar Monate lang untertauchen. Ihnen haben wir nichts gesagt, weil Clementine Sorge hatte, Sie würden versuchen, ihr das auszureden.«

»Hat Clementine sich Sorgen gemacht oder *Sie*?«

Tru ignorierte die Frage. »Dann ging alles schief und es kam zu dem Feuer. Alle hielten Sie für tot und Clementine verschwand mit den Kindern, bevor ich noch reagieren konnte. Ich hatte keine Ahnung, wo sie die Kinder versteckt hat. Bis heute nicht.«

»Tja, eins von ihnen zieht demnächst auf die FARM.«

»Wie bitte?« Tru sah ihn entgeistert an.

»Jetzt sind Sie aber zusammengezuckt. Clementine hatte in der Nachricht, die Sie uns gezeigt haben, eine zweite versteckt.«

»Kleopatra?« Tru schüttelte den Kopf. »Das hat mir schon Kopfzerbrechen bereitet.«

»Sie hat mich nach Berlin gerufen und dort war Robert«,

sagte Mother. »Und deshalb muss ich Clementines Status kennen. Ich muss wissen, ob man ihr vertrauen kann oder ob sie für Umbra arbeitet und über Robert mich und die anderen ausspionieren will.«

Tru schwieg einen langen Moment und überlegte. »Philby ist übrigens der Grund, warum ich zum Nachdenken hierherkomme«, sagte sie dann. Kim Philby war der berühmt-berüchtigtste Doppelagent in der Geschichte des MI6.

Mother verdrehte die Augen. »Müssen Sie immer von alten Spionen anfangen, wenn Sie einem Thema ausweichen wollen?«

»Aber wir sprechen über unser Thema«, erwiderte Tru. »Die Sowjets haben sich dort drüben am See das erste Mal mit ihm getroffen. Er setzte sich zu einem Agenten namens Otto ins Gras, als wollten sie ein Picknick machen, und dann beschloss dieser junge Mann, der später ein hochrangiges Mitglied des britischen Geheimdienstes werden würde, sein Land zu verraten. Der Schaden, den er anrichtete, war immens.«

»Und was hat das mit meiner Frage zu tun?«

»Ich komme hierher, um mich daran zu erinnern, dass ich meinen Augen nicht trauen darf.« Sie sah ihn vielsagend an. »Und auch nicht meinem Herz aus Holz. Niemand ahnte, was Philby vorhatte. Er war beim Geheimdienst ein Star, für Großes bestimmt, und hat doch alle zum Narren gehalten.«

»Und Clementine?«

»Ich weiß, dass sie uns mit Informationen über Umbra

versorgt und dass es ihre Aufgabe war, in die Organisation einzudringen. Aber dieser Einsatz ist schon seit fünf Jahren beendet.«

Sie sah ihn an und in ihrem Blick lag aufrichtige Trauer.

»Ob man ihr vertrauen kann oder nicht? Ich habe wirklich keine Ahnung.«

14.
KV66

Imogen Gaisman wohnte in einem, schönen Zwei-Zimmer-Apartment und war stilvoll eingerichtet, unter anderem mit einer modernen Küche und Designermöbeln. Nur die Alarmanlage taugte nichts. Rio hatte nicht einmal fünfundvierzig Sekunden gebraucht, um in die Wohnung einzubrechen. Jetzt sahen er und Kat sich nach Hinweisen um, die Gaisman mit Horus und dem Cyberangriff verbinden konnten.

»Was ist dein erster Eindruck von Robert?«, fragte Kat. »Glaubst du, man kann ihm vertrauen?«

»Woher soll ich das wissen?«

»Du hast den ganzen Tag mit ihm verbracht.«

Rio lachte. »Wir waren ständig unterwegs. Ich weiß nur, dass er schnell laufen kann und schnarcht, wenn er im Flugzeug schläft.« Er verstummte. »Und natürlich weiß ich auch, dass er mich bestimmt schon überholt hat.«

»Was soll das heißen?«

»Alle tun das. Ich bin immer der Letzte auf der Liste, also stehe ich jetzt wohl auf Platz sechs.«

Sie hatten die Küche betreten, und als Kat den Kühlschrank öffnete, fiel ihr sofort etwas auf. »Sieh da mal rein.«

»So gern ich esse, ich klaue keine Lebensmittel aus dem Kühlschrank eines Verdächtigen.«

»Sollst du ja auch gar nicht. Du sollst nach Hinweisen suchen.«

Rio sah sie mit erhobenen Augenbrauen an, dann ging er zum Kühlschrank und blickte hinein. »Was für Hinweise siehst du hier?«

»Erdbeeren, Blaubeeren und Milch.«

»Ja klar, das ist verdächtig«, sagte Rio ironisch. »Lass uns Scotland Yard anrufen und melden, dass die Frau sich Smoothies macht.«

»Die Milch ist noch zu und das Obst frisch. Würdest du frische Beeren und Milch kaufen, bevor du nach Ägypten fliegst? Bei deiner Rückkehr wäre alles verdorben.«

»Okay, vielleicht hast du recht und die Reise war nicht geplant, sondern spontan.«

»Und warum ist sie so plötzlich abgereist? Hing es mit dem Cyberangriff zusammen? Oder war es etwas anderes?«

Rio ging in eins der Zimmer. »Schau dir das an. Sieht aus wie ein Fernsehstudio.«

Die eine Hälfte des Zimmers war als Homeoffice eingerichtet, die andere war ein kleines Studio mit zwei Stühlen für Interviews, einem Mikrofon an einem Galgen, drei Videoleuchten und einem Stativ. In dem Regal hinter einem der Stühle standen die Bücher von Gaisman und Repliken ägyptischer Kunstwerke.

»Das ist für ihren Video-Podcast«, erklärte Kat. »Sie lädt

Gäste ein, mit denen sie über das alte Ägypten spricht. Ich habe einmal in eine Podcast-Folge über den Bau der Pyramiden reingeschaut. War gut.«

»Was ist das Muster?«, fragte Rio, während er alles fotografierte, damit sie es später noch zum Nachsehen hatten.

»Was meinst du?«

»Du sagst doch, es gibt immer ein Muster. Was ist also das Muster hier?«

»Einmal ist sie sehr akkurat. Alles ist geordnet und steht an der richtigen Stelle, mit drei Ausnahmen, zwei davon im Schlafzimmer. Das Bett war ungemacht und vor dem Schrank lagen Schuhe.«

»Die Reise war nicht geplant, sie war also in Eile«, überlegte Rio. »Sie hatte keine Zeit mehr für ihr Bett und durchsuchte den Schrank nach passenden Schuhen.«

»Gut, aber das?« Kat zeigte auf Gaismans Schreibtisch. »Alle Papiere sind zu Stapeln geordnet, nur die Post ist überall verstreut.«

»Du glaubst, sie hat etwas mit der Post bekommen und daraufhin und die Reise nach Ägypten angetreten?«

»Möglich. Die Umschläge sind allerdings alle noch zu.«

»Weil sie das, was sie zur Reise veranlasst hat, mitgenommen hat«, sagte Rio.

»Klingt einleuchtend. Aber was das war, können wir nicht herausfinden.«

Sie sahen sich an, lächelten zur gleichen Zeit und sagten gleichzeitig: »Der Umschlag.«

Sie durchsuchten die Wohnung und Rio wurde schließlich im Küchenmüll fündig. Es handelte sich nicht um einen Umschlag, sondern um ein kleines Paket, halb so groß wie eine Schuhschachtel. Es war leer, aber wie bei allen Paketen aus dem Ausland klebte eine Zollerklärung mit der Adresse des Absenders und einer Beschreibung des Inhalts daran.

»Ein Name steht da nicht drauf, aber laut dieser Erklärung hat jemand in Kairo Gaisman ein handgearbeitetes Holzgefäß mit einem Gewicht von 1,4 Kilo geschickt«, las Rio vor.

»Warum sollte sie deshalb nach Kairo fliegen?«, überlegte Kat laut.

LOVELACE & HOPPER CYBER SOLUTIONS

Brooklyn sollte die Rolle des zickigen Teenagers spielen, aber sie musste ständig gegen ein Grinsen ankämpfen, als sie durch die Zentrale dieser rein weiblichen Computerfirma gingen. Die Firma wirkte weniger wie ein Arbeitsplatz als vielmehr wie ein Schrein für Computerhardware vom Feinsten, was Brooklyns Hackerherz mit Freude erfüllte. Dass sie ihre Fähigkeiten so herunterspielen musste, überstieg fast ihre Kräfte.

»Ich bin Oriana«, sagte die Frau.

»Christina«, sagte Brooklyn. Sie bemerkte das *NY* auf dem Baseballtrikot, das Oriana trug. »Mögen Sie die Yankees?«

»Und wie. Ich bin in New York aufgewachsen.«

»Ich auch«, rutschte es Brooklyn heraus, aber sie korrigierte sich sofort. »Ich meine, ich mag die Yankees auch. Manchmal sehe ich mir zusammen mit meinen Brüdern ihre Spiele an.«

»Den Schwachköpfen, die glauben, Frauen könnten nicht programmieren?«

»Genau.« Brooklyn grinste.

»Erzähl mir, wie das mit dem Laptop passiert ist.«

»So genau weiß ich es gar nicht. Ich wollte auf der Festplatte Platz schaffen und habe online auch eine Anleitung gefunden, aber ich muss was falsch gemacht haben, weil ich versehentlich einige Systemdateien gelöscht habe.«

»So ein Fehler ist schnell passiert«, sagte Oriana. »Und das hat nichts damit zu tun, dass du ein Mädchen bist. Du hast hoffentlich ein Back-up für deine Dateien.«

»Natürlich. Aber ich kriege den Laptop ja nicht zum Laufen, damit ich sie installieren kann.«

»Du musst zuerst das OS neu installieren«, sagte Oriana. »Das Betriebssystem.«

»Muss ich den Laptop dafür zum Hersteller einschicken?«

»Nein. Ich habe eine spezielle Software, die das im Handumdrehen erledigt. Ich muss den Laptop dafür nur an unser Netzwerk anschließen. Dann kannst du deine Dateien zu Hause wiederherstellen.«

Wieder hätte Brooklyn am liebsten breit gegrinst. Sobald Oriana den Laptop hochfuhr, würde der Wurm, den sie daraufgeladen hatte, in das Netz der Firma gelangen und dort seine Arbeit tun.

KNIGHTSBRIDGE

Angesichts ihres Jobs überraschte es nicht, dass Valerie Garfield auch bei sich zu Hause ein topmodernes Sicherheitssystem installiert hatte. Schon auf dem Weg vom Eingang zur Küche bemerkte Sydney Kameras, Bewegungsmelder, ein biometrisches Kontrollpad und Fenstersensoren. Die Einrichtung war ebenfalls hochwertig und wirkte zugleich behaglich. Sydney hatte das Gefühl, dass es ein Zuhause war und nicht nur ein Haus.

»Nimm doch Platz, während ich Wasser aufsetze«, sagte Garfield. »Hast du einen Namen oder ist der auch geheim?«

»Ellie«, sagte Sydney. Es war der Deckname, den sie auch in der Schule verwendete.

»Dann erzähl mal, Ellie.« Garfield füllte den Kessel mit Wasser. »Warum fragst du nach KV66?«

Sydney war sich nicht sicher, wie viel sie von ihrem Wissen preisgeben durfte. Eigentlich durfte sie gar nicht darüber sprechen, aber jetzt brauchte sie ja Hilfe und Informationen, also musste sie im Gegenzug auch ein wenig liefern.

»Laut dem Log-in-Verlauf auf dem Server des Museums hat jemand mit dieser ID in den Tagen vor dem Hack wiederholt auf Ihr System zugegriffen.«

»Wie kannst du überhaupt wissen, wer …«, begann Garfield. »Egal. Du darfst es mir bestimmt sowieso nicht verraten.«

»Nein, Ma'am, leider nicht.«

»KV66 ist keine Person, sondern eine Firma. Obwohl die

Firma nur einen Angestellten hat, insofern ist es also doch eine Person. Er heißt Jason Harper – ein bisschen ein komischer Kauz, wenn du mich fragst. Er ist Amerikaner, aber sein Firmensitz ist in Ägypten.«

»Und er hat für das Museum gearbeitet?«

»So war es gedacht«, sagte Garfield. »Er hatte die Idee, mithilfe von Computer-Mapping, 3-D-Modellierung und Videoprojektoren einen unserer Ausstellungsräume in ein immersives Erlebnis zu verwandeln.«

»Was heißt das genau?«

»Er hat jeden Zentimeter des Grabes von Tutanchamun so gefilmt, dass er es auf die Wände eines speziell entworfenen Raumes projizieren konnte, um den Eindruck zu erwecken, als würde man das Grab betreten, so wie es Howard Carter vor hundert Jahren getan hat.«

Sydney nickte. »›Wunderbare Dinge.‹« Das hatte Carter damals gesagt.

»Genau«, sagte Garfield. »Er hat uns das Ganze in einem Vorstadium gezeigt und es war atemberaubend. Ich dachte, es würde ein riesiger Hit werden.«

»Warum wurde es dann nicht in der Ausstellung gezeigt?«

»Einige Kuratoren waren weniger begeistert. Sie meinten, das Projekt würde besser in einen Vergnügungspark passen als in ein Museum. Die sind manchmal einfach ein wenig bieder. Und dann klopfte eine Kuratorin bei mir an und sagte, sie müsse mir etwas zeigen.«

»Was?«, fragte Sydney gespannt.

»Dokumente, die ihr jemand heimlich hatte zukommen lassen. Sie besagten, dass das ägyptische Ministerium für Altertümer gegen Harper ermittelte – wegen des Handels mit gestohlenen Altertümern.«

»Wow!«

»Er stritt alles ab, aber mein Team ging der Sache nach, und obwohl wir seine Version nicht sicher bestätigen konnten, ist der kleinste Hinweis auf solche Unregelmäßigkeiten für uns Gift. Das Museum hat jede Verbindung mit ihm abgebrochen.«

»Und eine Kuratorin hat Ihnen diese Information zukommen lassen?«, fragte Sydney.

»Genauer gesagt, eine Beraterin. Eine Ägyptologin namens Imogen Gaisman.«

15.
YOU'LL NEVER WALK ALONE

Die Holzstühle waren unbequem, was gut zu dem schleppenden Gespräch passte, das Paris und Robert führten. Die beiden saßen in dem kleinen Raum, den Schwester Christine Bibliothek nannte, und scheiterten kläglich daran, unbefangen miteinander zu plaudern.

Ohne Fernsehen, Computer oder andere elektronische Geräte bestand die einzige Ablenkung im Kloster darin, dass sich die Nonnen gelegentlich durch Handglocken verständigten. Paris suchte nach etwas, das das Eis brechen konnte.

»Willst du ein wenig herumkicken?«, fragte er hoffnungsvoll. »Wir haben richtige Trikots und alles.«

»Ich weiß nicht, ob ich einen Trainingsanzug tragen will, in dem davor eine Nonne gesteckt hat«, sagte Robert.

Paris lachte. »Nein, die Sachen sind nicht von den Schwestern, sondern von uns. Für unsere Legende sind wir doch als Spieler der Jugendmannschaft des FC Aberdeen nach Berlin gereist. In unseren Taschen sind Trainingsanzüge, Turnschuhe, Trikots und noch viel mehr. Wer weiß, vielleicht hast du sogar Glück und findest ein Paar Fußballschuhe, wenn du die gleiche Größe hast wie Rio.«

Robert lächelte erfreut. »Eine Partie Fußball könnte ich mir tatsächlich vorstellen.«

Zwanzig Minuten später joggten die beiden durch den Hyde Park und kickten einen Ball neben sich her. Schwester Christine hatte ihnen von den Alten Fußballplätzen dort erzählt, als Paris sie nach einem Spielfeld in der Nähe gefragt hatte.

»Und? Passen sie?«, fragte Paris mit einem Blick auf Roberts Stollenschuhe.

»Sind ein wenig eng, aber geht schon.«

Die beiden Jungen waren immer noch befangen, aber wenigstens konnten sie hier draußen etwas *tun.*

»Also, nur damit ich es richtig verstehe«, sagte Robert. »Ihr spielt nicht wirklich in der Jugendmannschaft von Aberdeen?«

»Nein. Das ist bloß eine Legende, die für einen Einsatz entwickelt wurde, der dann abgesagt wurde.«

»Was macht ihr dann?«, fragte Robert verwirrt. »Das ist mir noch nicht so richtig klar.«

Paris zögerte. »Ich weiß nicht, wie viel ich dir sagen darf.«

»Richtig, dem Neuen darf man nicht vertrauen. Das kenne ich von allen Schulen, an denen ich war.« Er machte eine Pause. »Und glaub mir, das waren ziemlich viele.«

»So habe ich es nicht gemeint«, sagte Paris. »Es geht nicht um Vertrauen, sondern ganz buchstäblich darum, was ich sagen darf und was nicht. Es ist eine rechtliche Sache. Wir sind zur Geheimhaltung verpflichtet.«

»Es würde jetzt natürlich helfen, wenn mein Vater da wäre«, sagte Robert. »Aber schon an meinem ersten Morgen ist er gleich wieder verschwunden. Das war irgendwie schon immer so. Schon als ich klein war, war er viel weg. Ich weiß nicht, was ich mir dabei gedacht habe, als ich hierherkommen wollte.«

»Es war deine Entscheidung?«

Robert nickte. »Vor ungefähr drei Monaten kam unsere Mum und sagte, wenn wir wollten, könnten wir zurückziehen.«

»Wo habt ihr gelebt?«

»Ich weiß nicht, wie viel ich dir sagen darf.« Er grinste.

»Okay, verstehe ich«, sagte Paris. »Du wolltest also zurück und Annie wollte bleiben?«

»Sie war hin- und hergerissen. Sie wollte auch zurück, wusste aber, dass Mum dann ganz allein war, und das wollte sie auch nicht. Ich frage mich jetzt, ob ich mich richtig entschieden habe. Wie gesagt, mein Vater ist nicht mal heute dageblieben.«

»Er wollte dich bestimmt nur ausschlafen lassen. Außerdem muss er sich um Papierkram kümmern.«

»Was für Papierkram?«, fragte Robert.

»Die ganzen Sachen, die er für eine neue Identität für dich braucht. Geburtsurkunde, Pässe, in der Art.«

»Pässe«, wiederholte Robert. »Ich habe die einzigen Eltern auf der ganzen Welt, die ständig falsche Pässe verschenken.«

Paris wusste nicht, ob das als Witz gemeint war oder als Vorwurf. Wahrscheinlich war es eine Mischung aus beidem.

»Was deinen Vater angeht …«, setzte Paris an.

»Du meinst *unseren* Vater, oder, *Bruder*?«

»Ja.«

»Das ist auch seltsam«, fuhr Robert fort. »Ich meine, meine Schwester und ich waren weg, also hat er uns einfach ersetzt. War es so?«

»Wenn du das glaubst, liegst du völlig daneben. Dein Dad, also ich meine, unser Dad hat buchstäblich die ganze Welt nach euch abgesucht. Und dabei ist er Kindern begegnet, denen er einfach helfen musste. Wer weiß, was sonst mit uns passiert wäre.«

Robert ließ einen tiefen Seufzer hören. »Tut mir leid. Ich sollte dich nicht mit meinen Problemen belasten.«

»Doch, absolut«, erwiderte Paris. »Dafür sind größere Brüder schließlich da. Du kannst mit allem zu mir kommen: Problemen in der Schule, mit anderen Leuten, mit unserem Vater. Und es gibt eine Sache, die wir teilen und er nicht. Und auch darüber können wir immer sprechen.«

»Was ist das?«

Statt einer Antwort begann Paris zu singen. *»Walk on, walk on, with hope in your heart.«*

Robert musste lachen und sang als Antwort die nächste Zeile des Songs. *»And you'll never walk alone.«*

You'll Never Walk Alone war die Hymne des FC Liverpool und wurde von den Clubfans traditionell zu Beginn jedes

Spiels gesungen. Paris war ein Fan der Mannschaft und wusste, dass Robert es auch war, weil Mother einmal im Scherz gesagt hatte, sie hätten sich beide so entschieden, weil er selbst ein Fan des Erzrivalen FC Everton war.

Auf dem weiteren Weg zu den Alten Fußballplätzen sangen sie die letzte Zeile des Songs grinsend gemeinsam und zogen die Worte dabei in die Länge, wie es die Fans bei den Spielen taten. *»And you'll ne-ever walk a-lone!«*

16.
ROYAL LONDON HOSPITAL

Das Royal London Hospital war ein Sammelsurium aus Alt und Neu. Gegründet wurde es schon 1740, aber es war eine moderne medizinische Einrichtung mit neuester Technik wie dem Operationsmikroskop Pentero 900. Damit entfernte Dr. Shakthi Sivasubramaniam gerade im Operationssaal elf einen kleinen Tumor aus dem Gehirn eines jungen Patienten. Das Operationsteam bestand aus sieben Personen und sie hatten die sechsstündige Prozedur zur Hälfte hinter sich gebracht, als bei dem Anästhesisten Alarm ausgelöst wurde.

»Mein Monitor ist weg«, sagte er.

»Was soll das heißen?«, fragte der Neurochirurg.

»Genau das. Eben noch war alles okay, jetzt ist er leer.«

Die Aufgabe des Anästhesisten bestand darin, die Lebenszeichen des Patienten zu überwachen, also Herzfrequenz, Blutdruck, Sauerstoffgehalt und Körpertemperatur. Er tat das mithilfe eines Computers, der die Daten in einer fortlaufenden Reihe aufzeichnete.

»Wir sind mittendrin und können nicht mehr anhalten«, sagte Sivasubramaniam. »Ist nur der Monitor ausgefallen? Was ist mit dem Anästhesiegerät und dem Beatmungsgerät?«

Der Anästhesist überprüfte beides und alles schien in Ordnung zu sein. »Nur der Monitor.«

»Gott sei Dank für kleine Wunder. Dann müssen wir die Daten eben auf Papier aufschreiben, wie wir es in der dunklen Zeit vor dem Computer getan haben. Und jemand soll herausfinden, was hier los ist.«

Während der Anästhesist hastig nach Stift und Papier suchte, spielten sich in anderen Teilen des Krankenhauses ähnliche Szenen ab. Die für die Planung zuständige Krankenschwester konnte nicht mehr sehen, welche Patienten und Medikamente in welchen Zimmern benötigt wurden, ein Arzt, der eine Operation durchführen wollte, konnte nicht auf die elektronische Krankenakte seines Patienten zugreifen, und niemand im Gebäude konnte Mails öffnen oder versenden.

Horus hatte das gesamte Kommunikationsnetz von fünf Krankenhäusern im Londoner Osten lahmgelegt. Glücklicherweise waren die meisten medizinischen Geräte wie das Operationsmikroskop nicht betroffen. Es arbeitete unabhängig und war nicht Teil des Netzes. Das bedeutete, dass die Ärztinnen und Ärzte in der Lage waren, alle laufenden Eingriffe abzuschließen. Doch die Krankenhäuser waren innerhalb weniger Stunden praktisch geschlossen, und die Patienten mussten in andere Krankenhäuser der Stadt verlegt werden.

17.
FAMILIENBETRIEB

»Clay Hobson?« Robert betrachtete den Pass, den Mother ihm soeben gegeben hatte. »Hat Ben Dobrow nicht gepasst?«

»Doch. Ich liebe Ben, er ist ein großartiger Junge«, sagte Mother. »Aber du hast den Pass auf dem Weg von Berlin nach London verwendet und dadurch eine Spur hinterlassen. Der MI6 leitet diese Spur jetzt um. Ben bekommt einen Twitter-Account und einen Termin beim Arzt und er wird auf einer Schule in Newcastle angemeldet. Wenn jemand versucht, dir unter diesem Namen zu folgen, landet er in einer Sackgasse.«

»Und mit ›jemand‹ meinst du Mum«, sagte Robert.

»Nein, ich meine irgendjemand. Die Ereignisse haben sich überstürzt und wir hatten noch keine Zeit, Luft zu holen und uns auf den neuesten Stand zu bringen. Ich weiß nicht, wer daran interessiert sein könnte, dich zu finden, aber ich werde dafür sorgen, dass das nicht gelingt. Hier bist du zu Hause und in Sicherheit. Ich kann immer noch nicht fassen, dass du hier bist.«

Sie waren soeben auf der FARM eingetroffen. Mother hatte ihm auf einem kurzen Rundgang alles gezeigt und jetzt saßen sie in Roberts neuem Zimmer. Es hatte hellblaue Wände, ein

Bett, einen Schreibtisch, zwei Stühle und einen herrlichen Blick auf die schottischen Highlands.

»Wie findest du es?«, fragte Mother.

»Es ist wirklich schön«, sagte Robert. »Ich muss zugeben, ich habe nicht damit gerechnet, in einem Schloss zu wohnen – oder wie hast du es genannt?«

»Herrenhaus.«

»Richtig. Also ich habe nicht damit gerechnet, in einem Herrenhaus zu wohnen.«

»Es ist natürlich ziemlich groß und zugig, aber wir machen es uns schon gemütlich«, sagte Mother. »Und es gibt eine ausgezeichnete Schule in der Nähe, Kinloch Abbey. Dort melden wir dich gleich an.«

»Neue Schulen bin ich gewohnt, Mum war ja ständig mit uns unterwegs. Aber ein großes Haus und eine große Familie … das ist neu für mich.«

Mother drückte ihm die Hand. »Ich weiß, das kann einen überwältigen. Aber du wirst dich an das Haus gewöhnen und auch die anderen ins Herz schließen.«

»Ich weiß nur nicht, ob sie auch mich mögen werden.« Robert hatte noch Sydneys Bemerkungen im Ohr.

»Ich schon«, sagte Mother zuversichtlich. »Ich kenne sie.«

»Stimmt«, sagte Robert leise. »Besser als mich.«

»Das wollen wir so schnell wie möglich ändern«, versuchte Mother ihn aufzuheitern. »Bist du eigentlich endlich zur Vernunft gekommen und hast deiner schrecklichen Fußballmannschaft abgeschworen?«

Robert musste grinsen. »Niemals. Und Paris ist auf meiner Seite.«

»Siehst du, ihn hast du schon ein wenig kennengelernt. Wenn auch auf meine Kosten.«

Es klopfte an der Tür und Paris steckte den Kopf ins Zimmer.

»Er will mich gerade wegen Liverpool bekehren«, sagte Robert.

»Das darfst du nicht zulassen.« Paris schlug sich mit der Faust an die Brust. »Bleib standhaft!« Er wandte sich an Mother. »Entschuldige die Störung, aber wir haben gerade eine Nachricht von Tru bekommen und brauchen dich im Priesterloch. Es klang ziemlich dringend.«

Genau dafür hatte Mother jetzt eigentlich keine Zeit. Schließlich wollte er doch Robert gerade helfen, sich einzuleben.

»Geh ruhig«, sagte Robert mit einem gezwungenen Lächeln. »Dann erkunde ich mal das Schloss.« Er stockte. »Das Herrenhaus, meine ich.«

»Nein«, sagte Mother spontan entschlossen. »Du kommst mit.«

»Aber ich bin bei dem, was ihr macht, ja nicht dabei.«

»Ab jetzt schon. Ob es dir gefällt oder nicht, das sind wir. Deine Mutter, ich, deine neuen Geschwister, wir sind alle Spione. Wir sind ein Familienbetrieb, wie eine Eisenwarenhandlung, die seit Generationen im Familienbesitz ist.«

»Nur dass wir nicht Hämmer und Nägel verkaufen, sondern Geheimnisse stehlen und Sachen in die Luft sprengen«, sagte Paris mit einem Grinsen. »Was mehr Spaß macht, wenn du mich fragst.«

»Aber wenn du nicht willst, brauchst du nicht mitzumachen«, sagte Mother. »Ich will dich nicht zwingen.«

»Aber du wirst es lieben«, sagte Paris. »Von Anfang an.«

Robert musste unwillkürlich lachen. »Klingt wirklich spannend.«

Als sie wenig später im Priesterloch standen und er zum ersten Mal die Hightech-Geräte sah, bekam er große Augen. Mit Ausnahme von Brooklyn, die an einem Computer arbeitete, saßen alle an einem vornehmen schwarzen Konferenztisch in der Mitte des Raums.

Und sie alle wussten, was es bedeutete, als sie Robert hereinkommen sahen. Wenn er bei einer Besprechung im Priesterloch mit dabei war, dann gehörte er ab jetzt zum Team. Das war ein Riesenschritt, aber es gab keine große Ankündigung, keine Erklärung oder offizielle Begrüßung. Es gab nur sechs Worte, mit denen Monty die Runde eröffnete:

»Tag, Robert. Willkommen auf der FARM.«

Sydney sah aus, als wollte sie aufspringen und etwas sagen, aber Mother kam ihr zuvor.

»Was hat Tru geschrieben?«, fragte er.

»Bisher hat Horus nichts Schlimmeres getan, als sich in Computersysteme einzuhacken«, sagte Monty. »Alles hat weiter funktioniert, während die Hacker dahinter mit der Regierung um Lösegeld verhandelten. Aber jetzt hat Horus den Angriff auf das Gesundheitswesen verschärft und die Computersysteme von fünf Krankenhäusern im Londoner Osten lahmgelegt.«

Brooklyn sah von ihrem Computer auf. »Irgendwie passt das nicht zusammen«, sagte sie. »Krankenhäuser haben die modernsten Geräte, die man sich vorstellen kann, wie Roboter, Operationsmikroskope, was auch immer. Und zugleich haben sie Computer, die älter sind als wir, mit einer Software, die schon seit Generationen überholt ist. Das macht sie unglaublich anfällig und deshalb sind sie auch so oft das Ziel von Hackern.«

»Was wollen die Hacker denn?«, fragte Robert neugierig.

»Anarchie, Geld – das, was Umbra sonst auch immer will«, sagte Sydney. »Umbra kennst du ja, nicht wahr?«

Robert ignorierte die Stichelei und Mother sah Sydney scharf an.

»Sie wollen den Druck auf die Regierung erhöhen, damit die zu einem Deal bereit ist«, sagte Monty. »Für die Krankenhäuser fordert Horus ein Lösegeld in Höhe von zwanzig Millionen in Kryptowährung.«

»Aber selbst wenn die Regierung zahlt, wird Horus das Gesundheitswesen und seine anderen Ziele weiter angreifen«, sagte Paris. »Ich meine, was sollte die daran hindern?«

»Wir«, sagte Brooklyn zuversichtlich.

»Du hast vollkommen recht«, sagte Mother. »Wir machen diese Hacker-Gruppe unschädlich.«

»Oder die Hackerin«, ergänzte Kat. »Imogen Gaisman ist auf jeden Fall auch eine Verdächtige.«

»Die Ägyptologin, richtig?« Mother wusste noch nicht, was sie herausgefunden hatten.

Rio nickte. »Sie ist sehr angesehen und hat viele Bücher über Altägypten geschrieben, aber sie ist auch umstritten.«

»Sie fordert ganz offen, Altertümer an Ägypten zurückzugeben«, sagte Kat. »In ihrer Wohnung hängt ein Poster der großen Pyramiden, mit der Aufschrift: ›Warum stehen die Pyramiden in Ägypten? Sie waren so schwer, dass das Britische Museum sie nicht stehlen konnte.‹«

»Klingt sympathisch«, sagte Sydney.

»Aber das ergibt keinen Sinn«, sagte Paris.

»Doch, natürlich. Damit ist doch gesagt, wenn die Pyramiden nicht so groß wären, hätte das Britische Museum auch sie nach London mitgenommen.«

»Ich meine nicht den Witz, sondern die Person, die ihn macht. Hat sie nicht die Ausstellung ›Wunderbare Dinge‹ im Britischen Museum betreut? Sie arbeitet doch für das Museum.«

»Also eigentlich ist sie eine selbstständige Beraterin«, erklärte Kat. »Sie hat die Ausstellung zusammen mit einer anderen Kuratorin vom Ägyptischen Museum in Kairo organisiert. Und sie ist der Ansicht, dass die Ausstellungsstücke zwar überall auf der Welt gezeigt werden können, dass sie aber ägyptischen Einrichtungen gehören und von ihnen betreut werden sollten.«

»Wenn sie als Kuratorin für die Ausstellung zuständig ist«, sagte Monty, »erklärt das womöglich, warum Clementine die Ausstellung in ihrer Nachricht zitiert. Vielleicht wollte sie auf Gaisman aufmerksam machen.«

»Mum?«, sagte Robert leise zu Mother.

»Ja.« Mother nickte. »Unser Ausgangspunkt ist eine Nachricht, die sie uns geschickt hat.«

Robert nickte ebenfalls und versuchte dann wieder, dem Gespräch zu folgen.

»Was für ein Motiv könnte sie haben?«, fragte Brooklyn.

»Mir fallen zwei ein«, sagte Kat. »Sie würde liebend gern die Regierung bloßstellen. Vor Kurzem hatte sie auf Twitter einen Streit mit Mitgliedern des Parlaments, als sie sagte, der Stein von Rosette sollte an Ägypten zurückgegeben werden. Sie hat auch schon davon gesprochen, einen Boykott von Menschen und Unternehmen zu organisieren, die das Museum unterstützen, in der Hoffnung, dass die dann Druck auf das Museum ausüben, die Ausstellungsstücke zurückzugeben.«

»Und wenn sie sich in das System des Museums eingehackt hat«, ergänzte Brooklyn, »hätte sie Zugang zu deren Finanzunterlagen und wüsste, wer das Museum unterstützt.«

»Wo ist sie jetzt?«, fragte Mother.

»Irgendwo in Ägypten«, sagte Rio. »Sie ist überstürzt abgereist, nachdem sie ein Paket von einer Adresse in Kairo bekommen hat. Wir haben die Zollerklärung abfotografiert, die daran klebte.«

Monty drückte eine Taste und auf dem großen Wandbildschirm erschien das entsprechende Bild.

»Gut gemacht«, lobte Paris.

Rio grinste. »Ich sage doch immer wieder, dass ich auch meine Fähigkeiten habe.«

»Genauso wie ich, wolltest du bestimmt sagen«, verbesserte Kat. »Ich meine mich zu erinnern, dass ich auch dabei war.«

Mother las vor, was auf der Erklärung stand. »Ein handgearbeitetes Holzgefäß im Wert von zweihundert Pfund. Habt ihr es gesehen?«

»Nein«, sagte Kat. »Wir vermuten, dass sie es mitgenommen hat.«

»Was könnte an einem Gefäß so interessant sein, dass sie deswegen sofort nach Kairo fliegt?«, überlegte Paris laut.

»Imogen Gaisman steht auch mit KV66 in Verbindung«, sagte Sydney. »Auf eine ungute Weise.«

Sie stand auf, ging zu dem Wandbildschirm und rief mithilfe einer Fernbedienung ein weiteres Foto auf.

»Das ist Jason Harper«, sagte sie. »Er hat an einem wichtigen Auftrag für das Britische Museum gearbeitet, als sie ihm vorwarf, mit gestohlenen Antiquitäten zu handeln.«

»Hat sie recht?«, fragte Kat.

»Das wissen wir nicht sicher. Die ägyptischen Behörden ermitteln, haben aber noch keine Einschätzung abgegeben. Aber das Museum hat im Zuge eigener Ermittlungen genug gefunden, um die Zusammenarbeit mit Harper zu beenden.«

»Ist er auch Ägyptologe?«, fragte Monty.

»Nein, und das ist das Problem«, sagte Sydney. »Nachdem Valerie Garfield mir von ihm erzählt hat, habe ich versucht, so viel wie möglich über ihn herauszufinden. Er hat mit Archäologie eigentlich nichts zu tun und wurde für ein umfangreiches Fotogrammetrieprojekt aus Amerika geholt.«

»Was ist Fotogrammetrie-Projekt?«, fragte Robert.

»Ja, genau?«, schob Paris hinterher.

»Eine moderne computergestützte Methode, mithilfe von Fotografien supergenaue digitale Modelle herzustellen«, sagte Brooklyn. »Computer-Mapping mal hundert.«

»Harper ist ein totales Technikgenie und hat am MIT promoviert«, sagte Sydney. »Man hat das Projekt ins Leben gerufen, um dreidimensionale Computermodelle sämtlicher Gräber zu schaffen, die man im Tal der Könige entdeckt hat. Man findet die Modelle online und sie sind wirklich faszinierend. Aber Harper wollte mit derselben Technologie auch noch fehlende Gräber finden.«

»Die gibt es?«, fragte Rio.

»Wahrscheinlich sogar eine ganze Menge«, meinte Sydney.

»Woher weiß man das?«, fragte Monty.

»Weil alle wichtigen Pharaonen und Königinnen ein Grab bekommen haben und es viele gibt, über die wir zwar historisch Bescheid wissen, deren letzte Ruhestätte aber nie gefunden wurde. Dazu gehören Ramses VIII., Thutmosis II. und vor allem Nofretete. Man geht davon aus, dass sie irgendwo im Tal der Könige begraben sind, aber die Gräber wurden versteckt, damit Plünderer die kostbaren Grabbeigaben nicht stehlen konnten.«

»Und was ist KV66?«, fragte Paris.

»So heißt Harpers Unternehmen«, sagte Sydney. »Jedes Mal, wenn im Tal der Könige ein neues Grab entdeckt wird, bekommt es eine Nummer. Das hat mit KV1 angefangen und inzwischen ist man bei KV65.«

»Das Grab, das er unbedingt finden will, wäre also KV66?«, fragte Paris.

»Genau.«

»Warum ist es so problematisch, dass er kein Ägyptologe ist?«, fragte Mother.

»Niemand will eine Ausgrabung zur Überprüfung seiner Theorie finanzieren«, erklärte Sydney. »Grabungen werden in der Regel von Universitäten oder dem ägyptischen Ministerium für Altertümer beaufsichtigt, aber die wollen ihn nicht finanzieren, weil er keinen Hintergrund als Archäologe hat.«

»Was sollte er also für das Museum tun?«, fragte Paris.

»Er fand eine Möglichkeit, wie man die Vermessung des Grabs von Tutanchamun dazu nutzen konnte, einen immersiven Ausstellungsraum zu schaffen. Besucher sollten das Gefühl haben, das Grab selbst zu betreten, genau wie Howard Carter hundert Jahre früher.«

»Klingt cool«, sagte Rio. »Das hätte ich mir gern angesehen.«

»Das hättest du auch tun können, wenn Imogen Gaisman

ihm nicht kriminelle Machenschaften vorgeworfen hätte«, sagte Sydney.

»Das ist wirklich faszinierend«, sagte Brooklyn, den Blick auf ihren Computer gerichtet.

»Was?«, fragte Rio.

»Die 3-D-Karten der Gräber. Ich habe gerade eine auf Harpers Website aufgerufen.«

»Ich dachte, du seist damit beschäftigt, dich in Cyber Solutions einzuhacken«, sagte Monty.

»Ich kann Multihacking«, witzelte Brooklyn. »Ich meine, Multitasking.«

»Vielleicht solltet Monty und du uns auch berichten, was ihr bei eurem Besuch herausgefunden habt«, sagte Mother.

»Lovelace and Hopper Cyber Solutions ist ein Technikunternehmen, in dem nur Frauen arbeiten, die einen sehr kompetenten Eindruck machen«, sagte Monty. »Es ist klein, aber sie haben Großkunden wie das Britische Museum. Sie kümmern sich um die gesamte Computerhardware und haben entsprechend jederzeit Zugang zu den Systemen des Museums.«

»Und nicht nur dort«, ergänzte Brooklyn. »Ich sehe mich gerade ein wenig um. Zu ihren Kunden gehören auch das Parlament, die Gesundheitsbehörde und die Londoner U-Bahn.«

»Das heißt, sie haben Zugang zu jedem dieser Ziele«, sagte Mother. »Gar nicht zu reden von dem technischen Knowhow, das man für einen Cyberangriff braucht.«

»Auf jeden Fall.«

»Aber warum sollte ein erfolgreiches Unternehmen so viel riskieren, um einen solchen Hack zu machen?«, fragte Paris. »Wenn man sie erwischt, verlieren sie alles.«

»Und wenn nicht, haben sie damit über hundert Millionen Pfund eingesackt«, sagte Mother. »Manche Menschen machen viel schlimmere Dinge für weit weniger.«

»Ich verstehe eins nicht«, sagte Rio. »Wie hängt Umbra damit zusammen?«

»Damit habe ich mich beschäftigt«, sagte Monty. »Die von Umbra bauen offenbar Banden von Cyberkriminellen auf, die für sie genau solche Aufträge ausführen. In der Regel kommen Leute wie unsere drei Verdächtigen zu ihnen, weil sie über Insiderwissen zu potenziellen Schwachstellen verfügen, die man gewinnbringend angreifen könnte.«

»Zum Beispiel wenn es ihnen möglich ist, eine institutionelle Firewall zu überwinden«, sagte Sydney.

Monty nickte. »Genau. Dann kommt eine Cyber-Gang von Umbra ins Spiel und erledigt die ganze Drecksarbeit wie das Aushandeln von Lösegeldforderungen oder die Übergabe des Gelds.«

»Und was ist dabei für Umbra drin?«, fragte Paris.

»Umbra nimmt zwischen fünfzig und fünfundsiebzig Prozent des Gelds, was in diesem Fall eine ziemliche Menge ist. Man vermutet, dass Umbra auch an ähnlichen Angriffen auf verschiedene Ölkonzerne und ein halbes Dutzend Banken beteiligt ist. Wie viele es genau sind, wissen wir nicht, weil die meisten Unternehmen nicht zugeben wollen, dass man sie erpresst hat. Manche zahlen das Lösegeld in aller Stille, ohne dass die Öffentlichkeit je davon erfährt.«

»Die Situation wird sich rasch verschlimmern«, sagte Mother. »C hat uns beauftragt, alles zu tun, was wir können, um zu helfen, also lasst es uns so schnell wie möglich tun. Brooklyn, du schaust dich weiter bei Cyber Solutions um und findest so viel wie möglich über sie heraus. Sydney und Paris, ihr macht euch über alles kundig, was mit Jason Harper und KV66 zu tun hat. Und Kat und Rio, ihr macht dasselbe mit Imogen Gaisman. In genau zwei Stunden treffen wir uns wieder hier und sehen, wo wir stehen.«

»Und ich?«, fragte Robert vorsichtig.

»Ich dachte, du willst dich vielleicht erst mal etwas eingewöhnen, dich auf der FARM umsehen und so«, sagte Mother.

»Aber ich würde auch gern etwas beitragen. Wir sind schließlich ein Familienbetrieb.«

»Was kannst du denn beitragen?«, fragte Sydney spitz. »Wenn du nichts über den Fall weißt und auch keine Ausbildung hast.«

Mother wollte darauf antworten, aber Robert kam ihm zuvor. »Ägypten scheint eine wichtige Rolle zu spielen. Imogen Gaisman versteckt sich dort und vielleicht versteckt sie dort auch das Gefäß, das sie mit der Post bekommen hat.«

»Und?«, fragte Sydney.

»Ich bin von uns hier wohl der Einzige, der schon mal in Ägypten gelebt hat.«

»Das hast du?«, fragte Sydney überrascht.

»Ich war sieben Monate in Kairo. Und ich bin zwar nicht als Spion ausgebildet, aber vom Verstecken verstehe ich eine Menge.«

18.
HAPI UND PLUTO

Robert und Kat saßen am Konferenztisch und scrollten durch Imogen Gaismans Social-Media-Account, auf der Suche nach Bildern aus Ägypten, die sie in den vergangenen Jahren gepostet hatte. Sie wollten eine Karte mit Orten erstellen, die Gaisman besucht hatte, und hofften, dabei auf ein Muster zu stoßen. Die beiden waren dafür die Idealbesetzung, denn Robert kannte sich in Ägypten aus und Kat mit Mustern.

»Hier ist ein Bild von einem Restaurant in Kairo«, sagte Kat und zeigte Robert ihr Handy.

»Sehr gut«, sagte Robert und markierte den Ort auf einem Stadtplan auf seinem Handy. »Das Restaurant kenne ich sogar. Hat mir gefallen.«

Kat überlegte. Sie tat sich mit anderen Menschen schwer, vor allem wenn sie sie noch nicht kannte. Aber hier sah sie eine Chance, mit Robert ins Gespräch zu kommen.

»Mir gefallen Primzahlen.«

Robert sah sie fragend an. »Primzahlen?«

»Vor allem trunkierbare.«

Robert wusste nicht, ob sie ihn auf den Arm nahm. »Was ist eine trunkierbare Primzahl?«

»Eine Zahl, die eine Primzahl bleibt, auch wenn man die erste oder letzte Ziffer wegnimmt. Meine Lieblingszahl ist 73 939 133, die längste rechts trunkierbare Zahl.«

Robert wusste nicht, was er sagen sollte.

»Was ist deine Lieblingszahl?«

Er überlegte. »Elf.«

»Also auch eine Primzahl.« Kat strahlte. »Magst du sie deshalb?«

»Es ist die Trikotnummer von Mo Salah. Meinem Lieblingsfußballspieler.«

»Dann ist sie eine gute Wahl für uns beide.« Kat lächelte und begann wieder zu scrollen.

Robert war in Gedanken immer noch mit diesem Gespräch beschäftigt, als ein paar Minuten später Mother ins Priesterloch zurückkehrte, wo sich alle treffen wollten.

»Das waren noch nicht mal anderthalb Stunden«, protestierte Paris. »Du hast gesagt, wir hätten zwei.«

»Der Zeitplan ist gestrafft worden. Ich muss wissen, wo wir jeweils stehen, damit wir die nächsten Schritte planen können.«

Alle setzten sich wieder an den Tisch, mit Ausnahme von Brooklyn, die nicht von ihrem Computer loskam. »Noch eine Minute«, sagte sie mit erhobener Hand, den Blick weiter auf den Bildschirm gerichtet. »Ich hab da vielleicht was.«

»Gut, aber hör trotzdem zu, während du suchst«, sagte Mother. »Ich habe gerade mit Tru gesprochen und es hat eine Art Durchbruch gegeben.«

»Wo?«, fragte Rio.

»Die Leute vom Cyber Security Centre haben mithilfe eines Rootkits oder Bootkits oder irgend so eines Computertools eine Falle gestellt.«

»Spar dir die technischen Details, da blamierst du dich nur«, sagte Brooklyn. »Sag einfach, sie haben eine Falle gestellt.«

Mother grinste. »Also gut. Sie haben eine Falle gestellt und sind auf eine mögliche IP-Adresse des Hackers gestoßen.« Er sah Brooklyn an. »Ich werde mich jetzt nicht blamieren und erklären, was genau das ist, aber ich weiß, dass diese Adresse uns verrät, wo der Computer des Hackers steht.«

»Unglaublich!«, sagte Paris. »Haben sie ihn geschnappt?«

»Nein. Es war die Adresse eines Internet-Cafés in Kairo, sie mussten sich also mit den ägyptischen Behörden abstimmen, und als das Einsatzteam eintraf, war die Person weg.«

»Wenn sie überhaupt je dort war«, sagte Brooklyn. »Jeder Hacker, der etwas auf sich hält, weiß, wie man eine IP-Adresse verbirgt und Verfolger auf eine falsche Spur führt. Wenn sie eine IP-Adresse gefunden haben, wollte der Hacker das vermutlich, damit sie in die falsche Richtung suchen.«

»Zu dem Schluss sind die Leute vom Cyber Security Centre auch gekommen«, sagte Mother. »Sie halten das Ganze für eine Sackgasse.«

»Aber du nicht?«, fragte Monty.

»Nein, und Tru auch nicht. Zwei unserer drei Spuren haben Verbindungen zu Ägypten. Das könnte ein Zufall sein oder aber auch ein Muster. Wie weit sind wir mit unseren Recherchen?«

»Jason Harper ist völlig von der Bildfläche verschwunden«, sagte Paris. »Bis vor vier Monaten war er noch in den sozialen Medien aktiv und hat versucht, für sein immersives Museumskonzept zu werben und an Gelder zu kommen. Und dann – puff, weg ist er!«

»Sobald das Britische Museum den Vertrag gekündigt hatte, verschwand er«, sagte Sydney.

»Wir wissen also nicht, wo er sich aufhält?«, fragte Mother.

»Nein, aber wahrscheinlich noch in Ägypten.«

»Wie kommst du drauf?«

»Gegen ihn wird ermittelt, deshalb glaube ich nicht, dass sie ihn aus dem Land lassen.«

»Und Gaisman?«, fragte Mother.

»Sie hat seit ihrer Abreise aus London nichts mehr in den sozialen Medien gepostet«, sagte Robert, »aber Kat und ich haben all ihre Posts von früheren Besuchen durchgesehen und es sieht so aus, als sei sie in Zamalek. Das ist ein wohlhabendes Viertel von Kairo, in dem sie sich oft aufgehalten hat. Es ist bei Gästen aus dem Ausland beliebt, sie könnte dort deshalb gut untertauchen.«

»Aber warum versteckt sie sich?«, fragte Paris.

»Das hat wahrscheinlich mit dem Paket zu tun, das sie bekommen hat«, sagte Rio. »Das hölzerne Gefäß hat ihr einen Schreck versetzt.«

»Dazu habe ich eine Idee«, warf Robert ein.

»Die wäre?«, fragte Mother.

»Sie ist doch überstürzt abgereist, ja? Annie und ich mussten das so oft tun, dass ich schon den Überblick verloren habe. Mum kam einfach und sagte, wir müssten weg. Wir hatten nicht mal Zeit, zu packen. Manchmal mussten wir sogar Sachen ganz offen zurücklassen und hoffen, dass niemand sie bemerkt.«

»Man nennt das ›vor aller Augen verstecken‹«, sagte Sydney kurz. »Kennen wir alle.«

Paris warf ihr einen Blick zu.

»Entschuldigung«, sagte sie.

Robert nickte und fuhr fort. »Vielleicht hat Imogen das ja auch getan. Vielleicht hat sie den Krug gar nicht mitgenommen, sondern nur an einem Ort versteckt, wo alle ihn sehen können.«

»Wir haben uns in ihrer Wohnung umgesehen und uns ist nichts aufgefallen«, sagte Rio abwehrend.

»Aber ein ägyptisches Gefäß fällt in ihrer Wohnung vielleicht gar nicht auf«, sagte Robert. »Habt ihr Fotos gemacht?«

»Natürlich«, sagte Rio noch abwehrender. »Wir wissen doch, was wir tun.«

»Gut. Dann sehen wir uns doch das Foto an, das den Hintergrund für den Video-Podcast zeigt. Dort stehen lauter ägyptische Sachen. Wenn sie das Gefäß da dazugestellt hat, fällt es niemandem auf.«

»Wir können das Foto mit dem Hintergrund in ihrem letzten Podcast vergleichen«, spann Kat seinen Gedanken fort. »Und sehen, ob etwas dazugekommen ist.«

»Genial«, sagte Paris.

Robert lächelte, erfreut, etwas beigetragen zu haben.

Sie projizierten die beiden Fotos auf den großen Bildschirm und Kat bemerkte schnell, was neu war.

»Da«, sagte sie und zeigte auf das zweite Regal von unten. »Der Podcast entstand vor einer Woche und da war das Regalende an der Seite noch leer. Aber gestern stand da was.«

Monty vergrößerte das Bild auf dem Monitor und zoomte ein Gefäß heran. Es war klein, etwas zehn Zentimeter hoch, und der obere Teil sah aus wie der Kopf eines Pavians.

»Wo sind meine Mythologiebücher?«, rief Paris aufgeregt. »Ich habe sie gestern hier liegen lassen.«

»Da drüben, glaube ich.« Sydney zeigte auf einen unaufgeräumten Tisch in der Ecke.

Paris eilte hinüber, fand das gesuchte Buch und kehrte zu den anderen zurück.

»Hier«, sagte er. »Der Paviankopf bedeutet, dass es sich um Hapi handelt.«

»Wer ist Hapi?«, fragte Rio.

»Einer der vier Söhne des Horus. Das Gefäß ist ein Kanopenkrug.«

Der Name Horus ließ alle aufhorchen.

»Das ist kein Zufall«, sagte Mother. »Es muss einen Zusammenhang geben.«

Bevor jemand anders etwas sagen konnte, tat Brooklyn, die noch am Computer gearbeitet hatte, einen Schrei.

»Oh mein Gott!«, rief sie. »Ich fasse es nicht!«

»Was denn?«, fragte Sydney aufgeregt.

»Ich glaube, ich habe gerade Pluto entdeckt.« Sie sah die anderen wie betäubt an.

»Der wurde doch schon vor hundert Jahren entdeckt«, meinte Paris. »Zuerst war er ein Planet. Dann nicht mehr. Jetzt halten ihn manche für einen und andere nicht.«

»Ich meine nicht den Planten«, sagte Brooklyn. Sie warf Rio, der zu einem Witz ansetzte, einen Blick zu. »Und nein, Rio, auch nicht den Hund von Micky Maus. Ich meine den legendären Hacker namens Pluto.« Sie war so aufgeregt, dass ihr kurz die Sprache wegblieb. »Er hat von Scotland Yard über British Petroleum bis zum Buckingham Palace alles gehackt. Und dann, vor fünf Jahren, verschwand er spurlos. Es gab Gerüchte über eine Verhaftung und Einweisung in ein geheimes Gefängnis und alle möglichen wilden Spekulationen, aber nichts davon wurde jemals bestätigt. Fest stand nur, dass er spurlos verschwunden war. Das heißt, bis ich bei der Durchsicht dieser Dateien gerade etwas gefunden habe.«

»Pluto hat Cyber Solutions gehackt?«, fragte Monty.

Brooklyn schüttelte den Kopf und grinste. »Pluto *ist* Cyber Solutions. Oder vielmehr Oriana, die Frau, die unseren Laptop repariert hat.«

»Wie kommst du da drauf?«, fragte Robert.

»Das Unternehmen bietet seinen Kunden maßgeschneiderte Software an, die immer von der Gründerin Oriana Gutierrez geschrieben wird.«

»Und du glaubst, sie ist mit Pluto identisch?«, fragte Mother.

»Ich bin mir sicher«, sagte Brooklyn. »Programmierer haben einen eigenen Stil, eine eigene Handschrift und eine eigene Ausdrucksweise. Ich habe mir einige von Plutos Hacks angesehen, und sie stimmen überein. Und dazu kommt noch das.«

Sie zeigte auf ein Symbol auf dem Bildschirm: *♇*.

»Was ist das?«, fragte Rio.

»Das astronomische Symbol für Pluto«, sagte *Paris*.

»Damit hat Pluto alle Hacks signiert«, sagte Brooklyn. »Es ist wie ein ›Tag‹ bei einem Graffiti.«

»Aber wenn diese Hackerin untergetaucht ist, warum hinterlässt sie dann eine solche Spur?«, fragte Sydney.

»Zum einen glaube ich, dass sie gedacht hat, niemand würde es bemerken«, sagte Brooklyn. »Ich habe mich in das interne Netz der Firma eingehackt, auf dem ihre Systeme laufen und das normalerweise Kunden nicht zu sehen bekommen. Zum anderen wird den meisten Hackern ihr Ego zum Verhängnis. Sie sind Künstler, und Künstler möchten ihre Meisterwerke signieren.«

»Das heißt, eine Computersicherheitsfirma, die bei allen Opfern des Anschlags unter Vertrag steht, wird von einer berüchtigten Hackerin geleitet«, sagte Rio. »Unglaublich.«

»Einer ehemaligen Hackerin«, sagte Brooklyn. »Pluto hat seit fünf Jahren nichts mehr gehackt.«

»Einmal Hacker, immer Hacker«, sagte Rio. »Und das wäre ihr größter Coup.«

»Aber Cyber Solutions sitzt hier in Großbritannien und die IP-Adresse gehört nach Ägypten«, sagte Paris. »Hat die Firma dorthin Verbindungen?«

Brooklyn lächelte breit. »Vor drei Monaten haben sie einen Vertrag unterschrieben. Sie sollen ein Katalogsystem für das Große Ägyptische Museum aufbauen.«

Jetzt war es an Mother, zu lächeln.

»Wisst ihr, was das heißt?«, fragte er.

»Nein, was denn?«, fragte Robert.

»Wir fliegen nach Ägypten«, riefen die anderen.

»Und dafür brauchst du das.« Mother ging zu einer Workstation, öffnete eine Schublade und holte eine flache, gummiartige Scheibe von der Größe einer kleinen Münze heraus.

»Was ist das?«, fragte Robert.

»Ein Nautilus«, sagte Mother, »ein Peilsender. Du brauchst ihn, wenn du im Einsatz bist, damit wir dich finden, wenn du dich verirrst.«

»Oder entführt wirst«, sagte Sydney mit einem schiefen Lächeln.

»Muss das sein?«, fragte Monty.

»Nur damit er auch weiß, was ihn womöglich erwartet«, sagte Sydney.

Das Gerät schien Robert mehr Sorgen zu machen als eine mögliche Entführung. »Muss ich das schlucken oder wird es mir in einer Operation implantiert?«, fragte er ängstlich.

Die anderen lachten und Paris sagte: »Wenn du willst, holen wir ein Messer und probieren das aus, aber viel weniger schmerzvoll ist es wahrscheinlich, wenn du ihn einfach in einen Schuh und eine Hosentasche steckst wie wir.«

Robert wurde rot und musste über sich selbst lachen. »Ich habe wohl zu viele Spionagefilme gesehen.«

»Egal was du tust, es ist von entscheidender Wichtigkeit, dass du ihn immer dabeihast«, sagte Mother. »Er ist aus einem superstarken Kunststoff gemacht, zerbricht nicht und wird von Metalldetektoren nicht bemerkt.«

»Cool«, sagte Robert. »Hast du diese Sender von einem James-Bond-Labor beim MI6?«

»Wir haben es dort versucht, aber solche Aufträge dauern ewig«, sagte Monty. »Deshalb habe ich sie online bei Electronics Warehouse bestellt.«

Alle lachten und ihre Aufregung wegen des bevorstehenden Abenteuers war mit Händen zu greifen.

19.
SCRIPTEX

Er sah aus wie ein normaler Kuli, deshalb hatte Monty ihm keine weitere Beachtung geschenkt, als sie im Kloster Roberts Rucksack durchsucht hatte. Sie hatte ihn auseinandergenommen, getestet, nichts Ungewöhnliches festgestellt und ihn wieder an dieselbe Stelle gesteckt, an der sie ihn gefunden hatte. Es war selten, dass Monty, die als Spionin für ihr scharfes Auge und ihre Gründlichkeit berühmt war, ein solcher Fehler unterlief.

Robert hatte den Stift von seiner Mutter geschenkt bekommen und man konnte ihn nicht beim Elektro-Discounter kaufen. Es handelte sich um eine Spezialanfertigung, die zeigte, dass der technische Entwicklungsstand Umbras viel weiter fortgeschritten war, als der MI6 oder ein anderer Geheimdienst ahnte. Das unter dem Namen »Scriptex« bekannte Gerät sah aus und funktionierte wie ein ganz normaler Kugelschreiber, aber es konnte außerdem auch noch heimlich schreiben.

Anders als bei unsichtbarer Tinte, mit der man Nachrichten schrieb, die durch Wärme oder ultraviolettes Licht sichtbar wurden, brauchte man für das heimliche Schreiben mit diesem Stift weder Tinte noch Papier. Der Benutzer musste mit dem Scriptex nur die entsprechenden Schreibbewegungen ausführen. Ein internes Gyroskop wandelte diese Bewegungen in digitale Buchstaben um, die mit einem einfachen Klick übermittelt wurden.

Robert hatte wie die meisten Zwölfjährigen keine besonders ordentliche Schrift und hatte einige Zeit gebraucht, bis er den Scriptex richtig verwenden konnte. Inzwischen war er ihm zur zweiten Natur geworden und er konnte damit mühelos Nachrichten schreiben und versenden.

Während die anderen für Ägypten packten, schrieb er eine kurze Nachricht für Clementine über die FARM, die Mitglieder der City Spies und die bevorstehende Reise. Er war gerade damit fertig, als Mother in sein Zimmer trat.

»Bereit?«

»Ich habe ja kaum was zu packen, also ja.«

»Dann komm. Sobald wir wieder hier sind, fahren wir zusammen nach Edinburgh und kaufen dir mehr Kleider. Damit du eine anständige Garderobe hast.«

»Wunderbar.« Robert nahm seinen Rucksack. Bevor er den Scriptex in die vordere Tasche schob, drückte er mit einem Klick auf den Knopf am oberen Ende und schickte die Nachricht ab. »Ich glaube, die Reise wird Spaß machen«, sagte er. »Bestimmt erleben wir viele Überraschungen.«

20.
DIE STADT DER TAUSEND MINARETTE

Als das Flugzeug sich dem Internationalen Flughafen von Kairo näherte, blickte Kat aus dem Fenster auf eine scheinbar endlose Wüste. Sie schloss die Hände fester um die Armlehnen ihres Sitzes.

»Was ist?«, fragte Monty, die neben ihr saß. »Machen dir die Turbulenzen zu schaffen?«

»Die Turbulenzen in meinem Kopf«, sagte Kat leise.

»Was meinst du?«

»Ich habe Sorge, dass ich in Kairo zu Eis erstarre«, gestand Kat.

Monty blickte ebenfalls aus dem Fenster und lächelte. »Ich weiß, dass es November ist, aber die Wüste sieht für mich trotzdem ziemlich warm aus.«

»Das habe ich nicht gemeint.« Kat lächelte ebenfalls. »Im Britischen Museum bin ich zweimal völlig erstarrt. Ich dachte, ich hätte einen perfekten Plan, aber als er dann schiefging, wusste ich nicht, was ich tun sollte.« Sie schüttelte bei der Erinnerung ein wenig den Kopf. »Zwar wurde ich gerettet, einmal durch Sydney und einmal durch Paris, aber ich war trotzdem wie festgefroren.«

»Das ist einer der vielen Gründe, warum es so toll ist, zu einem Team zu gehören«, sagte Monty. »Dass man sich gegenseitig helfen kann.«

»Stimmt, aber deshalb habe ich trotzdem Angst, ich könnte die anderen enttäuschen.«

»Zuerst mal: Das könntest du nie. Aber was macht dir an Kairo solche Angst?«

»Das Durcheinander. Nach allem, was ich gelesen habe, ist es dort laut, voll, das totale Chaos.«

»Reizüberflutung«, konstatierte Monty. »Ich musste früher oft dagegen kämpfen. Manchmal jetzt noch.«

»Wirklich?« Kat sah sie überrascht an.

Monty nickte. »Sie ist für uns beide ein großes Problem. Unsere größte Stärke ist zugleich unsere größte Schwäche.«

»Was für eine Stärke?«

»Die Fähigkeit, dort Muster zu erkennen, wo andere nur Durcheinander sehen. So können wir Codes knacken und Rätsel lösen. Aber diese Fähigkeit kommt von dem Bedürfnis nach Ordnung in unserer Umgebung. Ordnung tröstet und beruhigt uns auf eine Weise, die die meisten Menschen nicht verstehen können. Und wenn wir sie nicht herstellen können …«

»Erstarren wir. Genau das meine ich.« Kat überlegte kurz. Zu wissen, dass nicht nur sie darunter litt, war eine gewaltige Erleichterung. »Wie gehst du damit um?«

Monty lächelte, griff in ihre Tasche und holte ihren Peilsender heraus. »Der hilft mir.«

»Dein Nautilus? Wie das?«

»Wenn du ihn fest drückst, spürst du die Antennenspule.« Monty fuhr mit dem Daumen über die Oberfläche. »Wenn ich Angst bekomme, greife ich einfach in die Tasche und fahre mit dem Daumen über das Muster und dann kann ich mich besser konzentrieren.«

»Das hilft?«

»Meistens.«

»Was hast du benutzt, bevor dir so coole Spionagegeräte zur Verfügung standen?«

Monty grinste. »Büroklammern. Aber der Nautilus ist mir lieber, weil er nicht an den Kleidern hängen bleibt.«

Kat schlüpfte aus dem rechten Schuh und zog die Innensohle hoch, unter der sie ihren Nautilus versteckt hatte. Sie nahm ihn heraus und rieb ihn zwischen Daumen und Zeigefinger. Sofort fühlte sie sich ruhiger. »Genial. Danke.«

»Es ist irgendwie entspannend, oder? Tut mir nur leid, dass ich dir das erst jetzt sage.«

»Braucht es nicht.«

Sie schwiegen beide einen Moment, dann beugte Monty sich vor und flüsterte: »Wie, findest du, geht es mit Robert und dem restlichen Team?«

Kat dachte nach. »Kann ich noch nicht sagen. Außerdem waren wir so beschäftigt.«

»Und du selbst? Wie findest du es, dass er jetzt dabei ist?«

In der Regel mochte Kat keine Veränderungen und deshalb hatte es auch zwischen ihr und Brooklyn gehakt, als

Brooklyn neu ins Team gekommen war. Damals war dann doch alles gut gegangen und so versuchte Kat, Robert gegenüber offener zu sein, was ihr allerdings schwerfiel.

»Das kann ich auch noch nicht sagen. Obwohl wir uns gut über Primzahlen unterhalten haben.«

»Klingt doch perfekt«, sagte Monty lächelnd.

Die erste Gelegenheit, den Nautilus zu testen, ließ nicht lange auf sich warten. Im Flughafen herrschte das totale Chaos. Überall standen Menschenschlangen, ohne dass gleich erkennbar gewesen wäre, wo und weshalb sie anstanden. Zuerst musste sich das Team fürs Visum anstellen, dann in einer anderen Schlange für den Stempel im Pass und schließlich mussten sie sich noch in der riesigen Gepäckhalle durch eine ohrenbetäubend laute Menschenmenge zwängen.

»Wer holt uns ab?«, fragte Paris Mother, als sie sich durch das Gedränge zum Ausgang schoben, wo sie sofort von einer Armee aggressiver Taxifahrer empfangen wurden.

»Wo Sie hinmüssen?«, fragte einer. »Ich bringe hin ohne Problem.«

»Mein Taxi beste in Kairo«, rief ein anderer.

Mother schenkte ihnen keine Beachtung. »Weil alles so schnell gehen musste, hat Tru organisiert, dass uns jemand von der Botschaft abholt. Die fahren meist dicke Autos, und da wir zu acht sind, müssen wir wahrscheinlich mit zwei Range Rovern rechnen.«

»Oder mit dem da«, sagte Sydney und schluckte. Sie zeigte auf einen klapprigen Kleinbus, der aussah, als hätte er schon über 250000 Kilometer auf dem Buckel. Er war etwas länger als ein Minivan und rot-blau lackiert, allerdings war die Farbe von der gnadenlosen ägyptischen Sonne ziemlich ausgebleicht. Auf der Seite trug er die Aufschrift INTERNATIONALE SCHÜLER- UND STUDENTENREISEN KAIRO, daneben stand ein bärtiger Mann Ende zwanzig mit einem handgeschriebenen Schild mit den Worten WILLKOMMEN, FARM.

»Also vielleicht doch kein Range Rover«, sagte Paris.

»Passen wir da alle rein?«, fragte Rio. »Oder müssen ein paar von uns daneben herlaufen?«

»Hallo, hallo«, sagte der Mann eifrig. Er hatte einen Schopf schwarzer Locken und Dauerlächeln. »Willkommen in Kairo. Ist einer von euch Monty Alexander?«

»Ich heiße zwar eigentlich Alexandra Montgomery, aber ja, das bin ich«, sagte Monty. »Und Sie sind?«

»Marwen. Die britische Botschaft hat mich angestellt, um Ihre Schüler zu fahren.« Er sah das Team an. »Hallo, Schüler!«

»Hallo«, antworteten sie, unschlüssig, was sie von seiner Begeisterung halten sollten.

»Ich werde euch mein Land zeigen und wir werden viel Spaß haben. Aber zuerst kümmern wir uns um das Gepäck.« Er kletterte flink eine am Heck des Kleinbusses befestigte Leiter hoch und stand im nächsten Moment schon mit ausgestreckten Armen auf dem Dach. »Reicht es mir hoch, dann binde ich es fest.«

»Sind unsere Taschen da oben sicher?«, fragte Sydney.

»Sehr sicher«, antwortete Marwen. »Ich kann hervorragende Knoten machen. Ich habe in einem Jachthafen gearbeitet und schon viele verschiedene Boote festgebunden.«

Eine unsichere Pause entstand, doch Mother wurde klar, dass ihnen keine andere Wahl blieb, also gab er seine große Tasche hinauf und die anderen folgten seinem Beispiel. Marwen band die Taschen geschickt an einem Dachgepäckträger fest, während die anderen sich in den Bus quetschten. Drinnen gab es drei Sitzreihen. Die Kinder setzten sich auf die hinteren zwei, Monty und Mother auf die hinter dem Fahrer.

»Also das meint man wohl mit ›wie Sardinen in der Büchse‹«, sagte Paris leise zu Mother.

»Das passt ja auch gut«, antwortete Marwen, der gerade auf den Fahrersitz stieg und Paris gehört hatte. »Sardinen sind Fische und manche Fische leben in Schwärmen oder Schulen zusammen. Ihr seid Schüler und die leben auch in Schulen zusammen.«

Mother lachte. »Ich denke, wir kommen schon zurecht.«

»Wissen Sie, wo wir untergebracht sind?«, fragte Monty.

»Oh ja, sehr schön. Ich habe mich um alles gekümmert.«

In der letzten Reihe wechselten Sydney und Brooklyn einen besorgten Blick.

Der Bus erwachte hustend zum Leben, Marwen schaltete knirschend in den ersten Gang und sie fädelten sich in das Verkehrschaos von Kairo ein. Auf Knopfdruck ertönte ägyptische Musik und er begann mit seiner Führung. »Willkommen in der Stadt der tausend Minarette.«

Kat schob die Hand in die Tasche, strich mit dem Daumen über den Nautilus und blickte aus dem Fenster. Die Straße hatte keine Fahrbahnmarkierungen und es herrschte ein endloses Gedränge von Autos, Lastwagen, Motorrollern und Kleinbussen, die sich unter einem ständigen Hupkonzert Zentimeter für Zentimeter vorwärtsschoben. Reizüberflutung in Reinform.

Zwanzig Minuten später kamen sie am Grand Nile Hatshepsut an, einem Zwei-Sterne-Hotel, das trotz seines Namens weder großartig war noch auf den Nil blickte. Immerhin war es eine deutliche Verbesserung gegenüber dem Bus, der sie gebracht hatte. Sie bezogen zwei Suiten mit ineinander übergehenden Zimmern, die komfortabel und sauber waren.

»Wie gehen wir also vor?«, fragte Paris. Sie hatten sich in dem Zimmer versammelt, das Mother mit Robert teilte.

»Es ist schon spät und die meisten Lokale werden bald schließen, aber ich denke, wir haben noch Zeit, uns zwei Adressen anzusehen.«

»Was für Adressen?«, fragte Robert, der immer noch nicht ganz auf dem Laufenden war.

»Die Absenderadresse des Pakets, das Imogen Gaisman bekam«, sagte Rio. »Sie führt uns vielleicht zu ihr oder zum Versender des Kanopenkrugs.«

»Und das Internet-Café, zu dem die IP-Adresse der Lösegeldforderung der Hacker zurückverfolgt wurde«, sagte Brooklyn. »Auch wenn die Razzia ein Reinfall war, würde ich es mir doch gerne ansehen.«

»Sollen wir mit Marwen in der Sardinenbüchse fahren?«, fragte Sydney. Sie stand auf dem Balkon des Zimmers im zweiten Stock und blickte hinunter. »Er wartet auf der Straße.«

»Ich weiß nicht, ob wir ihm trauen dürfen«, sagte Paris.

»Aber er wirkt harmlos«, sagte Rio. »Und Tru hat ihn engagiert.«

»Genau genommen war das jemand von der Botschaft. Und wir wirken auf andere bestimmt auch ganz harmlos.«

»Dann teilen wir uns doch auf«, schlug Mother vor. »Monty, Paris, Sydney und Brooklyn fahren im Bus. Sagt einfach, ihr wollt ein paar Orte besuchen, unter anderem das Café. Sagt, ihr wollt dort Mails abrufen.«

»Und was macht ihr?«, fragte Sydney.

»Sobald ihr weg seid, werden Kat, Rio, Robert und ich zu Fuß zur Absenderadresse des Pakets losziehen. Die ist eine wichtige Information, die nur wir haben, und es wäre mir recht, wenn das vorerst so bliebe.«

»Wir müssen also laufen und die dürfen fahren?«, protestierte Rio.

»Wir haben Robert, der sich in der Stadt auskennt«, sagte Mother. Er wandte sich an Robert. »Das stimmt doch?«

»Absolut«, sagte Robert.

»Wenn du die Gruppe wechseln willst, Rio, mir macht es nichts aus, zu Fuß zu gehen«, bot Sydney an. Wichtiger als ein Spaziergang durch die Stadt war ihr allerdings, Robert im Auge zu behalten.

»Nein«, sagte Rio. »Kat und ich haben die Spur entdeckt und ich will sehen, wohin sie führt.«

»Dann machen wir es so«, sagte Monty. »Und danach treffen wir uns wieder hier, essen zu Abend und überlegen, was wir morgen tun wollen.«

Sobald die erste Gruppe mit dem Kleinbus abgefahren war, machten Mother, Robert, Rio und Kat sich auf den zwanzigminütigen Weg nach Zamalek, einem wohlhabenden Stadtteil auf einer großen Insel im Nil im Zentrum Kairos. Der Stadtteil war bei Europäern beliebt und beherbergte Dutzende von Botschaften, ganz zu schweigen von einer der besten Fußballmannschaften der ägyptischen Premier League.

»Ihr glaubt, dass Imogen Gaisman sich hier versteckt?«, fragte Mother Robert, während sie eine belebte Straße entlanggingen.

»Kat und ich haben auf ihrem Social-Media-Account viele Fotos von hier gefunden«, sagte Robert. »Was ja auch einleuchtet, weil die Gegend bei Leuten aus dem Westen beliebt ist, und wenn sie untertauchen will, geht das hier gut.«

»Wir müssen darauf gefasst sein, dass sie sich an genau dem Ort versteckt, zu dem wir jetzt gehen«, sagte Mother.

»So sieht sie aus«, sagte Kat und zeigte den anderen auf ihrem Handy das Foto einer Frau in den Vierzigern mit schulterlangen braunen Haaren und hellblauen Augen. Sie wirkte selbstbewusst wie eine Nachrichtensprecherin.

»Wenn ihr sie seht, lasst euch nichts anmerken«, sagte

Mother. »Sie soll uns zu den Hackern führen und nicht mitkriegen, dass ihr jemand folgt.«

Robert blickte von der Karte auf seinem Handy auf. »Es müsste die nächste Straße links sein.«

Sie bogen in eine ruhige, von kleinen Cafés und Läden gesäumte Nebenstraße ein. Die Adresse lag über einem Lebensmittelgeschäft am Ende des Blocks. Der Laden nahm das Erdgeschoss des fünfstöckigen Gebäudes ein, eine Tür daneben führte zu den Wohnungen in den vier Etagen darüber.

»Irgendwo von dort kam das Paket«, sagte Mother mit einem Nicken auf die Balkone über dem Laden. »Hatte die Adresse auch eine Wohnungsnummer?«

»Weder Name noch Nummer«, sagte Kat

Um nicht aufzufallen, während sie das Gebäude genauer unter die Lupe nahmen, bestellten sie bei einem Straßenverkäufer Süßkartoffeln. Er backte sie in einem tragbaren Holzofen und servierte sie mit Honig.

»Schmeckt köstlich«, sagte Rio nach dem ersten Bissen. »Dass die so was auf der Straße verkaufen.«

»Sie heißen *batatas*«, erklärte Robert. »Man bekommt sie in der ganzen Stadt. Als ich hier gewohnt habe, gab es das oft zum Abendessen.«

Rio sah ihn an. »Sie sind gut, aber ich brauche eine volle Mahlzeit.«

»Du darfst nicht vergessen, dass man die Hauptmahlzeit in Ägypten traditionell mittags zu sich nimmt. Abends folgt dann nur noch eine leichte Mahlzeit.«

»Für mich sind alle drei Mahlzeiten gleich wichtig.«

»Nur zur Informationen: Rio isst nicht, er frisst«, sagte Kat zu Robert. »Der gefährlichste Ort ist zwischen ihm und seiner nächsten Mahlzeit.«

Als sie mit den Süßkartoffeln fertig waren, sagte Mother: »Ich denke, wir müssen in das Gebäude rein und uns dort umsehen. Von außen kann man wirklich nicht viel sagen.«

»Einen Moment noch«, sagte Rio. »Ich muss mein Essenstagebuch updaten.« Er tippte etwas in sein Handy ein. »Ich liste alles auf, was ich esse, und bewerte es«, erklärte er Robert. »Überall auf der Welt. Daraus mache ich eine App.«

»Rios App – macht Appetit«, deklamierte Kat. Es klang wie ein Werbespruch.

»Guter Spruch«, lobte Mother. »Wann ist dir der eingefallen?«

»Etwa vor einer Woche«, sagte Kat. »Er trifft es noch nicht ganz so, wie ich wollte.«

»Denk nicht zu viel drüber nach. Er ist gut.«

»Was für Gewürze der Typ wohl für die Batatas verwendet?«, überlegte Rio, während er tippte. »Auf jeden Fall Salz und Kreuzkümmel, aber auch noch etwas, das ich nicht genau einordnen kann.«

»Koriander?«, schlug Robert vor.

»Ich glaube, du hast recht«, sagte Rio beeindruckt. »Woher weißt du das?«

»Ich habe auch Geschmacksnerven. Und ich habe überall auf der Welt gelebt, ich kenne mich mit Küchen aus.«

Rio sah Robert auf einmal in einem ganz anderen Licht. »Wow!«

Sie warteten neben der Haustür, und als jemand herauskam, hielt Mother die Tür auf und sie traten in den Flur. Das Innere war freundlich, aber vom Alter gezeichnet. Die gelbe Wandfarbe war verblichen, der gemusterte Fliesenboden offenbar schon seit Jahren nicht mehr geschrubbt worden. An der Wand hingen zwei Reihen von Briefkästen. Sie waren oben abgeschrägt und hatten Schlitze für die Briefe.

»Auf den meisten stehen Namen«, sagte Mother. »Fotografiert sie, dann können wir das später überprüfen.«

Kat holte ihr Handy heraus und fotografierte die Namensschilder über den Briefkästen. Eins davon fiel ihr auf.

»Elbeheri«, sagte sie. »Ich frage mich, ob das Lina Elbeheri ist.«

»Du kennst eine Frau, die in Kairo wohnt?«, fragte Rio.

»Nein, aber die ›Wunderbare Dinge‹-Ausstellung im Britischen Museum kenne ich in- und auswendig. Ich habe sie für den Einbruch ganz genau studiert. Imogen Gaisman hat sich mit dem Ägyptischen Museum hier in Kairo abgestimmt und die Kuratorin vor Ort hieß Lina Elbeheri.«

»Interessant«, sagte Mother.

»Schon, aber wir haben nur einen Nachnamen«, wandte Rio ein. »Vielleicht ist der hier so verbreitet wie bei uns Smith oder Jones.«

»Als ich hier gewohnt habe, habe ich nie jemanden mit diesem Namen kennengelernt«, sagte Robert. Er machte eine rasche Suche auf seinem Handy. »Dieser Seite zufolge leben in Ägypten nur hundertsiebenundneunzig Menschen mit Namen Elbeheri.« Er sah Kat an. »Ist das nicht eine von diesen trunkierbaren Primzahlen?«

Kat strahlte. »Genau! Und zwar links und rechts.«

»Na toll«, sagte Rio. »Noch so einer.«

»Wenn es sich bei dieser Elbeheri also um die Kuratorin handelt, hätte sie Zugang zu allen möglichen Altertümern«, sagte Mother. »Aber warum sollte sie Gaisman das Gefäß schicken?«

»Vielleicht schmuggeln sie die«, schlug Robert vor.

»Es wäre die einfachste Lösung. Aber Schmuggeln hat nichts mit dem Cyberangriff zu tun, zumindest nicht, soweit wir wissen. Was hat sie für eine Wohnungsnummer?«

»Vier B«, sagte Kat.

»Sehen wir dort nach.«

Es gab keinen Aufzug, deshalb nahmen sie die Treppe in den dritten Stock. Sie gelangten zu einem Flur mit je einer Wohnung rechts und links und Fenstern an beiden Enden.

»Hier fallen wir wirklich auf, deshalb sollten wir uns beeilen«, sagte Mother. »Rio, lausche an der Tür, ob jemand drinnen ist.«

Rio drückte das Ohr an die Tür. »Ich höre nichts. Soll ich das Schloss öffnen?«

»Auf keinen Fall. Wir haben ja nur eine Vermutung und es wäre unnötig, schon am ersten Tag in Ägypten verhaftet zu werden.«

»Okay, du bist der Chef«, sagte Rio. »Aber das Schloss sieht ganz leicht aus. Wir wären in null Komma nichts drin und wieder draußen. Frag Kat. Ich hab meine Fähigkeiten.«

»Und ich hab Köpfchen«, sagte Mother entschieden. »Hier gibt es für uns nichts mehr zu tun. Wir sollten gehen.«

»Moment«, sagte Kat. »Was macht der hier?«

Sie stand am Ende des Flurs und blickte durch das Fenster zur Straße auf der anderen Seite des Gebäudes hinunter.

»Wer?«, fragte Rio.

»Marwen mit seinem Bus«, sagte Kat.

Sie drängten alle zu dem Fenster und sahen Marwen neben seinem verbeulten Kleinbus stehen. Er parkte ein Stück die Straße hinunter an der nächsten Ecke des Blocks.

»Von euch hat ihm keiner die Adresse gesagt, oder?«, fragte Mother.

»Niemals«, sagte Rio.

»Wie hat er uns dann gefunden?«, fragte Kat.

»Und noch wichtiger«, sagte Mother. »Warum wartet er hier?«

21.
ZAMALEK

»Sollte er nicht bei den anderen sein?«, fragte Rio, während sie zu dem wartenden Marwen hinuntersahen.

»Offenbar ist er bei ihnen fertig und hat uns hier gefunden«, sagte Kat.

»Aber wie?«, fragte Robert. »Glaubst du, er hat unsere Peilsender gehackt? Den Nautilus in meinem Schuh?«

»Wenn ja, dann ist er vermutlich nicht nur Stadtführer«, sagte Mother.

»Glaubst du, die Botschaft spioniert uns hinterher?«, fragte Rio.

»Möglich. Aber ich fürchte eher, es könnte der Muchabarat sein, der ägyptische Geheimdienst.«

»Jedenfalls steht er da draußen, er kennt die Adresse also«, sagte Robert.

»Sehen wir ihn uns genauer an«, sagte Mother. »Vielleicht finden wir ja heraus, was er vorhat.«

Marwen stand in der nächsten Straße, sie schlüpften also aus dem Gebäude und gingen zur Ecke, um ihn von dort zu beobachten.

»Er versucht gar nicht, sich zu verstecken«, sagte Kat. »Er

steht einfach nur neben seinem Bus, den man unmöglich übersehen kann.«

Sie waren so auf Marwen konzentriert, dass sie die Frau gar nicht bemerkten, die sich ihnen näherte.

»Mother?«

Sie fuhren herum. Es war Monty in Begleitung von Brooklyn, Sydney und Paris.

»Was macht ihr denn hier?«, fragten sie alle gleichzeitig.

Sie waren so überrascht und verwirrt, dass sie ein paar Momente brauchten, um zu verstehen, was passiert war. Das Internetcafé und das Gebäude lagen nur eine kurze Strecke voneinander entfernt.

»Ist das ein Zufall?«, fragte Robert.

»Unmöglich«, erwiderte Kat. »Das Paket mit dem Kanopengefäß wurde vom selben Block abgeschickt, zu dem auch die IP-Adresse der Lösegeldforderung gehört. Beides muss zusammenhängen.«

»Vollkommen richtig«, sagte Mother. »Und das verbindet Imogen Gaisman mit dem Cyberangriff und macht sie zu unserer Hauptverdächtigen.«

»Bist du sicher?«, fragte Paris. »Hat sie denn ein gutes Motiv?«

»Es gibt verschiedene Möglichkeiten«, sagte Kat. »Geld wäre eine davon, aber ich vermute, es hängt eher mit ihrer Ansicht zusammen, dass die Schätze im Britischen Museum an Ägypten zurückgegeben werden müssen. Davon ist sie fest überzeugt.«

»Und was heißt das? Will sie die Altertümer mit dem Geld zurückkaufen?«, fragte Robert skeptisch.

»Vermutlich ist es mehr eine Verhandlungsstrategie«, sagte Mother. »Sie fordert ein hohes Lösegeld und bietet dann an, dass statt des Geldes die Altertümer zurückgegeben werden.«

»Einige Parlamentarier würden da bestimmt umdenken«, meinte Monty.

»Apropos Parlament, vergesst nicht, dass Horus das auch gehackt hat«, sagte Brooklyn. »Wenn Horus Zugang zum Mailverkehr der Parlamentarier hat, sucht er oder sie dort vielleicht nach Schmutz, mit dem man sie erpressen kann.«

»Rebellisch, klug und furchtlos. Klingt ganz nach Gaisman«, sagte Sydney. »Kann ich total nachvollziehen.«

»Aber sie hat nicht das dafür nötige Hightech-Wissen, es muss also einen Partner geben«, sagte Mother. »Vielleicht Elbeheri, obwohl ich mir nicht vorstellen kann, dass sie, die ja auch Ägyptologin ist, mehr davon versteht.«

»Du vergisst die Leute von Umbra«, sagte Sydney mit Nachdruck. »Das darf man nie tun, die lauern immer irgendwo in der Nähe.« Sie warf Robert einen Blick zu.

»Ich bin gern bereit, die Wohnung zu observieren«, sagte Paris. »Vielleicht versteckt sich Gaisman ja hier.«

»Ich helfe dir«, bot Robert an. »Dann sehe ich, wie das so abläuft, und außerdem weiß ich, wie wir von hier zum Hotel zurückkommen.«

»Bin dabei«, sagte Sydney. »Ich liebe es, zu observieren.«

»Ich auch«, sagte Brooklyn.

»Vier Leute?«, fragte Rio. »Das ist ja schon eine Party. Man braucht nicht so viele, um ein Haus zu observieren.«

»Ich würde gern bleiben, um noch im Internetcafé zu arbeiten«, erklärte Brooklyn. »Von dort kann ich viel besser auf Beny zugreifen und meine Spuren verwischen als im Hotel.«

Mother überlegte kurz. »Gut, neuer Plan. Warum bleiben wir nicht alle in Zamalek? Das Wetter ist ausgezeichnet, man kann hier schön bummeln und es gibt viele Möglichkeiten, etwas zu essen. So können wir abwechselnd die Wohnung observieren, machen beim Abendessen ein Brainstorming und Brooklyn hat genügend Zeit am Computer.«

»Ich gebe Marwen Bescheid«, sagte Monty. »Wir können ja dann nach dem Essen zum Hotel zurücklaufen.«

»Apropos Marvin, vertrauen wir ihm eigentlich?«, fragte Rio.

»Ich nicht«, sagte Sydney.

»Und … warum nicht?«, fragte Robert.

»Weil ich anderen erst vertraue, wenn sie bewiesen haben, dass sie es verdienen.«

»Ich traue ihm auch nicht«, sagte Rio. »Etwas an ihm kommt mir verdächtig vor.«

»Sehen wir doch, wie er auf unseren Wunsch reagiert«, meinte Monty. »Wenn er nicht fahren will, könnte das bedeuten, dass er uns beobachtet.«

»Oder dass er ein gewissenhafter Fremdenführer ist«, sagte Robert.

Sydney sah ihn an. »Warum verteidigst du ihn gleich?«

»Das gehört alles zu dem geheimen Plan von Umbra«, sagte Robert ironisch. »Ihr müsst übrigens lauter sprechen, weil Marwen über die Mikrofone mithört, die an meinem Körper versteckt sind.«

Sydney wurde knallrot und die anderen kicherten.

Marwen fuhr weg, als sie ihm Bescheid gaben, und sie fanden ein auf ägyptisches Streetfood spezialisiertes Restaurant mit Plätzen draußen, sodass sie die Eingänge zur Wohnung und zum Café im Auge behalten konnten. Das Essen schmeckte köstlich und sie schlemmten mit lokalen Spezialitäten wie Hawawshi, Taameya und Molokheya.

Imogen Gaisman sahen sie nicht, aber Brooklyn machte mit Beny einige Fortschritte. Sie war immer sehr vorsichtig, wenn sie von außerhalb der FARM auf den Supercomputer zugriff. Zusammen mit Monty hatte sie eine Firewall mit mehreren Schutzschichten gebaut. Zuerst musste sie auf ein VPN zugreifen und dann eine komplexe Folge von Multi-Faktor-Authentifizierungen durchführen. Auf diese Weise konnte sie Benys Rechenleistung nutzen, um sich Lina Elbeheri näher anzusehen. Dabei hatte sie einiges herausgefunden, was sie unbedingt den anderen am Tisch erzählen musste.

»Bevor wir aufgebrochen sind, habe ich noch eine Suche nach allem, was mit Oriana Gutierrez zu tun hat, auf den Weg gebracht«, sagte sie und tauchte ein Stück Fladenbrot in eine Schüssel mit Hummus.

»Und hat Beny gesagt, dass Oriana in Wirklichkeit eine Hackerin namens Pluto ist?«, fragte Sydney grinsend.

»Nicht mit so vielen Worten, aber doch. Es gibt jede Menge Material über ihre Firmengründung und sogar Interviews, die sie auf verschiedenen Technikseiten gegeben hat.«

»Was ist daran verdächtig?«, fragte Paris.

»Sie wurden alle in den letzten fünf Jahren gegeben, nach dem Verschwinden Plutos«, erklärte Brooklyn. »Wenn man weiter zurückgeht, gibt es keinerlei Hinweis auf die Existenz einer Person namens Oriana Gutierrez. Sie taucht aus dem Nichts auf. Und nicht nur das, ich konnte kein einziges Foto von ihr finden.«

»Gibt es eine Verbindung zwischen ihr und Imogen Gaisman?«, fragte Monty.

»Ich habe keine gefunden. Obwohl wir wissen, dass ihre Firma für das Britische Museum gearbeitet hat, die beiden könnten sich also dort kennengelernt haben.«

»Und wir wissen, dass sie gegenwärtig für das Große Ägyptische Museum arbeitet«, warf Kat ein. »Was sie womöglich mit Lina Elbeheri verbindet.«

»Beny durchleuchtet Elbeheri gerade«, sagte Brooklyn. »Morgen früh dürften wir einen vollständigen Überblick haben.«

»Und Jason Harper?«, fragte Sydney. »Ist der nicht mehr interessant? Ich dachte, er sei auch ein Hauptverdächtiger.«

»Ganz meine Meinung«, fiel Paris ein. »Er hat ein Motiv und das technische Know-how. Aber über den finden wir in

Kairo wahrscheinlich nichts heraus. Es sah doch aus, als hätte seine Arbeit ausschließlich mit dem Tal der Könige weiter unten am Fluss zu tun.«

»Weiter oben«, verbesserte Robert.

Paris sah ihn verwirrt an. »Liegt das nicht südlich von hier?«

»Schon, aber der Nil fließt – anders als die meisten Flüsse – nach Norden«, erklärte Robert. »Das Tal der Könige liegt also zwar im Süden, aber man nennt die Gegend Oberägypten, weil sie flussaufwärts liegt.«

Rio lachte. »Und ich dachte schon, noch verwirrender könnte es nicht werden.«

Während sie weiter über den Fall sprachen, verschwand Mother, um Tru anzurufen. Er war immer noch wütend auf sie, musste sie aber auf den neuesten Stand bringen.

»Guten Abend, Mother«, meldete sich Tru. »Wie geht es Ihnen?«

Er sparte sich die Nettigkeiten und kam gleich zur Sache. »Wir sind mehreren Spuren gefolgt und haben einige Neuigkeiten.«

»Das ist gut zu hören. Mit geht es übrigens auch gut, danke der Nachfrage.«

Er ignorierte die Bemerkung. »Die Absenderadresse des Pakets, das Imogen Gaisman bekommen hat, stammt aus demselben Viertel wie die IP-Adresse der Lösegeldforderung.«

»Interessant«, sagte Tru.

»Wir glauben, dass vielleicht eine Kuratorin des Ägyptischen Museums namens Lina Elbeheri das Paket geschickt hat. Wir recherchieren sie gerade, aber Sie sollten das auch.«

»Ich setze gleich jemanden dran. Und ich habe auch Neuigkeiten. Ich habe Warnmeldungen für die Namen ausgegeben, die ich von Ihnen bekommen habe, und es gab schon zwei Treffer. Ihr seid heute nicht als Einzige nach Kairo geflogen. Oriana Gutierrez ist etwa eine Stunde nach euch gelandet.«

»Sie ist vielleicht zum Museum unterwegs«, sagte Mother. »Mit dem hat sie einen Vertrag.«

»Und heute Nachmittag hat der MI5 eine Anfrage von der ägyptischen Regierung bekommen. Die Londoner Polizei soll Imogen Gaismans Wohnung durchsuchen.«

»Warum?«

»Laut dem Ministerium für Altertümer verdächtigt man sie, mit gestohlenen Antiquitäten zu handeln.«

»Das widerspricht allem, was ich über sie weiß«, sagte Mother. »Sie fordert lautstark, einen solchen Handel zu bekämpfen und Ägypten seine Altertümer zurückzugeben. Auf Twitter hatte sie deswegen sogar eine Auseinandersetzung mit einigen Parlamentariern laufen.«

»Die Ägypter halten das offenbar alles für Tarnung.«

»Hat der MI5 die Wohnung durchsucht?«

»Nein. Man will zuerst noch mehr Informationen, dass der Einsatz gerechtfertigt ist.«

»Verdächtigt der MI5 Gaisman auch im Zusammenhang mit dem Cyberangriff?«

»Überhaupt nicht«, erwiderte Tru. »Ich behalte diese Information auch vorerst für mich. Für morgen werde ich für Sie einen Termin im Ministerium vereinbaren. Sie können dort mit dem zuständigen Ermittler über den Antrag sprechen. Vielleicht weiß er etwas Wichtiges, ohne dass es ihm klar ist. Finden Sie heraus, warum er Gaisman verdächtigt, und prüfen Sie, ob das irgendwie mit dem Hack zusammenhängt.«

»Schicken Sie mir die Daten und ich werde hingehen.«

Eine verlegene Pause entstand. Dann fragte Tru: »Wie geht es Robert?«

»Gut«, sagte Mother kurz angebunden.

»Freut mich zu hören. Lassen Sie mich wissen, wenn ich etwas tun kann.«

Mother widerstand der Versuchung, eine abfällige Bemerkung zu machen, und sagte nur: »Ich melde mich dann nach dem Treffen bei Ihnen.«

22.
DER GUARDIAN

Es war spätabends und an Alice Natalis Schreibtisch roch es nach den Fish and Chips, die sie nur zur Hälfte gegessen hatte. Natali arbeitete immer noch angestrengt an ihrem Computer in der riesigen Nachrichtenredaktion des *Guardian.* Sie war Journalistin und suchte nach einer Verbindung zwischen zwei Vorfällen der jüngsten Zeit. Zuerst war die Londoner U-Bahn elf Minuten lang ausgefallen, angeblich aufgrund eines Schabernacks zur Bonfire Night. Dann hatte die nationale Gesundheitsbehörde ein paar Tage später gemeldet, aufgrund einer Softwarepanne sei das Computernetz von fünf Londoner Krankenhäusern abgestürzt.

Als Reporterin für Wissenschaft und Technik hatte Alice in der Zeitung über beide Vorfälle berichtet, doch wurde sie das Gefühl nicht los, dass sie auf irgendeine Weise miteinander zusammenhingen. Zwar wurde es nirgends ausgesprochen, aber die Pressemitteilungen hatten in beiden Fällen ähnlich gelautet und beide Fälle wurden vom selben Krisenteam des Cyber Security Centre betreut.

Sollte es nicht für jeden Fall ein eigenes Team geben?, fragte sie sich. *Oder handelt es sich nur um einen Fall?*

In ihrer Ratlosigkeit hatte sie am Nachmittag eine Frage auf ihrem Social-Media-Account gestellt in der Hoffnung, Leser der Zeitung könnten ihr weiterhelfen.

Glaubt jemand, der Ausfall der U-Bahn war mehr als ein Streich zu Guy Fawkes?

Sie wurde mit Antworten überschwemmt, die meisten davon einfallslose Verschwörungstheorien, einige allerdings vielversprechend, und hatte Stunden gebraucht, alle zu sichten. Eine, die sie besonders interessant fand, kam von einem gewissen Horus.

Die Subway ist an Guy Fawkes stehen geblieben, aber der Wurm, der die Ursache war, wurde schon am Tag davor eingeschleust. Das ist der Jahrestag, der hilft, Ihre Frage zu beantworten.

Ihr erster Gedanke war, dass der Verfasser der Nachricht Amerikaner war. Briten sagten zur U-Bahn *Tube* und nicht *Subway*, *Subway* war ein amerikanisches Wort.

Interessant fand sie außerdem den Hinweis auf einen anderen Jahrestag, obwohl ihr für dieses Datum keiner einfiel. Sie machte eine Suche für »4. November in der Geschichte«.

2008 – Barak Obama wird zum Präsidenten der Vereinigten Staaten gewählt

2001 – Der erste Harry-Potter-Film hat in London Premiere

1979 – Militante Studenten besetzen die US-Botschaft im Iran und nehmen 52 Amerikaner*innen als Geiseln

1922 – Der britische Ägyptologe Howard Carter entdeckt den Eingang zum Grab Tutanchamuns

Kein Treffer schien auch nur entfernt mit ihrer Geschichte zu tun zu haben, aber sie wusste, dass Horus ein Name aus der ägyptischen Mythologie war und Howard Carter aus London kam, also ging es womöglich um den Jahrestag der Entdeckung des Grabes. Sie begann nach einer Verbindung zwischen Carter und den Krankenhäusern oder der U-Bahn zu suchen.

Ping!

Eine E-Mail war eingegangen. Besonders neugierig machte sie der Eintrag in der Betreffzeile: HORUS SCHLÄGT WIEDER ZU.

Die Nachricht selbst kam gleich zur Sache:

Zuerst die U-Bahn, dann die Gesundheitsbehörde, jetzt das Parlament. Am Empfang wartet ein Geschenk auf Sie.

Horus

Ihr Herz begann zu klopfen. Sie hatte in ihrem Post nicht von einer Verbindung zwischen U-Bahn und Gesundheitsbehörde gesprochen, aber Horus hatte das jetzt getan. Vielleicht war sie einer Sache auf der Spur. Sie wählte die Durchwahl des Sicherheitsdienstes im Eingangsbereich.

»Hallo, hier Alice Natali von der Nachrichtenredaktion«, sagte sie. »Wurde zufällig ein Päckchen für mich abgegeben?«

»Ich sehe nach«, sagte der Wachmann. Er sah eine halbe Minute lang einen Stapel Post durch, dann kehrte er zurück. »Ich habe da einen Umschlag, der aussieht, als sei er vor ein paar Stunden abgegeben worden. Soll ich ihn zu Ihnen raufbringen lassen?«

»Danke, nein, ich hole ihn«, sagte sie. Sie wollte nicht warten. »Ich muss mir sowieso die Beine vertreten.«

Tagsüber hell erleuchtet, war die Nachrichtenredaktion nachts ein gespenstischer Ort voller dunkler Schatten. Erst als sie durch den Raum ging, erwachten die Deckenlampen, ausgelöst durch die Bewegungsmelder, Reihe für Reihe zum Leben.

»Sie sind bestimmt Alice«, sagte der Wachmann, als sie sich dem Tisch näherte.

»Hier ist mein Ausweis, damit Sie mir auch glauben.« Sie hielt ihm ihre Arbeits-ID hin. »Sie sagten, Sie hätten was für mich?«

Der große Umschlag war dicker als gedacht, wodurch ihre Erwartung noch mehr stieg. Sie war so aufgeregt, dass sie mit dem Öffnen nicht wartete, bis sie wieder in der Nachrichtenredaktion war. Schon im Aufzug zog sie den Inhalt heraus, einen Stapel Papier. Auf dem Deckblatt stand:

Zu Ehren der dreißig Dynastien Altägyptens
hier die Korrespondenz von dreißig
Parlamentariern, die nicht finden, dass
Altertümer in ihr Ursprungsland
zurückgegeben werden sollten.

Auf dem Weg durch die Nachrichtenredaktion blätterte sie durch den Stapel und ihre Schritte wurden schneller. Ganz offensichtlich hatte jemand den E-Mail-Server des Parlaments gehackt und ihr eine reichhaltige Kostprobe geschickt. Als sie an ihrem Schreibtisch ankam, hielt sie es für wahrscheinlich, dass Horus echt war und ihr soeben eine Riesenstory beschert hatte.

Sie zog ihr Handy aus der Tasche und machte einen Anruf.

»Weißt du, wie spät es ist?«, meldete sich ihr Redakteur verschlafen.

»Ich glaube, dafür willst du aufwachen.«

23.
FOLGE DEM ANFÜHRER

Als die Sonne über Kairo aufging, kehrten Paris und Sydney zu Fuß nach Zamalek zurück, um Lina Elbeheris Wohnung wieder zu obervieren. Am Vorabend war nichts mehr passiert, und da ihre inneren Uhren noch auf schottische Zeit eingestellt waren, hatten die beiden sich freiwillig bereit erklärt, früh loszuziehen und die anderen schlafen zu lassen. Sie hatten versprochen anzurufen, sobald etwas Besonderes vorfiel.

»Wie schön«, sagte Paris, als die Morgensonne die Häuserfassaden in orangefarbenem Licht badete.

»Es wäre noch schöner, wenn ich wacher wäre«, witzelte Sydney.

»Es geht doch nichts über einen flotten Spaziergang, um den Kreislauf in Schwung zu bringen.« Paris ging ein wenig schneller.

Die Luft war belebend, und sie waren hellwach, als sie das Viertel von Elbeheri erreichten und vom Ruf zum Morgengebet begrüßt wurden, der über Lautsprecher durch die ganze Stadt schallte. Während viele Kairoer Muslime niederknieten und sich in Richtung Mekka verneigten, versuchten Sydney und Paris, möglichst keine Aufmerksamkeit zu erregen, und fanden einen Platz an der Ecke, wo sie unauffällig warten und beobachten konnten.

In den nächsten zwanzig Minuten erwachte die Stadt zum Leben, aber von Elbeheri war immer noch nichts zu sehen. Paris beschloss, etwas anzusprechen, das ihm schon seit einer Weile auf dem Herzen lag.

»Gibst du ihm irgendwann mal eine Chance?«

»Wem?«, fragte Sydney.

»Du weißt schon.«

Sie begriff und verdrehte die Augen. »Fang lieber nicht davon an. Ich passe nur auf das Team auf.«

»Aber wir sind nicht nur ein Team, sondern eine Familie. Und Robert gehört zur Familie dazu.«

»Er mag Mothers Sohn sein, aber das macht ihn noch nicht zu meinem Bruder.«

»Doch, genau das«, erwiderte Paris. »Du erinnerst dich ja vielleicht an diese Adoptions-Geschichte samt Zeremonie und allem.«

»Verwandt sein und eine Familie sein ist nicht dasselbe«, gab Sydney gereizt zurück. »Insbesondere erinnere ich mich, wie meine Verwandten mich in Australien im Stich gelassen haben. Also erzähl mir nicht, dass Blut dich automatisch zu etwas Bestimmtem macht.«

»Und erzähl du mir nicht von deiner Vergangenheit, als wüsste ich nicht, was es heißt, vergessen und allein zu sein.«

»Sorry«, sagte Sydney, da sie Paris' Geschichte kannte.

»Ich weiß, dass es dir schwerfällt, neuen Leuten zu vertrauen, aber ich habe das Gefühl, du gibst ihm überhaupt keine Chance. Du stichelst bei jeder Gelegenheit gegen ihn, aber ich finde ihn nett.«

»Natürlich. Spione sind dazu ausgebildet, einen sympathischen Eindruck zu machen. Dazu haben wir unseren Verstand.«

»Nur dass er nicht als Spion ausgebildet ist.«

»Das glaubst du? Er hat es geschafft, den Kanopenkrug zu finden, indem er das Foto mit dem Video-Podcast verglichen hat. So was weiß man nicht einfach, das hat einem jemand beigebracht.«

»Bist du da nicht ein bisschen paranoid?«, fragte Paris. »Hast du mal daran gedacht, dass er vielleicht einfach schlau ist? So abwegig ist das nicht, wenn man bedenkt, wie intelligent seine Eltern sind.«

»Und du bist wirklich überhaupt nicht misstrauisch? Nachdem Clementine ihn jahrelang überall auf der ganzen Welt versteckt hat, lässt sie ihn aus heiterem Himmel ganz plötzlich nach Hause? Und ausgerechnet jetzt, wo wir einen großen Einsatz haben, der zufällig in Ägypten stattfindet? Und Robert hat zufällig auch in Kairo gelebt, ist also plötzlich unentbehrlich.«

»Und was glaubst du?«, fragte Paris. »Dass Clementine uns mit seiner Hilfe aushorcht? Dass sie uns nur eine Falle stellt? Ja?«

»Vielleicht. Keine Ahnung. Aber ich habe zum ersten Mal

in meinem Leben eine Familie, auf die ich zählen kann und die ich liebe, und ich will nicht, dass ihr jemand Schaden zufügt.«

»Es wäre jedenfalls toll, wenn du in Betracht ziehen würdest, dass Robert einen Platz in dieser Familie hat, denn er wird bei uns bleiben.«

»Wenn das so ist, dann ist es ja sowieso egal, was ich denke«, sagte Sydney. »Meine Probleme gehen nur mich etwas an und es ist nicht deine Sache, dir um mich Sorgen zu machen.«

»Doch, es ist meine Sache, mir um uns alle Sorgen zu machen. Und das kann ehrlich gesagt ziemlich anstrengend sein.«

»Von was redest du?«

Paris sah sie an, als könnte er nicht glauben, dass er das erklären musste. »Unter uns gesagt, bin ich der, der hier alles zusammenhält. Der dafür sorgt, dass Kat sich nicht ganz in sich zurückzieht und Rio genügend Aufmerksamkeit kriegt. Der Brooklyn hilft, ihren Platz zu finden, und dich davon abhält ...« Er brach ab und seufzte.

»Von was abhält?«

»Davon, etwas kaputt zu machen, das du liebst und schützen willst, bloß weil du der größte Sturkopf bist, den ich kenne.«

»Selbst schuld. Niemand hat dich darum gebeten.«

»Ich tu das nicht, weil mich jemand darum gebeten hat, sondern weil jemand es tun muss. Ich war schon da, als ihr auf die FARM gekommen seid. Ich habe die Furcht auf euren

Gesichtern gesehen und mir gelobt, dass ich immer für euch da sein würde. Dass ich helfen würde, Schläge zu mildern und blaue Flecken zu versorgen. Und jetzt muss ich das für Robert tun. Er hat denselben ängstlichen Blick und ich bin sein großer Bruder. Ich werde ihm helfen und ihm vertrauen, es sei denn, er gibt mir einen Grund dafür, es nicht zu tun. Das ist an sich schon schwer genug, es wäre also schön, wenn du es nicht absichtlich noch schwerer machen würdest.«

Sydney sah ihn einen Moment lang böse an, unsicher, ob sie ihm widersprechen oder zugeben sollte, dass etwas davon womöglich stimmte. Sie schwankte noch, als Lina Elbeheri aus dem Haus kam und in die entgegengesetzte Richtung ging.

»Da ist sie«, sagte Paris. »Dann spielen wir jetzt ›Folge dem Anführer‹.«

»Gut, aber wir haben das noch nicht ausdiskutiert.«

»Das habe ich auch nicht angenommen.«

So erregt sie sich eben noch gestritten hatten, jetzt legten sie einen inneren Schalter um und konzentrierten sich wieder auf ihre Aufgabe. Observation war genauso Kunst wie Können, und sie mussten ein perfekt aufeinander eingespieltes Team sein, wenn sie die Aufgabe nicht vermasseln wollten. Ihr Streit musste warten.

»Sie scheint sehr modebewusst zu sein«, bemerkte Sydney, während sie Elbeheri in etwa zehn Meter Abstand auf dem belebten Gehweg folgten. Sie mussten einerseits so nahe an ihr dranbleiben, dass sie sie nicht aus dem Blick verloren, aber auch weit genug entfernt sein, dass Elbeheri sie nicht bemerkte, wenn sie sich umdrehte oder ihr Spiegelbild in einem Fenster sah.

»Das kannst du von so weit weg sagen?«, fragte Paris.

»Ich konnte es in dem Moment sagen, in dem ich ihren Hijab sah. Das Pflaumenblau ist gewagt.«

Sydney war Modefan und hatte sich seit ihrer Landung intensiv mit den Kopfbedeckungen beschäftigt, die viele ägyptische Frauen trugen. Hijabs waren Teil der islamischen Kultur und wurden von den meisten Menschen außerhalb dieses Kulturkreises missverstanden. Ihr gefiel die Art und Weise, wie viele Hijabträgerinnen ihren persönlichen Stil ausdrückten.

»Sieh doch nur, wie schlicht und elegant sie ihn drapiert hat«, fuhr Sydney fort. »Und die Farbe hebt sich wunderbar von dem mintgrünen Sweater ab.«

»Vielleicht wusste sie, dass sie beschattet würde, und wollte möglichst gut aussehen«, witzelte Paris.

Sie hatten das Überwachungstraining gemeinsam absolviert und schon so oft im Einsatz durchgeführt, dass es ihnen zur zweiten Natur geworden war. Instinktiv und ohne ein Wort zu sagen wussten sie, was der andere tun würde.

Als Elbeheri um eine Ecke bog, gingen sie geradeaus weiter und überquerten die Straße für den Fall, dass Elbeheri Verdacht geschöpft hatte und zurückblickte, um zu sehen, wer ihr folgte. Paris holte ein Basecap aus seinem Rucksack und setzte es auf, um sein Aussehen zu verändern. Sydney sah die ganze Zeit auf ihr Handy und wirkte damit wie ein typischer Teenager.

An der nächsten Ecke trennten sie sich. Sydney blieb stehen und sah sich das Schaufenster eines Blumengeschäfts an, Paris überquerte die Straße und ging dichter hinter Elbeheri her. Ab da wechselten sie sich alle zwei Blocks ab. Einer holte jeweils ein wenig auf und einer hielt mehr Abstand. Das Ganze ging zwanzig Minuten, bis Elbeheri vor einem Café stehen blieb.

Vor dem Eintreten blickte sie nervös in beide Richtungen, um zu sehen, ob ihr jemand folgte. Das war ein Fehler, weil sie das aufgrund des lebhaften Verkehrs sowieso nicht hätte sagen können, durch ihr Verhalten aber offensichtlich machte, dass sie etwas verbarg.

»*Das* war jetzt aber paranoid«, witzelte Sydney, als sie Paris auf der anderen Straßenseite vor dem Café einholte.

»Sie ist wegen irgendetwas misstrauisch«, sagte Paris. »Lass sehen, was es ist.«

Er wollte die Straße überqueren, aber Sydney fasste ihn mit der Hand an der Schulter und hielt ihn zurück.

»Zuerst möchte ich noch zu Ende diskutieren, dass du meinst, auf alle aufpassen zu müssen.«

»Kann das nicht warten?«, fragte er ein wenig verärgert. »Wir sind eigentlich beschäftigt.«

»Ich habe die ganze Zeit, die wir ihr gefolgt sind, darüber nachgedacht, und will das jetzt loswerden.«

»Also gut, raus damit.«

Er machte sich auf eine scharfe Antwort gefasst, aber stattdessen sah sie ihn nur anerkennend an und sagte: »Danke.«

Überrumpelt wartete er ab, ob noch etwas folgte. Als das nicht der Fall war, lächelte er lieb und antwortete: »Gern geschehen.«

Und ohne ein weiteres Wort machten sie sich wieder an die Arbeit.

Es war ein Café mit einer großen offenen Fensterfront und einem Dutzend Tischen, jeder mit Platz für zwei oder höchstens drei Personen. Lina Elbeheri saß mit dem Rücken zu ihnen, aber sie erkannten sie an ihrem Hijab und Sweater. Sie saß an einem Tisch an der hinteren Wand und bestellte gerade etwas. Als der Kellner sich entfernte, sahen sie, dass ihr eine andere Frau gegenübersaß. Sie trug einen Kapuzenpulli und eine übergroße Sonnenbrille und beobachtete aufmerksam die Tür, um zu sehen, wer hereinkam.

Es war Imogen Gaisman.

24.
MINISTERIUM FÜR ALTERTÜMER

Während Paris und Sydney das Café observierten, traf sich Mother im Ministerium für Altertümer mit einem Ermittler namens Ahmed Farouk. Tru hatte bis spät in die Nacht ihre Beziehungen beim MI5 spielen lassen und ein Treffen organisiert, doch war offensichtlich, dass der Mann nicht so früh am Morgen mit einem Besucher gerechnet hatte. Sein enges Büro war unaufgeräumt und er musste einen Stuhl vom Nachbarzimmer holen, damit Mother sich überhaupt setzen konnte.

»Entschuldigen Sie den Zustand meines Büros«, sagte Farouk. »Ich hätte einen Besprechungsraum reserviert, aber ich habe erst vor zwanzig Minuten erfahren, dass Sie kommen, und da waren alle Zimmer schon besetzt. Trinken Sie Tee?«

»Danke nein«, sagte Mother. »Ich habe heute Morgen schon welchen getrunken, nachdem meine Chefin mich anrief, um mich zu wecken und mir mitzuteilen, dass ich in aller Früh hier sein sollte. Offenbar hat man uns beide überrumpelt.«

Er ließ den Blick rasch durch das Zimmer wandern, um einen Eindruck von Farouk zu bekommen. Farouks Schreibtisch war mit überquellenden Akten bedeckt, die keiner bestimmten Ordnung zu folgen schienen. In einem überfüllten Bücherregal standen einige gerahmte Fotos, aber keins davon zeigte ihn mit Familienangehörigen. Er war ausschließlich bei der Arbeit an wichtigen archäologischen Stätten zu sehen.

»Wie lange arbeiten Sie schon in der Botschaft?«, fragte Farouk.

»Ein halbes Jahr«, sagte Mother. Laut seiner Legende war er in der Rechtsabteilung der Botschaft tätig. »Ich bin noch dabei, mich in der Stadt einzuleben.«

»Hoffentlich können Sie mir mitteilen, dass Ihre Polizei die Wohnung von Ms Gaisman durchsuchen wird.«

»Wenn Sie mich davon überzeugen, dass dafür ein triftiger Grund vorliegt, wird sie das noch heute tun. Aber wir können nicht auf eine vage Vermutung hin bei jemandem einbrechen. Warum verdächtigen Sie sie?«

Der Ermittler lächelte. »Was ich hier tue, ist sehr vielschichtig und eine wahre Sisyphusarbeit. Schließlich geht es darum, die Rückgabe vieler Tausend Altertümer zu erreichen, die aus unserem Land gestohlen wurden. Die Netze der Händler erstrecken sich über die ganze Welt und wir müssen unsere Informationen geheim halten, damit wir diese Leute nicht alarmieren.«

»Verstehe«, sagte Mother. »Aber wenn ich Scotland Yard raten soll, diese Durchsuchung vorzunehmen, müssen Sie mir etwas an die Hand geben. Was können Sie mir sagen, ohne die Vertraulichkeit Ihrer Quellen zu gefährden?«

Farouk ging zu einem Aktenschrank, zog eine dicke Akte heraus und ließ sie mit einem dumpfen Laut auf den Schreibtisch fallen. Mother überlegte, ob das wohl seine einzige Vorbereitung für das Treffen gewesen war: die Akte in den Schrank zurückzustellen, um sie dann theatralisch auf den Tisch fallen lassen zu können. Farouk blätterte durch einige Seiten und hob den Kopf.

»Waren Sie schon im GEM?«

Mother sah ihn verwirrt an. »Im Gym? Was soll ich denn im Fitnessstudio?«

»Nein.« Der Mann lachte. »Ich rede vom Grand Egyptian Museum, also dem Großen Ägyptischen Museum.«

Mother grinste. »Ach so, jetzt verstehe ich das. Ich wollte gehen, hatte aber noch keine Gelegenheit.«

»Das müssen Sie unbedingt. Sagen Sie mir Bescheid und ich werde eine VIP-Tour für Sie arrangieren. Unser Amt leitet es.«

»Wie ich höre, ist es wunderschön.«

»Atemberaubend«, sagte Farouk stolz. »Erwartungsgemäß dauerte die Fertigstellung Jahre und es gab einige Verzögerungen und Schwierigkeiten. In dieser Zeit musste das Personal den schwierigen Umzug der Ausstellungsstücke aus dem alten Museum hier in Kairo in das neue Museum bewältigen. Dabei sind einige Gegenstände verschwunden. Sie sind bis heute nicht mehr auffindbar. Wir vermuten, dass man sie außer Landes geschmuggelt hat.«

»Und Sie glauben, das war Ms Gaisman?«

»Unter Mithilfe einer Komplizin vom Museum. Jemand vom Personal schickt sie ihr.«

»Wer ist das?«, fragte Mother, obwohl er überzeugt war, dass die Antwort Lina Elbeheri lautete.

»Das darf ich Ihnen leider nicht sagen.«

»Das klingt aber doch, als sollten Sie diese Komplizin festnehmen«, sagte Mother. »Schließlich stiehlt sie die Ausstellungsstücke.«

»Sie sind beide Verbrecher«, sagte Farouk. »Aber wir glauben, dass Gaisman das Netz von Leuten aufgebaut hat, das man zur Verteilung der Beute braucht. Sie ist die Drahtzieherin.«

»Sie haben hoffentlich Verständnis für mein Zögern, das einfach zu glauben«, sagte Mother. »Ms Gaisman ist eine renommierte Ägyptologin und meines Wissens sehr engagiert, was den Schutz von Altertümern angeht. Sie ist sogar mit Mitgliedern unserer Regierung aneinandergeraten, weil sie archäologische Schätze aus dem Britischen Museum zurückgeben will.«

»Das ist doch nur eine geschickte Tarnung«, erwiderte Farouk. »Sie will bei Ihnen Zweifel an ihrer Schuld wecken, aber ich glaube, wenn Sie ihre Wohnung durchsuchen, werden Sie Ihre Meinung ändern.«

»Um einen Durchsuchungsbefehl zu bekommen, bräuchte ich von Ihnen eine Liste von Gegenständen, die sich Ihrer Meinung nach im Besitz von Ms Gaisman befinden.«

»Die habe ich schon für Sie vorbereitet«, sagte Farouk eifrig und reichte Mother zwei Seiten aus der Akte mit Fotos und Beschreibungen von vier vermissten Gegenständen. Das Kanopengefäß war auf der zweiten Seite ganz oben aufgelistet.

»Und haben Sie konkrete Hinweise darauf, dass Ms Gaisman mit dem Verschwinden dieser Dinge zu tun hat?«, fragte Mother.

Farouk sah ihn verschwörerisch an. »Die darf ich Ihnen eigentlich nicht zeigen, aber ich tue es trotzdem.«

Aus einem Umschlag in der Akte zog er einige Fotos und reichte sie Mother.

»Die ersten Fotos zeigen sie mit der Angestellten des Museums«, sagte er. Mother sah Gaisman mit einer Frau, die er als Elbeheri erkannte. »Sie wurden anlässlich einer Ausstellungseröffnung in London im Britischen Museum aufgenommen.«

»Die beiden wirken für mich eher unschuldig«, kommentierte Mother.

»Aber es geht daraus hervor, dass sie sich kennen. Die anderen Bilder zeigen die Angestellte mit dem Kanopengefäß aus dem Museum hier in Kairo. Daran sind wir am meisten interessiert.«

Elbeheri war in einem Labormantel und mit Latexhandschuhen bei der Arbeit an dem Krug in einem sterilen Konservierungsraum zu sehen.

»Dieser Krug fehlt jetzt und wir glauben, dass er von Kairo zu Ms Gaisman nach London geschickt wurde.«

»Wie kommen Sie darauf?«

Farouk lächelte. »Wir sind die Unterlagen des Postamts in der Nähe ihrer Wohnung durchgegangen und haben diese Zollquittung gefunden.« Er gab Mother eine Tüte mit der Quittung desselben Versandformulars, das Kat und Rio im Müll von Gaisman gefunden hatten.

»Das ist ja sehr interessant, aber immer noch kein Beweis.«

»Ich habe noch ein Bild«, sagte Farouk mit einem Grinsen.

Er legte das letzte Foto auf den Tisch wie die Gewinnkarte einer Partie Poker. Das Bild war aus einiger Entfernung aufgenommen worden, zweifellos von einer Überwachungskamera, und zeigte Gaisman in einer Gasse zusammen mit einem untersetzten Mann in einem schwarzen Mantel.

»Der Mann, mit dem sie spricht, ist Sallah el-Kahir, bekannt dafür, dass er internationalen Kunden hilft, Altertümer aus Ägypten zu schmuggeln.«

Mother war beeindruckt, was die Behörde herausgefunden hatte, zumal er ja wusste, dass Farouk recht hatte und der Krug tatsächlich in Gaismans Wohnung stand. Immer noch nicht wusste er dagegen, wie das mit dem Cyberangriff zusammenhing.

»Haben Sie Kopien der Bilder für mich?«, fragte er.

»Nein, ich durfte sie Ihnen nicht einmal zeigen. Sie sollten nur wissen, dass wir handfeste Beweise haben. Sobald feststeht, dass sich einer der Gegenstände in ihre Wohnung befindet, können wir die beiden verhaften lassen.«

»So überzeugend das alles ist und selbst wenn man, wie Sie vermuten, den Krug findet, ist doch noch nicht garantiert, dass die britischen Behörden Ms Gaisman verhaften und nach Ägypten ausliefern.«

»Da haben wir Glück«, sagte Farouk. »Sie ist vor einigen Tagen im Internationalen Flughafen Kairo eingetroffen und hält sich noch im Land auf. Das Foto mit el-Kahir wurde gestern aufgenommen. Wenn Sie die Gegenstände in ihrer Wohnung finden, lassen wir sie sofort festnehmen.«

Das war Mother wiederum nicht recht, denn wenn sie erst verhaftet worden war, konnten britische Behörden sie nicht mehr zu dem Cyberangriff verhören. Dann war sie dem ägyptischen Rechtssystem ausgeliefert.

»Wenn Sie sie verhaften wollen, muss ich darauf bestehen, dabei anwesend zu sein. Sie ist britische Staatsbürgerin, und wenn wir Ihnen helfen, muss ich sicherstellen, dass sie angemessen behandelt und über ihre Rechte belehrt wird.«

Farouk überlegte angestrengt. »Ich werde nachfragen, kann aber nichts garantieren.«

»Wenn Ihre Antwort Nein lautet, lautet unsere auch so«, sagte Mother. »Dann ist der Deal vom Tisch.«

»Gut, dann werde ich in Ihrem Namen darauf dringen. Gibt es noch etwas?«

»Es gibt tatsächlich noch etwas. Wir interessieren uns für eine Person, gegen die Sie meines Wissens auch ermitteln.«

»Wer wäre das?«, fragte Farouk überrascht.

»Es handelt sich um einen Computerspezialisten namens Jason Harper«, sagte Mother. »Er leitet eine Firma namens KV66.«

»Weder sein Name noch der der Firma sagt mir etwas. Vielleicht war ein anderer Ermittler damit befasst, aber ich glaube es eigentlich nicht.«

Mother ließ nicht locker. »Wie können Sie das wissen, wenn Sie den Namen gar nicht kennen?«

»Sie haben recht«, sagte Farouk. »Ich würde ja auf dem Computer nachsehen, aber unser System ist fast so alt wie die Altertümer, auf die wir aufpassen. Wenn Sie mich kurz entschuldigen, werde ich meinen Kollegen auf dem Flur gegenüber fragen.« Er stand auf und ging zur Tür. Dort drehte er sich noch einmal um. »Warum interessieren sich die britischen Behörden für einen amerikanischen Computerspezialisten, der in Ägypten arbeitet?«

Mother lächelte. »Das ist ja lustig. Ich habe gar nicht erwähnt, dass er Amerikaner ist.«

»Vielleicht habe ich den Namen mal im Vorbeigehen gehört«, sagte Farouk ein wenig betreten. »Ich bin gleich wieder da.«

Während er weg war, blätterte Mother rasch durch Gaismans Akte und machte Bilder von den Fotos, die Farouk ihm gezeigt hatte, und von möglichst vielen Seiten. Er war fast durch, als er hörte, wie sich der Türknopf drehte.

»Ich habe gefunden, was Sie suchen«, sagte Farouk und kam herein. Er hielt eine dünne Akte von einigen wenigen Seiten in der Hand. »Sie hatten recht, gegen Jason Harper wurde ermittelt, aber er wurde von jedem Verdacht freigesprochen und der Fall wurde geschlossen.«

25.
DEN BUS PARKEN

»Keine Mama heute?«, fragte Marwen, während er den Bus geschickt durch den Morgenverkehr auf der Qasr-el-Nil-Brücke fädelte.

»Mama?«, fragte Monty, die auf dem Beifahrersitz saß.

»Ist das nicht der Mann?«

»Sie meinen Mother.« Monty lachte. »Er musste zu einer Besprechung, stößt aber später noch zu uns.«

»Ein Mann, der Mother heißt«, sagte Marwen, immer noch ungläubig. »Ich denke allmählich, eine Gruppe wie euch hatte ich noch nie.«

»Ja.« Monty nickte. »Das bekommen wir oft zu hören.«

Marwen beschleunigte und drängte sich zwischen zwei Autos auf der nächsten Fahrspur. Dann ging er mit quietschenden Reifen in eine Kurve. Als er bemerkte, wie Monty sich nervös an die Armlehne klammerte, sagte er: »Sie sagten, es sei wichtig, schnell zu fahren.«

»Ja, und Sie machen das auch hervorragend. Wo haben Sie so fahren gelernt?«

Er grinste. »Ich habe als Kurier gearbeitet. Schnellster Lieferservice von ganz Kairo.«

Sie hatten es deshalb so eilig, weil Paris Alarm ausgelöst hatte, sobald er und Sydney Imogen Gaisman entdeckt hatten. Da Gaisman sie womöglich zum Drahtzieher des Cyberangriffs führte, musste das ganze Team für eine umfassende Observation verfügbar sein.

»Da vorne rechts«, rief Brooklyn von hinten. »Da steht Paris.«

Paris stand auf dem Gehweg einen Block vor dem Café und versuchte sie mit einer Art Winken mit gespreizten Fingern unauffällig auf sich aufmerksam zu machen. Marwen musste, um nicht an ihm vorbeizufahren, gleich mehrere Fahrbahnen überqueren, was ein ohrenbetäubendes Hupkonzert auslöste. Unbeeindruckt parkte er an einer Stelle, die dafür nicht vorgesehen war, rief etwas auf Arabisch und winkte den anderen Autos, um ihn herumzufahren.

»Wie ist die Lage?«, fragte Monty, als Paris an ihr Fenster trat.

»Gaisman sitzt noch mit Lina Elbeheri im Café, aber ich glaube, sie sind demnächst fertig, sie kann also jeden Moment herauskommen. Sydney hat sie im Blick und kann ihr folgen, aber wir wissen nicht, wie sie hergekommen ist. Wenn sie ein Auto hat oder in ein Taxi steigt, verlieren wir sie. Deshalb haben wir euch gerufen.«

»Gut gemacht«, sagte Monty. »Es ist vielleicht unsere einzige Chance, an sie ranzukommen, deshalb müssen wir alle Szenarios berücksichtigen. Wenn sie zu Fuß geht, können wir uns mit dir und Sydney abwechseln. Ihr fangt hinter ihr an und der Bus fährt voraus und bringt uns in Position.«

Paris nickte. »Gut. Wir können euch über Funk vorwarnen, wenn sie abbiegt oder die Route ändert.«

»Syd macht uns ein Zeichen«, sagte Brooklyn.

Sydney, die in Sichtweite vor dem Café stand, bildete mit der rechten Hand ein Ypsilon. Die mittleren Finger hatte sie geschlossen, Daumen und kleinen Finger abgespreizt. In der britischen Zeichensprache bedeutete das »Flugzeug«. Dann hob sie die Hand vom Handteller der linken Hand hoch.

»Es geht los«, interpretierte Monty. »Gaisman bricht auf.«

»Die mit Kapuzenpulli und Sonnenbrille, das ist sie«, sagte Paris. Gaisman trat aus dem Café und entfernte sich auf dem Gehweg von ihnen. »Ich geh jetzt auch und sage Sydney, dass wir uns abwechseln.«

»Paris, warte!«

Zur Überraschung aller hatte Marwen gesprochen.

»Aber ich muss doch …«, begann Paris.

»Bitte«, sagte Marwen, »glaub mir. Es gibt in Kairo zwei Arten von Polizei. Einmal die Touristenpolizei mit einem besonderen Abzeichen auf den Schultern. Sie ist da, um dir zu helfen. Manchmal tut sie das nur gegen Geld, aber sie ist überwiegend harmlos. Mit der regulären Polizei dagegen willst du nichts zu tun haben. Sie ist nicht harmlos und sie interessiert sich momentan ebenfalls für die Frau in dem Kapuzenpulli.«

»Die Polizei?«, fragte Monty.

»Sie haben sie nicht bemerkt, aber ich schon. Diese beiden

Männer folgen der Frau ebenfalls.« Er zeigte auf zwei Männer mit kurz geschnittenem Haar und muskulöser Statur. »Und sie arbeiten mit den Männern in diesem Auto zusammen.« Er zeigte auf ein schwarz-weißes Polizeiauto auf der anderen Straßenseite.

»Wie erkennen Sie die?«, fragte Paris. »Sie tragen keine Uniform.«

»Ich habe mein ganzes Leben in Kairo verbracht. Ich erkenne sie.«

Monty beobachtete die Männer kurz und sah, dass sie tatsächlich Gaisman folgten. Dann drehte einer sich zu dem Auto um und gab dem Fahrer ein unauffälliges Zeichen.

»Sie haben recht«, sagte Monty. »Das ist nicht gut.«

»Was ist mit Sydney?«, fragte Paris.

»Blas den Einsatz ab. Wir dürfen uns nicht erwischen lassen.«

»Aber …«

»Schnell!«

Paris bildete mit seinen Zeigefingern ein X und hielt es sich an die Brust, sodass Sydney es sehen konnte. Es war das Signal für Abbruch. Sydney sah ihn verwirrt an und er machte das Zeichen noch einmal, diesmal mit einer energischen Bewegung.

Sie nickte und blickte auf ihr Handy, weil Gaisman an ihr vorbeiging und sie verhindern wollte, dass sie Blickkontakt hatten. Sobald Gaisman vorbei war, ging sie in Richtung Kleinbus.

»Das wars?«, sagte Brooklyn ungläubig. »Paris und Sydney finden Gaisman in Kairo und wir lassen sie wieder laufen?«

»Wenn ich einen Vorschlag machen dürfte«, sagte Marwen. »Diese Männer sind sehr gut in ihrem Job. Sie werden ihr folgen.«

Paris begriff, worauf er hinauswollte, und lächelte. »Also folgen wir ihnen.«

»Richtig. Ihr Selbstbewusstsein ist so groß, dass sie nie auf den Gedanken kämen, jemand könnte das tun. Erst recht nicht mit meinem Bus.«

»Und Sie glauben, Sie können es?«, fragte Monty.

»Ich will nicht unbescheiden sein, aber wie Sie vorhin gesagt haben, ich bin ein sehr guter Fahrer.«

Monty sah ihn neugierig an, dann sagte sie: »Ich denke allmählich, einen Stadtführer wie Sie hatten wir noch nie.«

Marwen lachte. »Das bekomme ich auch oft zu hören.«

Sie sahen zu, wie Gaisman ein Taxi anhielt. Die beiden Männer in Schwarz eilten daraufhin zu ihrem Polizeiauto und stiegen hinten ein. Beide Fahrzeuge fuhren los und die Straße entlang.

»Beeil dich!«, rief Monty Sydney zu, die fast am Bus angekommen war. »Sie fährt weg.«

»Ich dachte, die Observation sei beendet«, sagte Sydney verwirrt.

»Ja, aber zugleich auch nicht.« Paris hielt ihr die Tür auf. »Steig ein, dann erklären wir dir das.«

In den nächsten vierzig Minuten schlängelten sich die drei

Fahrzeuge durch das endlose Gewühl des Kairoer Verkehrs. Monty fiel auf, dass Marwen viele der Fehler vermied, die Neulinge gewöhnlich machten, wenn sie einem Auto folgten. Er blickte häufig in seine Spiegel und vergewisserte sich, dass niemand hinter ihm her war, widerstand der Versuchung, über Kreuzungen zu rasen oder rote Ampeln zu überfahren, um nicht zurückzufallen, und blieb in sicherer Entfernung hinter dem Polizeiauto. Sie hätte gern gewusst, ob er das als Kurier gelernt hatte oder speziell dafür ausgebildet worden war und womöglich mehr war, als es den Anschein hatte.

»Sie machen das wirklich gut«, sagte sie.

»Ich habe Glück, dass alle so langsam fahren«, wiegelte er ab. »Das erleichtert es, jemandem zu folgen, ohne gesehen zu werden.«

Paris runzelte die Stirn. »Sagen Sie das den Polizisten. Die kleben ja förmlich an dem Taxi dran. Als sollte Gaisman merken, dass sie ihr folgen.«

»Das soll sie wahrscheinlich auch«, sagte Marwen. »Die Polizei schüchtert gerne ein.«

Als sie in ein Gewirr enger Gassen im Herzen des alten Kairo eintauchten, wurde der Verkehr noch langsamer. Die gepflasterten Straßen führten an alten Moscheen vorbei und waren von Freiluftgeschäften und -märkten gesäumt. Der Bus fuhr jetzt so langsam, dass sie zu Fuß schneller vorangekommen wären.

»Ich glaube, die Frau, der ihr folgt, ist sehr schlau«, sagte

Marwen, den Blick unablässig nach vorn gerichtet. »Jedenfalls viel schlauer, als die Polizei denkt.«

»Warum glauben Sie das?«, fragte Paris.

»Weil sie im Khan el-Khalili aussteigen wird.«

»Was ist das?«, fragte Sydney.

»Der Souk«, erklärte Robert. »Ein riesiger Markt und Basar mit endlosen Reihen von Händlern, die dir von Souvenirs bis zu Gewürzen alles verkaufen wollen. Es ist das totale Chaos.«

»Und perfekt geeignet, um einen Verfolger loszuwerden.« Monty sah Gaisman aus dem Taxi aussteigen und in Richtung Basar gehen.

»Da drinnen ist es wie in einem Labyrinth«, sagte Robert. »Sie braucht nur um ein paar Ecken zu gehen und schon hat sie die Polizisten abgeschüttelt.«

»Und uns auch«, sagte Kat resigniert und sah, wie die Polizisten ausstiegen und Gaisman zu Fuß folgten.

»Was tun wir also?«, fragte Rio.

»Ich habe vielleicht eine Idee«, sagte Robert aufgeregt. »Wir parken den Bus.«

»Wo denn?«, fragte Marwen.

»Nein, nicht *diesen* Bus«, erklärte Robert. »Ich meine den Ausdruck aus dem Fußball.«

Paris verstand, wovon er sprach. »Das ist, wenn die ganze Mannschaft sich zurückzieht, um das Tor zu verteidigen.«

»Catenaccio«, sagte Rio verächtlich unter Verwendung eines anderen Begriffs. »So spielen die Italiener. Das ist kein schöner Fußball.«

»Mag sein, aber dafür eine wirkungsvolle Verteidigung«, entgegnete Robert.

»Wie hängt das damit zusammen, dass die, denen wir folgen, gerade im Markt verschwunden sind?«, fragte Sydney unbeeindruckt.

»Wenn sie reingegangen sind, müssen sie auch wieder rauskommen«, sagte Robert. »Und wir haben genügend Verteidiger, um alle Ausgänge zu blockieren.«

26.
POLITISCHE ABTEILUNG

Damit seine Deckung nicht aufflog, begab Mother sich im Anschluss an das Treffen im Ministerium für Altertümer direkt zur britischen Botschaft. Das war nötig für den Fall, dass er von den ägyptischen Behörden beobachtet wurde. Sie sollten keinen Grund zum Zweifel haben, dass er dort tatsächlich in der Rechtsabteilung arbeitete. Zumal er ja unbedingt hinzugezogen werden wollte, wenn Imogen Gaisman verhaftet wurde. Kurz nach seiner Ankunft im Empfangsbereich wurde er von einem Mann in einem blauen Anzug begrüßt.

»Sie müssen der sein, den man Mother nennt«, sagte der Mann.

»Ich fürchte, ja.«

»Mein Name ist Devlin. Ich muss Sie bitten, mit mir mitzukommen. Es gibt einige neue Entwicklungen.«

Mother erwartete, zu einem Anwalt gebracht zu werden, den er über sein Gespräch mit Farouk informieren konnte, aber stattdessen brachte man ihn in die politische Abteilung.

»Was machen wir hier?«, fragte er ein wenig verwirrt. »Ich dachte, für den Fall sei die Rechtsabteilung zuständig.«

»Für den Diebstahl und den Handel mit einem Kanopengefäß, ja«, erklärte der Mann. »Aber die Rückgabe ägyptischer Altertümer aus Großbritannien ist in jeder Beziehung eine politische Angelegenheit.«

Jetzt war Mother noch verwirrter.

»Entschuldigung, habe ich da was nicht mitbekommen?«

Der Mann führte aus, der *Guardian* hätte eine Online-Story veröffentlicht inklusive der gehackten E-Mails von dreißig Parlamentariern, die sich gegen die Rückgabe von Altertümern an Ägypten ausgesprochen hatten.

»Für das ägyptische Volk ist das eine unglaublich sensible Angelegenheit«, fuhr er fort. »Die Story wird hier hohe Wellen schlagen.«

»Das verstehe ich«, sagte Mother. »Aber was hat das mit mir zu tun? In meinem Fall geht es nur um den Diebstahl eines einzigen Gegenstands.«

»Mit der Durchsuchung von Imogen Gaismans Wohnung hat sich alles geändert.«

»Wie konnten sie die Wohnung durchsuchen, wenn ich noch gar nicht berichtet habe, was Farouk mir gezeigt hat?«

»Die Durchsuchung wurde genehmigt, kurz nachdem die Story online ging. Man wusste, dass die Story negative Schlagzeilen verursachen würde, und die Behörden wollten nicht den Eindruck erwecken, sie würden zögerlich handeln, wenn es um geraubte Altertümer ging.«

»Und hat man das Kanopengefäß gefunden?«, fragte Mother.

Devlin nickte. »Und noch viel mehr.«

Das überraschte Mother, denn Kat und Rio hatten außer dem Gefäß nichts gefunden.

»Was denn?«

»Auf ihrem Schreibtisch lag ein USB-Stick mit allen E-Mails und weiterem Material. Man geht davon aus, dass Gaisman die Story dem *Guardian* zugespielt hat.«

27.
KHAN EL-KHALILI

Als Robert nach Deutschland geflogen war, um seinen Vater zu treffen, hatte er nur mitnehmen können, was in seinen Rucksack passte. Als Erstes hatte er sein Mo-Salah-Trikot eingepackt. Salah war sein Lieblingsspieler und er hatte das Trikot schon so oft getragen und gewaschen, dass das leuchtende Rot des FC Liverpool verblasst war und die Ziffern an den Rändern abblätterten. An diesem Morgen hatte er es angezogen, ohne weiter darüber nachzudenken, aber jetzt schien es irgendwie besonders gut zu passen, weil sie eine vom Fußball inspirierte Strategie anwendeten. Das Trikot hatte allerdings eine ungewollte Eigenschaft, die nicht zu einem Spion passte. Es erregte Aufmerksamkeit.

»Mo Salah, Mo Salah!«, rief ein Souvenirverkäufer. »Mache gute Preis für dich.«

»Komm rüber, Liverpool!«, schrie ein anderer. »Ich habe alles, was du willst.«

Seit dem Mittelalter verhökerten Händler auf diesem Markt ihre Ware und ihr aggressives Gebaren war legendär. Touristen und Ägypter strömten gleichermaßen zum Khan und feilschten dort um alles Mögliche, von antikem Schmuck und nachgebildeten Tutanchamun-Masken bis hin zu Papyrusbildern und Tischsets aus Messing.

Irgendwo in diesem Labyrinth unter freiem Himmel war Imogen Gaisman damit beschäftigt, die Polizisten, die ihr folgten, abzuschütteln. Die City Spies hatten inzwischen »den Bus geparkt« und waren paarweise an den verschiedenen Seiten des Markts in Position gegangen, in der Hoffnung, Gaisman auf dem Weg nach draußen abzufangen.

»Mo Salah!«, brüllte ein weiterer Händler, um über dem Lärm gehört zu werden, »komm zu mir.«

»Warum sind die von dir so besessen?«, fragte Sydney, die zusammen mit Robert in einer gepflasterten Gasse namens Al-Muski Street wartete.

»Liverpool ist in Kairo unheimlich beliebt«, erklärte Robert. »An Samstagen sind die Cafés überall in der Stadt knallvoll mit Leuten, die die Spiele ansehen.«

»Warum interessieren sich die Ägypter für eine englische Mannschaft?«, fragte Sydney verwirrt.

»Wegen Mo Salah. Er ist der größte Fußballspieler in der Geschichte des Landes und wird ›ägyptischer König‹ genannt. Man sieht sein Bild hier sogar auf Mauern.«

»Salah, Salah!«, rief ein Schmuckhändler. »Schöne Kette für hübsche Mädchen.«

»Ich wette, du hast das absichtlich angezogen«, sagte Sydney genervt.

Robert riss die Geduld.

»Du hast recht«, sagte er ironisch. »Ich bin eben ein ganz

Schlauer und habe heute Morgen beim Aufwachen gedacht, dass wir heute bestimmt jemanden verfolgen und im Souk landen werden und dass ich es deshalb tragen sollte, damit ich noch mehr gemeine Bemerkungen abkriege als sonst. Es hatte absolut gar nichts damit zu tun, dass ich nur vier T-Shirts besitze und eigentlich keine andere Wahl hatte.«

Zum zweiten Mal an diesem Tag sah Sydney sich im Unrecht, und es war noch nicht einmal Mittag. Vorhin bei Paris hatte sie eingelenkt und sich mehr oder weniger entschuldigt, aber bei Robert war sie dazu nicht bereit. Sie war vielleicht zu weit gegangen, aber sie traute ihm immer noch nicht.

»Vergiss es«, sagte sie. »Halt einfach nach Gaisman Ausschau.«

Sie ging zur nächsten Gasse, um eine bessere Sicht zu haben, aber in Wirklichkeit wollte sie nur ihre Gedanken sortieren.

Warum tust du das?, fragte sie sich. *Warum tust du das immer wieder?*

Auf der gegenüberliegenden Seite des Basars hatte Paris es sehr viel entspannter. Er wartete mit Rio an einer Kreuzung von Gassen, und um nicht aufzufallen, sahen sie sich immer wieder einzelne Stände an. Sie hatten bereits köstliches frittiertes Gebäck namens *balah el sham* gegessen, und während Rio seinen Eindruck in seinem Essensprotokoll notierte, wurde Paris auf einen Kunsthandwerker aufmerksam, der handgeschnitzte Schachfiguren verkaufte. Besonders gut gefiel ihm ein Set mit Tutanchamun und Nofretete als König und Königin und einem Obelisken als Turm.

»Dir gefällt?«, fragte der Händler.

»Es ist wunderschön«, sagte Paris, aber er bereute die Worte, kaum dass er sie ausgesprochen hatte. Die Händler legten beim kleinsten Anzeichen von Interesse sofort los.

»Ich dir gute Preis mache.« Der Mann griff nach dem Schachbrett und zeigte, dass man es zusammenklappen konnte. »Brett geht zu und Figuren drinnen. Ganz leicht für Reise.«

»Tut mir leid, ich will nichts kaufen, nur ansehen.«

»Warum du brichst mir das Herz?«, fragte der Mann. »Von Ansehen kann ich Familie nicht ernähren. Kann ernähren nur mit Kochen.« Offenbar war dies einer seiner Lieblingssprüche, denn er lachte und eine Zahnlücke wurde sichtbar.

»Tut mir wirklich leid«, sagte Paris und wollte weitergehen. »Das war mein Fehler.«

Aber der Händler ließ nicht locker, folgte ihm und hielt ihn am Arm fest.

»Find dich damit ab, Alter«, sagte Rio grinsend. »Kauf das lieber, sonst kriegst du den nicht mehr los.«

»Also gut.« Paris blieb stehen. »Wie viel?«

»Das hängt davon ab«, sagte der Mann. »Wie sehr du willst mich glücklich machen?«

Paris kapitulierte und Rio kicherte.

Brooklyn tätigte ebenfalls einen Einkauf, doch ging es bei ihr sehr schnell und ohne großes Feilschen. Sie kaufte eine

Schneekugel mit der Sphinx und den Pyramiden. Zum einen, weil sie die Kugel für ihre Sammlung wollte, aber auch, weil sie hoffte, dass die Verkäufer sie weniger bedrängen würden, wenn sie erst etwas gekauft hatte.

Sie lächelte Kat zu, die in dreißig Metern Entfernung am Ende der benachbarten Gasse stand. Kat lächelte zurück und hoffte, dass man ihr ihre innere Anspannung nicht anmerkte. Sie mochte den Khan nicht, kein bisschen.

Sie fühlte sich in jeder Beziehung von Eindrücken überwältigt und sosehr sie auch nach Ordnung suchte, fand sie doch nur Chaos. Souvenirs beanspruchten jeden Zentimeter Regalfläche und hingen von Decken herunter. Als sie tief einatmete, um sich zu beruhigen, wurde sie von den konkurrierenden Gerüchen eines Gewürzmarktes und eines Cafés mit türkischem Kaffee fast erschlagen. Und dazu kam noch der ständige Lärm der unermüdlich feilschenden Verkäufer und das Kauderwelsch fremder Sprachen.

Ihr Herz raste, ihr Atem wurde schneller und ihr war übel. Es war mehr, als sie verkraften konnte. Sie langte in ihre Tasche und strich mit dem Daumen über den Nautilus, wie Monty es ihr gezeigt hatte. Sie blickte zu einem Deckenventilator hinauf, in der Hoffnung, im gleichmäßigen Kreisen der Flügel etwas Ruhe zu finden. Doch dann sah sie aus den Augenwinkeln ein Gesicht, das sie kannte und nicht ignorieren durfte.

Fünf Stände vor ihr stand Imogen Gaisman und versuchte, nicht aufzufallen.

»Ich sehe sie«, sagte Kat in ihr Mikrofon, aber ihre Stimme war so leise, dass sie im Lärm der Umgebung unterging.

»Ich sehe sie«, wiederholte sie ein wenig lauter, aber immer noch antwortete niemand.

Wieder spürte sie die Angst, die sie seit dem Einbruch ins Britische Museum verfolgte: Sie war wie gelähmt, nur dass sie diesmal die anderen nicht auf sich aufmerksam machen und zu Hilfe rufen konnte.

»Ich sehe Imogen Gaisman.«

Immer noch kam keine Antwort. Kat drehte sich zu Brooklyn, aber die sah gerade in die andere Richtung. Kat schloss die Augen und zwang sich, tief Luft zu holen. Sie suchte nach einem Mother-Spruch, der ihr helfen konnte.

»Man hat nicht Mut und dann wieder keinen, er sitzt im Herzen und begleitet einen.«

Du schaffst das, sagte sie sich. *Du kannst ihr folgen.*

Ihr Plan war, Imogen zu folgen, bis sie ihre Stimme wiederhatte oder einen ruhigen Ort fand, an dem sie die anderen rufen konnte. Um das zu tun, musste sie allerdings in den Markt hineingehen, wo es noch lauter und das Chaos noch größer war.

Den Nautilus hatte sie nicht mehr in der Tasche, sondern drückte ihn, zwischen Daumen und Zeigefinger gepresst, an die Brust. Sie ignorierte ihr Widerstreben und zwang sich, in die Menschenmenge einzutauchen. Das Gehen fiel ihr schwer, aber dann wurde es ein wenig leichter und sie gewann mit jedem Schritt an Zuversicht. Sie konzentrierte sich auf die in parallelen Reihen angeordneten Souvenirs auf einem Ladentisch und die geraden Linien der Regale eines Schmuckgeschäfts. Diese Ordnung im Kleinen half ihr, sich zu beruhigen.

»Ich habe sie«, sagte sie wieder in das Mikrofon.

»Bist du das, Kat?« Es war Montys Stimme.

Endlich hatte jemand sie gehört!

»Wo bist du?«

»Im Basar«, sagte sie. Dann wurde ihr klar, dass sie gar nicht beschreiben konnte, wo genau im Basar sie war. »Ich weiß nicht genau, wo, aber ich folge ihr jetzt und gebe euch Bescheid, wenn ich einen Orientierungspunkt sehe.«

Sie hatte gerade wieder ein wenig zu ihrem Selbst zurückgefunden, da bemerkte sie den Polizisten, dessen Blick unablässig über die Gesichter der Menge wanderte. Noch hatte er Gaisman nicht entdeckt.

»Ein Polizist ist ihr dicht auf der Spur.«

»Dann bleib zurück«, sagte Monty. »Er darf dich nicht sehen.«

Auch wenn es Monty war, die den Einsatz abbrach, fühlte es sich für Kat an wie eine Niederlage.

»Ich habe eine Idee.«

»Was für eine?«, fragte Sydney über Funk.

»Ich kann jetzt nicht sprechen. Ihr müsst mir vertrauen.«

Es fühlte sich gut an, das zur Abwechslung einmal selber zu sagen, obwohl sie nicht hundertprozentig sicher war, dass ihr Plan aufgehen würde.

Gaisman stand vor einem Laden, der bunte Tücher und Schals verkaufte. Kat trat neben sie, streckte die Hand nach einem Schal aus und stieß dabei »zufällig« an die Ägyptologin.

Dann hielt sie den Schal hoch, als überlege sie, ihn zu kaufen, und breitete ihn so aus, dass der Polizist Gaisman nicht sehen konnte, bis diese am Ende der Gasse angelangt war und den Souk verließ.

Gaisman ahnte nicht, dass Kat sie soeben gerettet hatte, und erst recht nicht, dass Kat etwas in ihre Kapuze hatte fallen lassen.

»Ich bin hier fertig«, sagte Kat in ihr Mikrofon. Sie klang stolz und selbstbewusst. »Wir können uns am Bus treffen.«

»Was hast du gemacht?«, fragte Sydney, die vor Neugier platzte.

»Ich habe ihr meinen Nautilus in die Kapuze gesteckt. Jetzt können wir sie orten.«

Über Funk kam begeistertes Gejohle, und trotz des Chaos um sie machte der zusätzliche Lärm Kat überhaupt nichts aus.

28.
DIE BOTSCHAFT

Kat strahlte immer noch vor Stolz, als sie auf einem Computerbildschirm Imogen Gaismans Bewegungen folgten. Der rote Punkt wanderte langsam durch den alten Teil der Stadt. Seiner Geschwindigkeit nach zu urteilen, war sie immer noch zu Fuß unterwegs. Oft spüren Menschen es, wenn sie verfolgt werden, deshalb beschlossen die City Spies, das vorerst nicht zu tun, in der Hoffnung, dass Gaisman in ihrer Wachsamkeit nachließ und sie zum Drahtzieher des Cyberangriffs führte.

»Ich wette, wenn Horus in Ägypten ist, führt sie uns geradewegs zu ihm«, sagte Monty, die über Kats Schulter auf den Bildschirm blickte, stolz. »Und das nur dank dir.«

Kat konnte sich ein Lächeln nicht verkneifen.

Sie saßen in einem kleinen Konferenzraum in der Botschaft, der Mother für Lagebesprechungen lieber war als das Hotel. Er war nicht ganz so gut ausgestattet wie das Priesterloch zu Hause, hatte aber einen Computer, den Brooklyn benutzen konnte, einen Wandbildschirm und ein Whiteboard.

»Du hast wirklich was verpasst«, sagte Paris zu Mother, als

alle saßen. »Eine Observation und eine Verfolgungsjagd. Es war Nonstop-Action.«

»Aber Paris hatte trotzdem noch Zeit, ein Schachspiel zu kaufen«, sagte Rio. Die anderen lachten.

»Immerhin habe ich den ganz schön runtergehandelt«, sagte Paris zu seiner Verteidigung.

»Und ich habe mitbekommen, wie das gleiche Spiel ein paar Minuten später zum halben Preis über den Ladentisch ging«, sagte Rio. Paris machte eine Grimasse.

»Ich habe auch ein wenig gehandelt«, sagte Mother. »Bei mir ging es um Informationen vom Ministerium für Altertümer.«

»Wie ist es gelaufen?«, fragte Sydney.

»Etwa so gut wie bei Paris, wie es aussieht«, sagte Mother trocken. »Aber ich bin schwer von euch beeindruckt. Was ihr getan habt, war ungeheuer wichtig, weil sich inzwischen herausgestellt hat, dass Gaisman wohl tatsächlich mit Horus zusammenarbeitet.«

»Woher weißt du das?«, fragte Sydney.

»Man hat heute Morgen ihre Wohnung durchsucht und außer dem vermissten Kanopengefäß ...«

»Das wir ja schon gefunden haben«, warf Rio stolz ein.

»... auch noch einen USB-Stick mit Dokumenten der gehackten Parlamentarier entdeckt.«

»Den ihr übersehen habt«, frotzelte Paris.

Kat blickte von dem Bildschirm auf, auf dem sie Gaisman folgte. »Wo in der Wohnung haben sie den gefunden?«

»Auf dem Schreibtisch in ihrem Arbeitszimmer«, sagte Mother.

Kat und Rio wechselten einen Blick und schüttelten beide den Kopf.

»Unmöglich«, sagte Kat.

»War ein Scherz«, sagte Paris. »Ihr braucht euch nicht zu verteidigen.«

»Auf dem Tisch lagen nur einige Papiere und ungeöffnete Briefe«, sagte Kat.

»Stimmt«, sagte Rio. »Einen Stick hätten wir niemals übersehen.«

»Paris hat recht, ihr dürft das nicht persönlich nehmen«, sagte Mother. »Ein USB-Stick ist leicht zu übersehen.«

»Ja, aber wir sind ausgebildete Agenten des MI6«, sagte Kat. »Wir übersehen keine Sticks.«

»Ich zeige euch gerne die Fotos«, sagte Rio trotzig.

Er rief rasch die Bilder auf, die er in Gaismans Wohnung gemacht hatte, und schickte sie per AirDrop Mother, der sie auf den Bildschirm holte. Sie blätterten sie durch und hielten bei einem Foto von Gaismans Schreibtisch an.

Rio nickte. »Kein Stick.«

»Du hast recht«, sagte Mother.

»Und sie war schon in Ägypten, als wir das Bild gemacht haben«, fügte Kat hinzu. »Wer hat den Stick also hingelegt?«

»Gute Frage«, sagte Monty.

»In der Tat«, pflichtete Mother ihr bei. »Es könnte sich natürlich auch einfach um ein Missverständnis handeln, wo das Laufwerk gefunden wurde. Ich werde mich mit Tru in Verbindung setzen und versuchen, die Information zu verifizieren.« Er überlegte einen Moment und fügte hinzu: »Immerhin wissen wir, dass der Kanopenkrug da war, als ihr die Wohnung durchsucht habt, und dass die Polizei ihn heute gefunden hat. Er ist auch der Grund, warum die Kairoer Polizei Ms Gaisman verhaften will.«

»Und ich wette, es ist nicht die Touristenpolizei«, sagte Rio.

»Wir müssen unbedingt herausfinden, wie sie mit Horus verbunden ist, bevor sie verhaftet wird«, sagte Mother. »Danach können wir nicht mehr mit ihr sprechen.«

»Nehmen wir mal an, es gibt eine Erklärung für den USB-Stick und er gehört tatsächlich ihr«, sagte Brooklyn. »Nichts in ihrem Lebenslauf weist darauf hin, dass sie das technische Wissen für einen solchen Hack haben könnte. Das bedeutet, sie muss mit jemandem zusammenarbeiten.«

»Ja, aber mit wem?«, fragte Kat.

»Umbra«, sagte Sydney. »Also, mit einer ihrer Cybergangs.«

»Möglich«, sagte Monty. »Aber nach dem, was ich gelesen habe, geben die sich nicht mit der Routinearbeit ab. Sie steigen lieber bei Gruppen mit ein, die bereits alle Vorbereitungen getroffen haben und gleich losschlagen können. Meine Vermutung ist, dass es noch eine Person zwischen Gaisman und Umbra gibt.«

»Vielleicht arbeitet sie mit einem der anderen Verdächtigen zusammen, zum Beispiel Pluto oder Jason Harper«, sagte Paris.

»Oder beiden«, ergänzte Brooklyn, die am Computer saß. »Ich habe mich bisher auf den Zugang konzentriert, den die Verdächtigen zum Server des Britischen Museums hatten, aber gestern kam mir noch eine Idee. Ich habe Beny Plutos Dateien durchsuchen lassen, ob sie noch unabhängig davon Kontakt mit Gaisman, Elbeheri oder Harper hatte.«

»Und?«, fragte Sydney hoffnungsvoll.

»Sie und Harper haben sich ein paarmal gemailt.«

»War in den Mails zufällig von einer üblen Verschwörung gegen die britischen Behörden die Rede?«, fragte Rio.

»Schön wärs«, sagte Brooklyn. »Sie haben sich durch die Arbeit mit dem Museum kennengelernt und über Hardware gesprochen, die Harper für seine Firma kaufen wollte. Immerhin steht fest, dass sie einander kannten.«

»Vielleicht, aber ich kann mir nicht vorstellen, dass Imogen Gaisman mit Jason Harper arbeitet«, sagte Sydney. »Sie war schließlich schuld daran, dass das Britische Museum ihn gefeuert hat.«

»Aber mit Pluto würde das einleuchten«, sagte Rio. »Sie ist die einzige Verdächtige mit einem kriminellen Hintergrund, und Mother weiß von Tru, dass sie soeben in Kairo eingetroffen ist.«

»Aber nur weil sie eine kriminelle Vergangenheit hat, muss sie nicht immer noch kriminell sein«, protestierte Brooklyn. »Menschen können sich ändern.«

Rio grinste. »Schon, aber hundert Millionen in Kryptowährung sind eine gewisse Versuchung.«

»Es sind also fünf Personen für uns interessant«, sagte Mother und begann Namen an das Whiteboard zu schreiben. »Wenn Gaisman mit jemand zusammenarbeitet, dann ist es wahrscheinlich eine davon.«

Er schrieb fünf Namen an die Tafel: GAISMAN, PLUTO, HARPER, ELBEHERI und EL-KAHIR.

»Wer ist el-Kahir?«, fragte Robert.

»Sallah el-Kahir«, erklärte Mother. »Ein Krimineller aus Kairo, der mit gestohlenen Antiquitäten handelt und dem man laut dem Gespräch, das ich soeben mit den Leuten von der Rechtsabteilung hatte, Identitätsbetrug und Internetkriminalität vorwirft.«

»Würde passen«, sagte Paris. »Aber was für eine Verbindung hat er zu Gaisman?«

Mother zog das Bild auf den Monitor, das er von dem Foto auf Farouks Schreibtisch gemacht hatte.

»Das waren Gaisman und el-Kahir gestern«, sagte er.

»Teleobjektiv«, kommentierte Paris, der aufgestanden war und sich vorbeugte. »Wurde bestimmt von den Bullen gemacht, die ihr heute gefolgt sind.«

»Was tun wir also als Nächstes?«, fragte Sydney. »Wie ermitteln wir gegen sie?«

»Gute Frage«, sagte Mother. Er wandte sich an Monty. »Was hältst du von unserem Busfahrer Marwen?«

Monty lächelte. »Einen Stadtführer wie den hatte ich noch nie.«

»Glaubst du, er spioniert uns nach?«

»Nein. Ich glaube auch nicht, dass er mit der Polizei zusammenarbeitet, sondern hatte eher den Eindruck, er kann die Polizisten, die Gaisman verfolgten, nicht leiden.«

»Meinst du, man kann ihm so weit vertrauen, dass er mit euch den Weg abfährt, den Gaisman genommen hat, seit Kat sie ortet?«

»Es ist ein Risiko, das wir aber eingehen sollten. Er kennt die Stadt in- und auswendig und scheint auf unserer Seite zu stehen.«

»Dann vertrauen wir auf dein Bauchgefühl«, sagte Mother. »Ich möchte, dass Brooklyn mit mir kommt. Alle anderen fahren mit dem Bus die Strecke ab, die Gaisman gegangen ist, und halten nach unseren weiteren Verdächtigen Ausschau.«

»Was tun wir?«, fragte Brooklyn.

»Ich habe eine Hinter-den-Kulissen-Führung im Großen Ägyptischen Museum für Vater und Tochter arrangiert. Wir werden die Schätze aus Tutanchamuns Grab besuchen, uns viele tolle Kunstwerke ansehen und uns, während wir das tun, in ihr Computersystem einhacken und nach Spuren von Jason Harper und Pluto suchen.« Er hielt kurz inne und lächelte schief. »Letzteres tust genau genommen nur du. Ich stehe Schmiere.«

»Klingt gut!«

Sie standen auf und wandten sich zum Gehen. Dabei fiel Robert etwas an dem Foto auf dem Bildschirm auf und er trat näher, um es genauer zu betrachten. Was ihn interessierte, hatte nichts mit dem Foto von Gaisman und el-Kahir zu tun.

Stattdessen blickte er auf den Teil von Farouks unaufgeräumtem Schreibtisch, der auf dem Bild zu sehen war.

Dort lag ein Stift, den man nicht verwechseln konnte.

Es war ein Scriptex, wie sein eigener.

Farouk arbeitete mit Umbra zusammen.

29.
STADT DER TOTEN

Robert saß hinten im Kleinbus und überlegte. Er war sicher, dass Ahmed Farouk mit Umbra zusammenarbeitete, aber er wusste nicht, inwiefern das mit ihrem Fall, ihrem Einsatz zu tun hatte. Er wusste nur, wenn er den anderen erzählte, wie er darauf kam, würde er womöglich nie richtig zur Familie gehören und das wollte er nicht riskieren.

»Was ist, wenn Kat und Rio recht haben?«, fragte er Paris, der neben ihm saß. »Wenn jemand den Stick in Gaismans Wohnung gelegt hat, damit es so aussieht, als sei sie schuldig? Wir tun, als sei sie eine Verbrecherin, aber vielleicht ist sie unschuldig.«

»Sie ist vielleicht nicht schuld an dem Hack, aber sie hat trotzdem mit gestohlenen Altertümern gehandelt«, sagte Paris.

»Das haben wir mit eigenen Augen gesehen«, fügte Rio hinzu.

»Und das Ministerium für Altertümer hat starke Beweise gegen sie in der Hand«, ergänzte Kat.

Robert wandte sich an Sydney, die in der Reihe vor ihm saß. »Aber Sydney, du hast es doch selbst gesagt: Warum sollte jemand, der jahrelang für den Schutz von Altertümern kämpft, eine Kehrtwendung machen und sie auf dem Schwarzmarkt verkaufen?«

»Das leuchtet vielleicht nicht ein«, sagte Sydney. »Aber genauso wenig leuchtet ein, dass der Frau zwei verschiedene Verbrechen angehängt werden – ein Cyberangriff und Schwarzhandel. Vergiss nicht, dass letzte Woche eine Menge Geld auf ihr Bankkonto eingegangen ist und sie in aller Eile hierhergeflogen ist. Die plant irgendwas.«

»Und wenn sie wirklich Altertümer schützen will«, sagte Rio, »warum trifft sie sich dann mit einem Kriminellen wie el-Kahir, von dem man weiß, dass er damit handelt?«

Robert konnte es nicht fassen. »Ich dachte, du stimmst mir zu, dass sie reingelegt wurde.«

»Ich kann nicht erklären, wie der USB-Stick in ihre Wohnung kam, aber das ändert nichts an den Beweisen, die das Ministerium für Altertümer gegen sie hat«, sagte Rio. »Oder glaubst du vielleicht, das Ministerium will sie reinlegen?«

Es war als Scherz gemeint, aber Robert hätte am liebsten laut gerufen, dass er genau das glaubte. Wenn die Leute von Umbra das Ministerium infiltriert hatten, konnten sie auch mit Leichtigkeit Gaisman reinlegen.

»Wir sollten hier parken, in der Nähe des Khan«, sagte Marwen und fuhr an den Straßenrand. »Auf den meisten Straßen, die sie gegangen ist, können wir sowieso nicht fahren. Sie war zu Fuß unterwegs und das werden wir auch sein.« Er wandte sich an Monty. »Ich helfe Ihnen, den Weg zu finden, und übersetze für Sie. In dieser Gegend sprechen die meisten Menschen kein Englisch.«

»Danke.«

Sie stiegen aus dem Bus aus und Monty sagte: »Kat, lass uns von dort losgehen, wo du sie zuletzt gesehen hast.«

Kat sah nach dem Tracker auf ihrem Handy und blickte in Richtung Khan, um sich zu orientieren. »Dann mir nach.«

GROSSES ÄGYPTISCHES MUSEUM

Während die anderen im alten Kairo unterwegs waren, fuhren Mother und Brooklyn zum neuesten Wahrzeichen des Landes, dem prächtigen Großen Ägyptischen Museum. Das als GEM bekannte Mammutbauwerk war eins der größten Museen der Welt und ein architektonisches Wunderwerk, konzipiert als Ergänzung zu den Pyramiden von Gizeh, auf die es ausgerichtet war.

»Sieh dir die an«, sagte Mother und betrachtete die Pyramiden. »Die sind wirklich atemberaubend, was?«

Auch Brooklyn staunte. »So was habe ich noch nie gesehen.«

»Und dann dieses großartige Gebäude.« Er drehte sich zum Museum um. »Über viertausend Jahre Architekturgeschichte in unmittelbarer Nachbarschaft.«

Sie passierten die Sicherheitskontrolle und wurden von Salma, ihrer Führerin, in Empfang genommen. Die charmante junge Frau hatte jede Menge Fakten und Zahlen parat.

»Das ist Ramses II.«, sagte sie. Sie näherten sich einer gewaltigen Statue im Zentrum des Eingangsbereichs. »Er ist dreitausendzweihundert Jahre alt, aus rotem Granit, elf Meter hoch und dreiundachtzig Tonnen schwer.«

»Wirklich ein schwerer Junge«, scherzte Brooklyn.

»Sehr schwer«, bestätigte Salma. »Jetzt meine Frage an dich. Wie, glaubst du, kam er in das Museum?«

Brooklyn sah sich um. Die Statue war viel zu groß, um durch eine der Türen oder ein Fenster zu passen, und man konnte sie auch nicht auseinandernehmen. Sie blickte zur Decke aus Glas und Stahl hinauf und überlegte, doch auch ein Hubschrauber konnte wohl kaum dreiundachtzig Tonnen heben und hier absetzen. Sie sah Mother fragend an, aber der zuckte nur mit den Schultern.

»Keine Ahnung«, sagte sie schließlich. »Wie?«

»Gar nicht«, sagte Salma.

»Was heißt das?« Brooklyn war verwirrt.

»Man hat ihn zuerst hier aufgestellt und das Museum dann um ihn herumgebaut.«

Brooklyn und Mother lachten.

»Okay«, sagte Brooklyn. »Das ist genial.«

Salma lächelte. »Wenn du das genial findest, warte, bis du siehst, was wir noch haben.«

AL-AZHAR-PARK

Die anderen City Spies waren vom Khan el-Khalili aus dem Weg Imogen Gaismans gefolgt, der durch die engen Gassen der Altstadt führte. Dreimal hatte sie unterwegs angehalten und acht Minuten in einem Geschäft für Frauenbekleidung verbracht, dreiundzwanzig in einem kleinen Restaurant und noch einmal drei im al-Azhar-Park neben der Kairoer Zitadelle.

Der weitläufige al-Azhar-Park war eine Oase inmitten der dicht bevölkerten Stadt. Der moderne, von traditionellen islamischen Gärten inspirierte Park bot üppiges Grün, malerische Springbrunnen und palmengesäumte Wege. Laut der Tracking-App auf Kats Handy hatte Gaisman an einem Café mit einer Terrasse am Rand des Parks angehalten.

»Hier war sie drei Minuten lang«, sagte Kat und sah sich suchend um.

»Warum in einem Café?«, fragte Sydney. »Die anderen Haltepunkte verstehe ich. Sie hat Kleider gekauft, damit die Polizei sie nicht erkennt, und etwas gegessen. Aber hier? Hatte sie schon wieder Hunger?«

»Das kann passieren«, sagte Rio.

»Oder hat sie jemanden getroffen?«, schlug Kat vor.

»Kann ich mir gut vorstellen«, sagte Monty.

»Das Klo«, sagte Paris und zeigte auf eine öffentliche Toilette neben dem Café. »Wenn man muss, muss man eben.«

»Gut, sie hält also hier an und geht dann wohin?«, fragte Sydney. »Ist sie immer noch unterwegs?«

»Nein, seit einer Weile schon nicht mehr.«

»Vielleicht trifft sie sich gerade mit jemandem«, sagte Rio.

Monty nickte. »Gut, dann ist jetzt nicht mehr wichtig, wo sie überall war, sondern wo sie sich im Augenblick befindet.«

»Wir müssen über diese Straße«, sagte Kat und ging voraus. Die anderen folgten ihr, doch Monty fiel auf, dass Robert ein wenig zurückblieb und bedrückt wirkte. Sie wartete auf ihn. »Alles in Ordnung?«

»Ja«, sagte er, aber es klang nicht überzeugend.

Monty wartete, für den Fall, dass er noch etwas sagen wollte, und als er schwieg, sagte sie: »Du siehst aber nicht so aus. Etwas scheint dich zu bedrücken.«

»Nur der Fall. Es ist alles noch so neu für mich und ich muss mich noch zurechtfinden.«

»Es ist viel für den Anfang«, sagte Monty mitfühlend. »Ich weiß, wir haben uns gerade erst kennengelernt, aber wenn du mal mit jemandem reden willst, ich kann gut zuhören.«

»Danke, das ist lieb.«

Sie folgten Kat in eine Gegend, die in krassem Gegensatz zu den gepflegten Rasenflächen und sprudelnden Springbrunnen des Parks stand. Vor ihnen erstreckte sich kilometerweit eine Folge von Friedhöfen mit verfallenen Gräbern und Grüften. Die unbefestigten Straßen, die sie miteinander verbanden, waren mit Müll übersät, und Menschen gingen auf ihnen, als lebten sie inmitten der Gräber.

»Hier soll sie sein?«, fragte Rio und die Überraschung war ihm deutlich anzuhören.

Kat nickte.

»Wo sind wir hier?«, fragte Sydney.

Marwen ließ den Blick über die trostlose Gegend wandern. »Hier ist die Trauer zu Hause. In der Stadt der Toten.«

GROSSES ÄGYPTISCHES MUSEUM

Brooklyn und Mother waren auf ihrer Führung durch das GEM in der Tutanchamun-Ausstellung angekommen. Zum ersten Mal seit ihrer Entdeckung hundert Jahre zuvor waren alle Schätze des Grabs an einem Ort vereint.

Während sie in einer Schlange darauf warteten, die berühmte Totenmaske des jungen Königs zu sehen, fragte Brooklyn: »Glaubst du, dass Menschen sich nicht ändern?«

»Inwiefern?«, fragte Mother.

»Dass eine Kriminelle immer eine Kriminelle bleibt. Wenn wir über Pluto sprechen, heißt es, dass man ihr ja nicht vertrauen kann, weil sie eine Hackerin war. Und dass sie jahrelang nichts Illegales mehr getan hat, bedeutet nur, dass sie auf die Gelegenheit wartet, wieder zuzuschlagen.«

Mother begriff, worauf sie hinauswollte. »Du bist keine Kriminelle, Brooklyn, und warst nie eine.«

»Hast du vergessen, wo wir uns kennengelernt haben? Man hatte mich verhaftet und ich sollte ins Gefängnis.«

»Was ein schwerer Justizirrtum gewesen wäre, wie wir beide wissen«, sagte Mother. »Was deine Frage betrifft: Ich glaube, dass Menschen sich ändern können.«

»Ich hoffe es«, sagte Brooklyn. »Ich weiß, der Einsatz geht vor und wir müssen akzeptieren, wohin er uns führt, aber ich will nicht, dass Pluto schuldig ist. Als ich sie kennengelernt habe, fand ich sie so cool. Sie hat ein Unternehmen für Frauen gegründet und das ist wirklich der Wahnsinn. Ich fände es schlimm, wenn sie eine Verbrecherin wäre.«

Mother legte ihr den Arm um die Schulter und drückte sie liebevoll. Sie schwiegen einen Moment, dann standen sie vor der Maske, zwölf Kilogramm funkelndes Gold, ein faszinierender Anblick.

»Das ist das Schönste, was ich je gesehen habe«, sagte Brooklyn.

»Nicht übel, was?«

Brooklyn vergewisserte sich mit einem Blick über die Schulter, dass Salma sie nicht hören konnte, und sagte leise: »So toll ich das alles finde, sollten wir nicht eigentlich an unserem Fall arbeiten?«

»Wir müssen sehr überlegt vorgehen«, sagte Mother. »Aber ich denke, es ist Zeit.«

»Wie fandet ihr die Maske?«, fragte Salma, als sie zu ihr zurückkehrten.

»Großartig!«, sagte Mother. »Atemberaubend! Worte können es nicht ausdrücken.«

»Sie ist das Juwel unseres Landes.«

»Und Sie haben ihr ein würdiges Museum gebaut«, sagte Mother. »Da fällt mir ein, dass Mr Farouk gesagt hat, wir könnten auch einen Blick hinter die Kulissen werfen.«

»Auf jeden Fall.« Salma nickte. »Ich bringe Sie zum Konservierungszentrum. Es ist ebenfalls großartig und atemberaubend.«

»Dann will ich es unbedingt sehen«, sagte Mother.

STADT DER TOTEN

Kat sah nach dem Tracker auf ihrem Handy und führte das Team eine staubige Straße in der Stadt der Toten entlang. Sie war gesäumt von endlosen Reihen kleiner Bauten aus Beton und Ziegeln, die aussahen wie würfelförmige Häuser.

»Sind das Grabmäler?«, fragte Sydney Marwen.

»Man nennt sie *hawsh*«, sagte er. »In ihnen befinden sich die Gräber einer Familie, die Generationen zurückreichen.«

Paris blickte durch die Tür einer Gruft und sah ein Gewirr von Stromkabeln, die drinnen verschiedene kleine Geräte mit Strom versorgten. »Offenbar nicht nur die Gräber.«

»Finde nur ich das gruselig, im selben Haus mit meinen toten Vorfahren zu leben?«, fragte Brooklyn.

»Nicht nur du«, sagte Rio. »In mir kommt gerade wieder hoch, wie ich in diesem Sarkophag eingesperrt war.«

»Ich weiß nicht«, sagte Kat. »Es ist still und friedlich.«

Rio ging neben Robert. »Warst du schon hier?«

»Nein. Ich habe davon gehört, wollte es aber nicht sehen.«

»Das kann ich verstehen«, sagte Rio. Sie kamen an einer *hawsh* mit zerbrochenen Wänden vorbei. An einer Ecke war der Zement ganz zerbröckelt und lag auf einem Haufen auf dem Boden. »Das erinnert mich an die Favelas in Brasilien. Ich habe mir geschworen, nie wieder eine zu betreten.«

»Offiziell heißt die Stadt ›Nekropole von Kairo‹«, las Sydney aus einem Artikel vor, den sie auf ihrem Handy aufgerufen hatte. »Sie ist über sechs Kilometer lang und in ihr leben über eine Million Menschen.«

»Über eine Million?« Monty sah Marwen an. »Stimmt das?«

»Leider ja.«

»Wie weit haben wir noch, Kat?«, fragte Paris.

»Es ist gleich da vorn.«

Sie kamen zu einem kleinen Haus, nur so groß wie ein Zimmer, mit einem provisorischen Dach aus Sperrholz und Plastik. Ein orangefarbenes Verlängerungskabel führte zu einem benachbarten Gebäude.

Sie wechselten unsichere Blicke und überlegten, was sie als Nächstes tun sollten, da trat ein ägyptisches Mädchen heraus und sah sie vorwurfsvoll an. Sie sagte etwas auf Arabisch und Marwen antwortete.

Die beiden unterhielten sich noch, da fiel Kat etwas an dem Mädchen auf und sie seufzte.

»Der Kapuzenpulli«, sagte sie. »Sie trägt Gaismans Kapuzenpulli.«

KONSERVIERUNGSZENTRUM DES GEM

Beim Einbruch in das Britische Museum hatte das Team sich durch den Keller geschlichen und Brooklyn hatte gesehen, dass die Konservierungslabore in dem zwar prächtigen, aber in die Jahre gekommenen Gebäude auf engstem Raum zusammengepfercht waren. Im hochmodernen Konservierungszentrum des GEM, einem eigenen Gebäude neben dem Museum, war das nicht der Fall.

Zur Führung hinter den Kulissen hatte Salma sie in eine

Einrichtung mit übergroßen Fluren gebracht, über die auch sehr große Ausstellungsstücke mit vertretbarem Aufwand hereingebracht werden konnten. Sie betraten ein riesiges Labor, in dem Wissenschaftler und Restauratoren mithilfe modernster Technologie einen hölzernen Streitwagen aus dem Grab Tutanchamuns untersuchten und restaurierten.

Aber noch mehr als diese beeindruckende Technologie interessierte Brooklyn ein ganz gewöhnlicher Desktop-Computer in einem leeren Büro, an dem sie vorbeikamen. Irgendwo in diesem Gebäude stand ein Server, der alles am Laufen hielt, sowohl im Konservierungszentrum wie im Museum, und über diesen Computer konnte sie sich Zutritt dazu verschaffen. Er war der Bonbonladen, über den sie die Bank ausrauben konnte.

Sie merkte sich eine Toilette in der Nähe, und als sie ein paar Minuten später in einen Raum kamen, in dem Restauratoren ein Papyrusdokument restaurierten, fragte sie Salma: »Gibt es hier irgendwo eine Toilette?«

»Natürlich«, sagte Salam. »Gleich am Ende des Flurs.«

Brooklyn lief los und Mother lenkte Salma mit Fragen zu dem Papyrusprojekt ab.

Brooklyn schlüpfte in das Büro und machte sich sofort an die Arbeit. Sie stellte eine Verbindung zu Beny her und startete zwei Suchen – eine nach KV66 oder Jason Harper und eine zweite nach allem, was mit Pluto und ihrer Firma zu tun hatte.

Dann sah sie etwas auf dem Schreibtisch liegen – ein

Basecap der New York Yankees. Pluto war Yankees-Fan und hatte bei ihrem Treffen mit Brooklyn ein Trikot der Yankees getragen. Arbeitete sie hier? War sie deshalb nach Kairo gekommen?

KHAN EL-KHALILI

Der Rückweg zum Bus war lang und alle waren enttäuscht, nachdem sie Gaisman in der Stadt der Toten so knapp verfehlt hatten. Marwen hatte mit dem Mädchen gesprochen, das den Kapuzenpulli trug, und sie hatte gesagt, sie hätte ihn in der öffentlichen Toilette im al-Azhar-Park gefunden. Offenbar hatte Imogen Gaisman dort ihre neuen Kleider angezogen und mit den alten auch den Peilsender abgelegt.

Sie wollten gerade in den Bus einsteigen, als Mother Monty anrief. Sie ging ein paar Schritte zur Seite, um ungestört zu telefonieren.

»Wie ist es gegangen?«, fragte Mother.

»Es begann vielversprechend und war dann doch erfolglos«, sagte Monty. »Imogen Gaisman hat ihren Kapuzenpulli weggeworfen, deshalb können wir ihr nicht mehr folgen. Wir haben keine Ahnung, wo sie ist.«

»Ich schon«, sagte Mother zu Montys Überraschung. »Oder zumindest weiß ich, wo sie in ein paar Stunden sein wird.«

»Wo?«

»Bei den Pyramiden. Ich habe gerade einen Anruf von Ahmed Farouk vom Ministerium für Altertümer bekommen. Die haben erfahren, dass Gaisman sich dort mit einem ihrer

Schwarzmarktkontakte treffen will, und wollen sie dabei verhaften. Sie hoffen, sie auf frischer Tat mit einem anderen Museumsstück zu ertappen, das zu dem in ihrer Wohnung passt.«

»Und wirst du auch dort sein?«, fragte Monty.

»Die Polizei erlaubt mir, als Beobachter dabei zu sein.«

»Wenn Gaisman erst verhaftet ist, kann sie uns nicht mehr zu den Hackern führen.«

»Deshalb müsst ihr so schnell wie möglich auch zu den Pyramiden kommen. Sag Marwen, er soll euch zum Parkplatz des Großen Ägyptischen Museums bringen. Ich habe einen Plan.«

30.
GIZEH

Kat stand am Fuß der Cheopspyramide und blickte an fünfzig Stockwerken aus Stein hinauf. Angesichts der Höhe kam sie sich selbst sehr klein und unbedeutend vor. Was genau Cheops' Absicht entsprach. Das Grab des Pharaos, jahrtausendelang das höchste Bauwerk der Welt, sollte einschüchtern und hatte das bei Millionen von Menschen auch über viertausend Jahre lang getan.

Einige dachten beim Anblick der Großen Pyramide an waghalsige Abenteuer und tödliche Flüche.

Andere glaubten, dass nur sogenannte »antike Astronauten« von fernen Planeten sie gebaut haben konnten.

Kat wusste es besser. Deshalb machte es ihr auch nichts aus, sich klein zu fühlen. Sie genoss es sogar. Für sie war die Pyramide weniger ein Tribut an den zweiten König der 4. Dynastie, sondern das größte mathematische Monument der Menschheit. Ein perfektes geometrisches Meisterwerk aus zweieinhalb Millionen Kalksteinblöcken, von denen jeder durchschnittlich zweieinhalb Tonnen wog und die so präzise angeordnet waren, dass die Grundfläche der Pyramide bis auf zehn Zentimeter genau quadratisch war.

Zum ersten Mal seit ihrer Landung in Ägypten wurde Kats Ordnungssinn befriedigt.

»Angst?«, fragte Rio.

»Vor was?«, sagte sie entspannt, als wüsste sie nicht, was er meinte.

»Es hängt von dir ab, ob alles klappt. Es ist ein wichtiger Einsatz. Alle sind dabei, auch Mother und Monty, und du bist die Alpha. Das ist eine große Sache.«

»Nein«, erwiderte Kat und blickte an der Pyramide hinauf. »*Das* ist eine große Sache. Unsere ist klein, und kleine Sachen machen mir keine Angst.«

Die Cheopspyramide, das älteste der sieben Weltwunder und das einzige, das noch stand, war die größte der drei Pyramiden auf der Ebene von Gizeh. Zusammen mit der Großen Sphinx bildeten sie eins der berühmtesten Panoramen der Geschichte. Und in dieser Umgebung sollte Imogen Gaisman sie laut Mothers Plan zum Drahtzieher des Cyberangriffs führen.

»Wir bilden zwei Dreierteams«, hatte er vor einer Stunde gesagt, als er den anderen seinen Plan auf dem Parkplatz des GEM erläuterte. »Ihr werdet euch an verschiedenen Stellen rund um den Pyramiden-Komplex positionieren und nach unseren Verdächtigen Ausschau halten. Die Polizei konzentriert sich auf Gaisman, weil sie mit gestohlenen Altertümern handelt. Wir interessieren uns dafür, wen sie trifft, weil das die Person hinter dem Hackerangriff sein könnte.«

»Wer ist zusammen?«, fragte Rio.

»Du bist in einem Team mit Monty und Brooklyn. Das andere Team besteht aus Paris, Sydney und Robert. Ich gehe mit der Polizei und Kat hat den Überblick über alles und trifft die Entscheidungen.«

Kat war überrascht, dass sie noch die Alpha sein durfte. Sie hatte das Gefühl, die anderen mit ihren Fehlern im Britischen Museum enttäuscht zu haben, doch war sie entschlossen, sich der Situation diesmal gewachsen zu zeigen. »Wo soll ich hin?«

»Es gibt da eine Stelle vor der Sphinx, von der aus man alles im Blick hat«, sagte Mother. »Wir nennen sie Kats Ausguck und dort wirst du dich einrichten. Ihr anderen denkt bitte an Fußball. Die Pyramiden sind das Tor und wir parken den Bus und spielen aus der Defensive.«

Die anderen wechselten ungläubige Blicke.

»Das hast du jetzt nicht gesagt«, meinte Paris.

»Was? Warum?«

»Genau diese Strategie hat Robert heute Morgen am Khan vorgeschlagen«, erklärte Monty.

Mother sah Robert an und strahlte. »Zwei Genies, ein Gedanke. Fußballstrategie muss in den Genen liegen.«

Robert lächelte zum ersten Mal, seit er den Scriptex auf dem Foto von Farouks Schreibtisch entdeckt hatte. Er hatte auf einmal das Gefühl, dass er und sein Vater tatsächlich etwas gemeinsam hatten.

»Um beim Bild des Fußballs zu bleiben«, sagte Kat, »warum

bin ich die Trainerin? Solltest nicht du das sein? Du bist der Erwachsene und es ist dein Plan.«

»Ich werde Funkstille halten, weil ich undercover mit der Polizei unterwegs bin«, sagte Mother. »Und die andere Erwachsene, die ich gefragt habe, hat dich empfohlen.«

Kat sah Monty an, die lächelte und sagte: »Es wird wie im Zoo zugehen, überall Touristen, und du bist die Beste, wenn es darum geht, Ordnung im Chaos zu finden. Du wirst das großartig machen.«

»Also gut«, sagte Sydney voller Aufbruchstimmung. »Wir sind bereit, fehlt nur noch eins.«

Alle sahen erwartungsvoll Kat an.

»Alles klar zum Einsatz. Legen wir los.«

31.
LIGHT-SHOW

»Unglaublich«, sagte Rio. »Alle Bilder, die ich je von den Pyramiden gesehen habe, müssen aus dieser Perspektive gemacht worden sein. Das ist ja echt verrückt!«

Rios Reaktion war bei Besuchern, die zum ersten Mal nach Gizeh kamen, verbreitet. Das lag daran, dass praktisch alle Fotos der legendären Denkmäler mit Blick nach Westen aufgenommen wurden und nur die Sphinx und die Pyramiden zeigten, um die sich die Sahara bis zum Horizont erstreckte. Dadurch sah es so aus, als stünden sie allein inmitten einer endlosen Wüste. Ein Bild in der entgegengesetzten Richtung hätte gezeigt, dass sie in Wirklichkeit am Rand eines Ballungsraums lagen.

»Da drüben ist ein KFC«, sagte Rio ungläubig. »Ihr wisst ja, wie wichtig es für mich ist, etwas zu essen in der Nähe zu haben, aber selbst ich finde, das ist ein Sakrileg.«

»Vielleicht heißt KFC hier ja nicht Kentucky Fried Chicken, sondern Keops Fried Chicken«, scherzte Brooklyn.

Die anderen, die über Funk zuhörten, lachten, und Paris fügte hinzu: »Und man kriegt das Mineralwasser in Kanopengefäßen mit drei Gratis-Refills.«

»Oh, krass.« Sydney kicherte. »Das vergesse ich nicht so schnell wieder.«

»Ruhe an den Mikrofonen«, sagte Kat. »Sonst kriegen wir noch einen Mother-Spruch zu hören, der uns ermahnt, wir sollen uns konzentrieren.«

»Mother kann nicht sprechen«, sagte Sydney. »Er ist doch undercover bei der Polizei. Er kann uns nur zuhören.«

»Dann übernehme ich das für ihn«, sagte Paris und fuhr mit verstellter Stimme fort: »Macht keine Witze über Drinks, schweigt lieber wie die Große Sphinx.«

Die anderen lachten wieder und dann meldete sich plötzlich Mother zu Wort. »Das war gar nicht so übel. Ein wenig gezwungen, aber ein guter Versuch.«

Paris lachte. »Ich dachte, du darfst nicht sprechen.«

»Stimmt, aber ich habe so getan, als müsste ich einen Anruf machen, und bin ein wenig zur Seite gegangen. Ich wollte nur wissen, wie es euch geht. Ich finde es gut, wenn ihr entspannt seid. Ein angespannter Spion macht Fehler. Aber werdet nicht zu locker. Es geht um viel und laut Polizei wird Gaismans Treffen während der ersten Show stattfinden.«

»Gut zu wissen«, übernahm Kat wieder das Kommando. »Alle aufgepasst. Die Show beginnt in einer halben Stunde. Macht euch bereit.«

Nach Sonnenuntergang wurde das Gebiet um die Pyramiden abgesperrt und die Besucher kamen nicht mehr an sie heran. Sobald es dunkel war, versammelten die Touristen sich vor der Großen Sphinx, um die Ton- und Lichtschau anzusehen, ein dreiviertelstündiges Spektakel aus Musik, Scheinwerfern und Lasern, das auf die Pyramiden projiziert wurde und die Geschichte der Monumente und des alten Ägypten erzählte. Die Produktion war kitschig und vom technischen Standpunkt betrachtet ziemlich veraltet, aber die nächtlich beleuchteten Pyramiden sahen prächtig aus und die Dunkelheit auf der Straße verschaffte Imogen Gaisman die perfekte Tarnung für ihr heimliches Treffen.

»Alles klar, Robert?«, fragte Monty. »Funktioniert dein Mikro?«

Sie hatte gemerkt, dass er nichts gesagt hatte, als die anderen ihre Scherze machten.

»Alles klar«, sagte er gepresst.

Im Unterschied zu den anderen war er keineswegs entspannt. Seit er wusste, dass Ahmed Farouk zu Umbra gehörte, drohten die Nerven mit ihm durchzugehen. Er war überzeugt, dass man Imogen Gaisman eine Falle gestellt hatte, hatte aber nichts gesagt, in der Hoffnung, das Problem würde sich irgendwie von selbst lösen. Dass sich ihre Unschuld auf andere Weise herausstellen würde. Aber das war nicht passiert, und schlimmer noch, sein Vater war jetzt bei Farouk.

»Dad, kann ich mit dir sprechen?«, sagte er in sein Mikrofon. »Nur wir beide?«

Mother, der zusammen mit Farouk in einem Polizeiauto saß, konnte nur mit einem Husten antworten.

»Er kann nichts sagen«, mischte sich Paris ein. »Wahrscheinlich sitzt er neben Farouk. Kann ich helfen?«

»Egal«, sagte Robert. »Es ist nichts.«

Sydney, die ihm am nächsten stand, trat zu ihm und schaltete ihr Funkgerät auf stumm, sodass sie zu zweit reden konnten. »Was ist?«

Ausgerechnet Sydney! Von ihr wollte er sich nicht helfen lassen.

»Du kannst dein Gerät auch stummschalten und mit mir reden«, fuhr sie fort.

»Als ob du mir helfen willst.«

»Das will ich. Wir sind eine Familie. Familien können sich streiten, aber wenn du sie brauchst, sind sie für dich da.«

Robert fühlte sich überfordert und hatte das Gefühl, gleich losheulen zu müssen. »Ich weiß nicht, was ich tun soll.«

»Wegen was?«

»Ahmed Farouk.«

»Was ist mit ihm?«

Robert schloss die Augen. Dann platzte er heraus: »Er gehört zu Umbra und deshalb ist das alles vielleicht eine Falle und vielleicht ist mein Dad in Gefahr.«

»Warum glaubst du das?«

»Ich glaube es nicht, ich weiß es.«

»Woher?«

Robert rief auf seinem Handy das Foto von Farouks Schreibtisch auf. Er vergrößerte es, bis der Scriptex zu sehen war. »Siehst du den?«

»Ein Stift. Und?«

»Das ist kein Stift, sondern ein Scriptex. Ein Instrument,

mit dem man heimliche Botschaften übermitteln kann, und das haben nur Leute, die mit Umbra zusammenhängen.«

Sydney schüttelte immer noch verwirrt den Kopf. »Woher weißt du das?«

Er sah sie an und die nächsten Worte kosteten ihn große Mühe. »Weil ich auch so einen habe.«

Er zog seinen Scriptex aus der Hosentasche und zeigte ihn Sydney, die ungläubig die Augen aufriss und sich in ihren schlimmsten Befürchtungen bestätigt fühlte.

»Du gehörst zu Umbra!«

»Ich benutze ihn nur, um Kontakt zu meiner Mutter und meiner Schwester zu halten.«

»Hast du das auch während unseres Einsatzes getan?«

Robert nickte reuevoll. »Damit sie wissen, dass es mir gut geht.«

»Sydney und Robert, was ist mit euch los?«, fragte Kat. »Ihr sollt euch verteilen.«

Von ihrem Aussichtspunkt konnte Kat zwar den Zuschauerbereich sehen, aber da er dunkel und überfüllt war, verfolgte sie die Standorte der Teammitglieder auf einem Tabletcomputer mithilfe der Tracker, die jeder bei sich trug. Sydneys grüner und Roberts violetter Punkt berührten sich.

»Wir brauchen nur noch einen Moment«, sagte Sydney, während sie fieberhaft überlegte.

»Mehr habt ihr auch nicht, weil jetzt die Show beginnt.«

Es wurde dunkel und aus den Lautsprechern ertönte dramatische Musik. Dann gesellte sich eine tiefe Baritonstimme dazu und begann, die Lichtshow zu kommentieren. »Sie befinden sich heute Abend an einem legendären, weltberühmten Ort. Hier auf der Ebene von Gizeh stehen die größten von Menschenhand geschaffenen Werke.« Ein blaues Licht ging dramatisch an und beleuchtete die Große Sphinx.

Währenddessen versuchte Sydney zu verarbeiten, was Robert gesagt hatte.

»Wenn Farouk zu Umbra gehört, dann …«

»Ist das alles eine Falle«, sagte Robert. »Umbra hat den USB-Stick auf Gaismans Schreibtisch gelegt und ihr den Kanopenkrug geschickt. Ich denke schon den ganzen Tag darüber nach und das ist die einzige Erklärung.«

Sydney sah ihn entnervt an. »Und bist du Teil der Falle? Arbeitest du für Umbra?«

»Nein! Ich habe es dir doch gesagt, ich verwende den Stift nur, um mit meiner Mum und meiner Schwester zu sprechen. Ich musste sie irgendwie erreichen können für den Fall, dass das hier nicht funktioniert. Und das habe ich ihnen auch gesagt, dass es nicht funktioniert.«

»Warum nicht?«

»Im Kloster habe ich gehört, wie du zu Paris gesagt hast, man dürfe mir nicht trauen. Und deshalb konnte ich dir doch auch nichts von dem Stift sagen.«

»Ihr habt schon viel länger als einen Moment gebraucht«, schaltete sich Kat ein. »Ihr müsst euch jetzt verteilen und nach unseren Verdächtigen Ausschau halten.«

»Wir haben ein Problem«, antwortete Sydney. »Robert und

ich haben Grund zu der Annahme, dass Ahmed Farouk mit Umbra zusammenarbeitet.«

»Was?!«, rief Rio. Er drückte aus, was alle empfanden.

»Wie gut ist der Grund?«, fragte Monty.

»Sehr gut«, sagte Sydney. »Wir sagen euch später Genaueres, aber jetzt müssen wir erst mal klären, was sich dadurch ändert.«

»Alles«, sagte Paris. »Wenn Farouk zu Umbra gehört, könnte das eine Falle sein.«

Sydney nickte. »So sehe ich das auch.«

Die Musik wurde lauter und farbige Lichter strichen über die Pyramiden. Der Erzähler fuhr mit seiner Geschichte fort.

»Für einen neuen Plan bleibt uns nicht viel Zeit«, sagte Paris.

»Gar keine Zeit«, verbesserte Brooklyn. »Ich sehe gerade Sallah el-Kahir. Offenbar trifft sich Gaisman mit ihm. Es kann jetzt nicht mehr lange dauern.«

»Wo ist er?«, fragte Kat.

»Von deinem Platz aus etwa fünfzig Meter nach rechts. Er trägt eine schwarze Lederjacke und ein rotes Basecap.«

»Kannst du in seiner Nähe bleiben, damit ich ihm über deinen Tracker folgen kann?«, fragte Kat.

»Mach ich.«

»Ich sehe jetzt Gaisman«, sagte Paris. Er spürte einen Adrenalinstoß. »Sie kommt aus der entgegengesetzten Richtung. Ich gehe mal in ihre Richtung, damit du ihr über meinen Nautilus folgen kannst.«

Kat beobachtete, wie die Punkte auf ihrem Tablet die Straße überquerten, und suchte nach einer Ordnung im Chaos. Ihr Blick fiel auf Mothers gelben Punkt.

»Mother, ich weiß, dass du nicht reden kannst, aber es sieht für mich so aus, als seist du el-Kahir sehr nahe«, sagte sie. »Wenn die Polizei ihn sieht und sich bereit macht, ihn zu verhaften, huste zweimal.«

Über Funk kam ein zweimaliges Husten.

Kat sah auf dem Bildschirm, dass Gaisman und el-Kahir noch etwa dreißig Sekunden voneinander entfernt waren. Sie blickte zur Sphinx auf. Ein grüner Laser begann die Umrisse von deren Gesicht zu zeichnen. Das Team war in der Hoffnung hergekommen, Gaisman würde sie zum Drahtzieher des Hacks führen, aber dieser Plan hatte sich in Luft aufgelöst. Doch Kat war die Alpha. Wie es weiterging, hing von ihr ab, und diesmal würde sie handeln.

»Wir nehmen eine Exfiltration vor«, kündigte sie ruhig an. »Mother, du musst die Polizei so lange wie möglich aufhalten. Paris, du gehst zu Gaisman und drehst mit ihr um.«

»Und el-Kahir?«, fragte Brooklyn.

»Folge ihm und finde heraus, wohin er geht. Wir wissen noch nicht, was für eine Rolle er in dem Ganzen spielt. Vielleicht hat er auch mit dem Hack zu tun.«

Über die Lautsprecher ertönte ein Gong und das riesige Foto eines Sarkophags wurde auf die Cheops-Pyramide projiziert, um zu zeigen, was in der Pyramide war. »Ein Pharao ruht in seinem Sarg aus Gold«, kommentierte der Erzähler.

Paris war bei Imogen Gaisman angekommen. »Ms Gaisman? Sie sind hier nicht sicher und müssen mit mir kommen.« Er fasste sie am Arm.

Verwirrt sah sie ihn an. »Soll das ein Witz sein?«

»Keinesfalls. Sie sollen verhaftet werden. Man wirft Ihnen den Diebstahl des Kanopengefäßes vor, das Scotland Yard im Regal im Gästezimmer Ihrer Wohnung gefunden hat.«

Entgeistert starrte Gaisman ihn an. Sie verstand nur noch Bahnhof.

»Woher kennst du meine Wohnung?«

»Die Polizei ist euch schon sehr nah«, meldete sich Kat. »Noch fünfzehn Sekunden.«

»Wenn Sie mitkommen, erkläre ich Ihnen, woher ich das mit dem Krug weiß und das mit dem Poster an der Wand über das Britische Museum, das die Pyramiden stiehlt. Aber jetzt müssen Sie mitkommen, weil ich es Ihnen nicht mehr erklären kann, wenn Sie im Gefängnis sitzen.«

Gaisman nickte und Paris ging ihr voraus in die entgegengesetzte Richtung.

»Okay«, sagte Kat. »An alle: Ihr habt den Bus geparkt, jetzt ist Verteidigung gefragt. Blockt die anderen, während Paris und Gaisman verschwinden.«

Kat benutzte ihren Bildschirm wie bei einem Videospiel und sagte allen, wohin sie gehen sollten. Monty und Rio stellten sich den Polizisten in den Weg, Robert und Sydney fingen el-Kahir ab, dem Brooklyn immer noch folgte. Außerdem dirigierte sie Paris durch das Menschengewimmel. Doch dann trafen weitere Polizisten vor Ort ein.

»Ich sehe mindestens fünf Polizisten ganz in der Nähe«, sagte Paris. »Ich glaube, wir schaffen es nicht.«

»Das kannst du nicht beurteilen«, sagte Kat. »Ich bin die Alpha und ich sage, dass ihr es schafft.«

»Wie?«

»Bewegt euch weiter in dieselbe Richtung, aber lauft, so schnell ihr könnt.«

»Wohin?«, fragte er verwirrt. »In die Wüste?«

»Lauft einfach.«

Paris wandte sich an Gaisman. »Wir müssen rennen.«

»Wohin?«

»Das sehen wir dann.«

Sie rannten los und einige Polizisten wurden auf sie aufmerksam. Ahmed rief auf Arabisch Befehle in ein Walkie-Talkie.

»Lauft weiter!«, rief Kat.

Paris und Gaisman sahen inzwischen die Wüste vor sich. Die Polizisten holten auf.

»Wohin rennen wir?«, fragte Gaisman und wurde keuchend langsamer.

Paris zögerte kurz, dann sah er ihr Ziel und auf seinem Gesicht erschien ein breites Lächeln. »Dahin«, rief er. »Los, weiter!«

Vor ihnen kam von hinter einem Hügel Marwens Kleinbus in Sicht. Er hatte eine Barriere durchbrochen und raste, gefolgt von einer Sandwolke, mit Höchstgeschwindigkeit über das Gelände auf sie zu. Kat saß auf dem Beifahrersitz und dirigierte den Einsatz weiter von ihrem Tablet aus.

»Ihr müsst auf den fahrenden Bus aufspringen«, sagte sie.

»Was?!«, rief Paris ungläubig.

»Marwen meint, wenn wir im Sand anhalten, sinkt der Bus ein und bleibt stecken.«

Sie stieg nach hinten und öffnete die Schiebetür.

»Sie müssen aufspringen«, rief Paris zu Gaisman und zeigte auf die offene Tür.

Die Polizisten waren ihnen so dicht auf den Fersen, dass sie ihm ohne Widerrede gehorchte.

Marwen wurde so langsam, wie er sich traute, und Gaisman sprang durch die Seitentür in den Bus, während Paris nach der an der Rückseite des Busses befestigten Leiter griff. Er hielt sich fest, schlug zweimal auf das Dach und schrie: »Los!«

Der Bus beschleunigte und sie rasten in die kalte Wüstennacht. Paris lachte vor Aufregung.

32.
GRABRÄUBER

Während die Musik zum Finale der Ton- und Lichtschau anschwoll, sank der Staub oder besser gesagt Sand, den Imogen Gaismans Fluchtfahrzeug aufgewirbelt hatte, langsam zu Boden. Ahmed Farouk und die Kairoer Polizei waren vollkommen verwirrt. Die Ägyptologin war zwar wie erwartet eingetroffen, doch dann, als sie sie gerade hatten verhaften wollen, war sie plötzlich geflohen, zuerst zu Fuß und anschließend mit einem höchst sonderbaren Fluchtfahrzeug.

Es war während der Show zu dunkel gewesen, um ihre Komplizen genauer sehen zu können, aber es schien sich um junge Leute oder sogar Teenager zu handeln. Farouk ließ seinen Ärger an allen in seiner Umgebung aus, auch an Mother.

»Ihre Landsmännin hat sich der Verhaftung entzogen, aber wir kriegen sie«, schwor er. »Und dann werden Sie nicht dabei sein.«

Es klang wie eine versteckte Drohung, als wollte er irgendwie Mother die Schuld an dem Vorgefallenen geben, ohne zu wissen, wie er das anstellen sollte. Da Mother inzwischen wusste, dass Farouk für Umbra arbeitete, revanchierte er sich ebenfalls mit einer versteckten Drohung.

»Auch wir wollen Gerechtigkeit und werden weiter ermitteln, bis wir wissen, wie das Kanopengefäß in Ms Gaismans Wohnung kam. Glücklicherweise sind wir im Besitz von Videomaterial einer Sicherheitskamera des Postamts und werden genau feststellen können, wer das Paket geschickt hat.«

Das war eine Lüge, die Farouk verunsichern sollte, was sie, seinem Gesicht nach zu schließen, auch tat. Wahrscheinlich hatte er das Paket abgeschickt, und wenn ein solches Video tatsächlich existierte, war seine Karriere damit beendet. Er wollte etwas sagen, aber dann wandte er sich nur abrupt ab und stieg in ein Polizeiauto. Sobald er weggefahren war, begab Mother sich zu den anderen, die auf dem Parkplatz auf ihn warteten.

»Wie kommen wir jetzt nach Hause?«, fragte er. »Sieht so aus, als wäre unser Wagen ohne uns abgefahren.«

»Paris hat eine Nachricht geschickt«, sagte Brooklyn. »Zur Sicherheit lese ich sie euch vor. ›Marwen hat uns in ein Safe House gebracht und arrangiert, dass ihr abgeholt werdet. Wartet auf dem Parkplatz.‹« Sie blickte auf. »Welcher Busfahrer hat ein Safe House?«

»Einer, der für Tru arbeitet«, sagte Mother.

»Keine Ahnung, wer uns abholt, aber die kommen hoffentlich nicht wieder mit so einer Sardinenbüchse an«, sagte Rio.

»Da wäre ich mir nicht so sicher«, sagte Sydney. »Schau mal da!«

Ein alter Schulbus fuhr auf den Parkplatz, weiß und mit

blauen Zierleisten. Mit spuckendem Dieselmotor rollte er auf sie zu.

»Wenn ich es nicht mit eigenen Augen sehen würden«, sagte Mother ungläubig, als er die Aufschrift auf der Seite des Busses las. »Die heiligen Schwestern von St. Joshua.«

Der Bus kam direkt vor ihnen zum Stehen und die Tür ging auf. Auf dem Fahrersitz saß lächelnd eine Nonne in Tracht.

»Sind Sie Mother und Monty?«, fragte sie.

»Richtig«, antwortete Mother mit einem verwirrten Lächeln.

»Ich bin Schwester Rosemary. Marwen sagte, Sie müssten abgeholt werden.«

Das Kairoer Kloster war nicht so groß wie das der Schwestern in London. Es hatte nur zwei Stockwerke, aber zur Kommunikation von Zimmer zu Zimmer wurden zu Kats unaussprechlichem Entzücken auch hier Handglocken verwendet. Die City Spies versammelten sich in der Küche und die Schwestern trugen übervolle Schüsseln mit Koshari auf, dem ägyptischen Nationalgericht aus Nudeln, Reis, Linsen, Kichererbsen, Zwiebeln und einer würzigen Tomatensoße.

Um den Tisch wurden angeregte Gespräche geführt und alle durchlebten die Höhepunkte des Abends noch einmal. Paris beschrieb, wie er sich auf der Fahrt durch die Wüste am Heck des Buses festgeklammert hatte und danach überall voller Sand gewesen war. »Wirklich überall!«

Mother setzte sich ans Kopfende des Tisches und vergewisserte sich zunächst, dass alle das Abenteuer unbeschadet überstanden hatten. Dann berief er eine improvisierte Besprechung ein. Alle Blicke richteten sich auf Imogen Gaisman.

»Ich habe eine Frage«, sagte sie. »Zuerst wurden wir von der Polizei verfolgt. Dann musste ich in einen fahrenden Bus springen. Und jetzt verstecke ich mich in einem Kloster.«

»Sind das Fragen?«, fragte Mother.

»Wer seid ihr?«

»Wir sind die, die Sie davor bewahrt haben, in einem ägyptischen Gefängnis zu landen«, sagte Sydney.

»Mehr dürfen wir Ihnen leider nicht sagen«, fügte Mother hinzu.

»Aber wir haben einige Fragen an Sie«, sagte Monty. »Seit Sie London verlassen haben, ist viel passiert, und ob es Ihnen nun klar ist oder nicht, Sie stecken da in einer Riesensache drin und könnten angeklagt werden.«

»Wegen was? Dass man mir per Post ein Kanopengefäß zugeschickt hat, das ich nicht bestellt habe?«

»Das ist nur die Spitze des Eisbergs«, sagte Mother. »Ich habe gerade mit der Botschaft gesprochen, sie schicken Ihnen einen Wagen. Die gute Nachricht ist, dass man Sie sicher aus Ägypten hinausschaffen wird. Die schlechte, dass man Sie in Heathrow festnehmen und Ermittler des MI5 und des Cyber Security Centre Sie verhören werden. Sie werden verdächtigt, die britische Cyberabwehr kompromittiert zu haben.«

»Die britische Cyberabwehr?« Gaisman lachte, so absurd schien ihr dieser Vorwurf. »Sie sprechen mit einer Frau, deren Passwort tatsächlich ›Passwort‹ lautet, mit einem Ausrufungszeichen am Ende. Meine Fähigkeiten und Kenntnisse enden vor etwa dreitausend Jahren mit dem Neuen Reich. Ich habe von Computern so wenig Ahnung, dass ich meinen zwölfjährigen Neffen bitten musste, meinen Podcast zu produzieren.«

»Habe ich es nicht gesagt?«, meinte Brooklyn.

»Wir dachten uns schon, dass man Ihnen eine Falle gestellt hat«, sagte Paris. »Deshalb sind wir Ihnen zu Hilfe gekommen.«

»Aber Sie würden sich und uns sehr helfen, wenn Sie uns jemanden nennen könnten, der dazu imstande wäre«, sagte Monty.

»Jason Harper«, antwortete Gaisman sofort. »Und sein Freund im Ministerium für Altertümer.«

»Wer ist dieser Freund?« Mother wollte sichergehen, dass der Name von ihr kam und sie ihn ihr nicht in den Mund legten.

»Ahmed Farouk. Es ist ein Problem, wenn die Person, die die Verbrecher jagen soll, selbst einer ist. Im Ministerium arbeiten so viele großartige, tüchtige Menschen, aber er gehört nicht dazu.«

»Warum sollten die beiden das tun?«, fragte Monty.

»Jason wirft mir vor, seine Firma ruiniert zu haben, und Farouk hat Angst, ich könnte seine illegale Nebenbeschäftigung, den Verkauf von Antiquitäten, auffliegen lasse. Deshalb bin ich ja hergekommen. Ich wollte Harper finden, mir Beweise für die Machenschaften der beiden verschaffen und sie den Guten im Ministerium übergeben.«

»Und die fünfzigtausend Pfund, die auf Ihrem Bankkonto eingegangen sind?«, fragte Brooklyn.

»Keine Ahnung, wo die herkommen. Sie waren einfach da. Aber ich arbeite für das Große Ägyptische Museum, und wenn ich dort etwas gemacht habe, zahlen die den Lohn direkt auf mein Konto.«

»Und das Museum steht unter Aufsicht des Ministeriums für Altertümer«, sagte Mother. »Farouk könnte das also gewusst haben.«

»Richtig«, sagte Gaisman.

»Ist Harper auch hier in Kairo?«, fragte Monty.

»Ich glaube nicht. Ich suche ihn schon seit Tagen, aber ohne Erfolg. Er muss in Luxor sein, wohin ich morgen fahren wollte.«

»Was ist in Luxor?«, fragte Brooklyn.

»Das Tal der Könige. Dort war Jasons Firma ansässig, bevor sie den Betrieb einstellte.«

Rio sah sie an. »Sie meinen, bevor Sie dem Britischen Museum geraten haben, nicht mehr mit ihm zusammenzuarbeiten.«

»Zum Glück habe ich das getan. Es hätte einen Riesenskandal gegeben, wenn das Museum da mit reingezogen worden wäre. Jason erzählt gern allen, er sei der nächste Howard

Carter und würde KV66 entdecken, aber Howard Carter hat sich nie mit Grabräubern eingelassen.«

»Grabräuber?« Sydney schnaubte. »Wie Indiana Jones? Gibts die überhaupt noch?«

»Mach Indiana Jones nicht schlecht, er hat mich überhaupt erst zur Archäologie gebracht«, sagte Gaisman. »Aber ja, Grabräuber gibts allerdings noch. Und sie verwenden für ihre Suche nach Gräbern nicht ein Amulett wie das Kopfstück des ›Stabs des Re‹, sondern benutzen Drohnen, Nachtsichtgeräte, Bodenradar und so weiter.«

»Warum hat er sich mit denen eingelassen?«, fragte Brooklyn.

»Er glaubt, dass nur die fehlende finanzielle Unterstützung verhindert, dass er das nächste große Grab findet. Und er braucht das Geld so dringend, dass er bereit ist, es von jedem zu nehmen.«

Sie erzählte weiter von Harper, bis drei Beamte von der Rechtsabteilung der Botschaft eintrafen, um sie mitzunehmen.

»Noch eine Frage, bevor Sie gehen«, sagte Brooklyn. »Kennen Sie Oriana Gutierrez?«

»Der Name klingt vertraut.« Gaisman überlegte.

»Von Lovelace and Hopper Cyber Solutions«, sagte Brooklyn. »Sie betreuen die Computer des Museums.«

»Ach richtig. Ja, wir haben uns ein paarmal gemailt.«

»Über was?«, fragte Monty, in der Hoffnung, es könnte für den Fall wichtig sein.

»Mein Passwort. Sie meinte, es sei zu leicht. Deshalb habe ich das Ausrufungszeichen dazugefügt.«

Als Gaisman weg war, wandte sich die Aufmerksamkeit Robert zu. Er holte den Scriptex heraus und zeigte ihn den anderen. Und er gestand, dass er ihn schon zweimal verwendet hatte, seit er bei ihnen war. »Einmal auf der FARM und gestern Abend im Hotel.«

»Das heißt, wenn Umbra ihn orten kann, wissen die, wo die FARM liegt, und auch, dass wir in Kairo sind«, sagte Mother besorgt.

»Mum meinte, das könnten die nicht«, sagte Robert. »Sie hat versichert, dass nur Annie und sie lesen könnten, was ich schreibe.«

»Nichts für ungut«, sagte Sydney, »aber deine Mutter steht auf unserer Liste vertrauenswürdiger Personen eher ganz unten.«

Robert überlegte und nickte dann. »Das verstehe ich.«

Alle waren einen Moment still, bis Paris sagte: »Was tun wir?«

»Also …«, setzte Mother an.

»Wir lassen das hinter uns und blicken nach vorn«, fiel Sydney ihm ins Wort. »Wir machen alle Fehler und in Familien verzeiht man einander.« Sie sah Robert an und lächelte. »Außerdem müssen wir alle zusammenhelfen, wenn wir ins Tal der Könige fahren und Jason Harper suchen.«

33.
CLEMENTINE

Mit dem Rücken zur Wand und dem Blick zur Eingangstür saß Clementine in einem schäbigen Restaurant am Stadtrand von Luxor. Zu ihrem Ärger verspätete Jason Harper sich. Als er schließlich kam, wirkte er mit seiner dunklen Sonnenbrille und den nervösen Blicken über die Schulter, ob ihm auch niemand folgte, fast schon komisch.

»Sie kommen spät«, sagte Clementine, als er sich ihr gegenübergesetzt hatte.

»Ich musste sichergehen, dass mir niemand folgte.« Er betrachtete sie einen Moment lang. »Wer sind Sie überhaupt?«

»Das spielt keine Rolle. Wichtig ist nur, für wen ich arbeite.«

Jason nickte. »Umbra?«

Clemente schüttelte gereizt den Kopf und hielt einen Finger an die Lippen. »Pst!«

»Richtig, Entschuldigung. Ich bin Programmierer, kein Terrorist, und so etwas nicht gewohnt.«

»Kleiner Rat«, sagte sie. »Sprechen Sie den Namen der Organisation nicht aus und verwenden Sie auch nicht das T-Wort.«

Er nickte.

»Warum sollte ich kommen?«, fragte er unruhig. »Ich habe gerade furchtbar viel zu tun und die Zeit ist nicht günstig.«

»Ich denke, Sie vergessen, für wen Sie arbeiten«, sagte Clementine. »Ihre Investoren wollen wissen, wie es mit Ihrer geschäftlichen Vereinbarung vorangeht.«

Harper konnte immer noch nicht glauben, in was er da hineingeraten war. Vor einem halben Jahr war er noch davon ausgegangen, dass es sich um echte Investoren handelte, Geschäftsleute, die in seinen Traum, ein verschollenes Grab zu finden, investieren wollten. Doch in Wirklichkeit wollten sie, dass er seine Technik dafür einsetzte, Antiquitäten zu finden, die sie auf dem Schwarzmarkt verkaufen konnten. Und wenn er nicht genug fand, wollten sie dafür noch andere Dinge. So war der Plan für den Cyberangriff entstanden.

»Es würde besser vorangehen, wenn ich an meinem Computer sitzen könnte und nicht hier Zeit verschwenden würde.« Er versuchte, abgebrüht zu klingen, aber erfolglos.

»Ich werde Ihren Ton ignorieren, Jason«, sagte sie. »Sie müssen sich beruhigen und etwas essen. Sie sind ein Wrack und das lässt mich daran zweifeln, dass Sie dem allen gewachsen sind.«

»Okay«, sagte er entschuldigend.

Er war nervös, dabei ging Clementine ein viel größeres Risiko ein als er. Ihre Chefs bei Umbra hatten keine Ahnung, dass sie hier war. Sie war gekommen, weil sie Informationen brauchte. Sie bestellten zwei Schalen Koshari und dann fragte sie ihn nach Strich und Faden über den Cyberangriff aus.

34.
LUXOR

Die City Spies waren die einzigen Passagiere, die von einer Nonne mit einem Schulbus am Internationalen Flughafen Kairo abgesetzt wurden. Nicht dass es jemandem aufgefallen wäre. An Terminal 3 herrschte ein unvorstellbares Chaos und das Team musste drei verschiedene Sicherheitskontrollen passieren, bevor es auf das Rollfeld gebracht wurde und in das Flugzeug einsteigen konnte. Am Fuß der fahrbaren Treppe wurde es von einem freundlichen Gesicht begrüßt.

»Sagen Sie jetzt nicht, dass Sie der Pilot sind«, sagte Mother halb im Scherz zu Marwen.

»Nein«, erwiderte Marwen, »ich habe viele Fähigkeiten, aber Fliegen gehört nicht dazu.« Er sah Paris und Kat an. »Obwohl ich finde, dass wir gestern Abend in der Wüste auch ein oder zwei Mal fast abgehoben haben.«

»Auf der Leiter hat es sich für mich auf jeden Fall so angefühlt«, sagte Paris mit einem stolzen Grinsen.

»Sind Sie dann hier, um uns zu verabschieden?«, fragte Monty.

»Nein, ich fliege nach Luxor mit. Ihre Botschaft hat mich gebeten, Sie weiter als Fremdenführer zu begleiten.«

»Wir sind Ihnen jedenfalls dankbar für alles, was Sie gestern Abend getan haben«, sagte Mother.

Marwen lächelte breit. »Wir von den Internationalen Schüler- und Studentenreisen Kairo sind bestrebt, Ihnen einen unvergesslichen Aufenthalt in Ägypten zu bieten.«

Mother lachte. »Das ist Ihnen mehr als gelungen.«

Der Flug dauerte nicht lange. Bereits eine Stunde später landeten sie und fuhren mit einem Shuttle-Bus in ihr Hotel. Selbst im Bus konnte Marwen dem Bedürfnis nicht widerstehen, erneut den Fremdenführer zu spielen. Er drehte sich auf seinem Platz zu den anderen um.

»Willkommen in Luxor, das auf den Ruinen von Theben erbaut wurde, der Hauptstadt des Mittleren und Neuen Reiches. Hier haben Tutanchamun, Ramses II. und die Pharaonen von Oberägypten geherrscht. Theben wurde wie Gizeh und alle Städte des alten Ägypten am Ostufer des Nils erbaut.«

»Warum das?«, fragte Robert.

»Weil man glaubte, der Sonnengott Re würde täglich im Osten neu geboren, um abends im Westen zu sterben«, erklärte Marwen. »Das Ostufer war der Ort der Lebenden, die Toten wurden am anderen Ufer begraben. Dort liegt auch das Tal der Könige.«

»Und dort finden wir hoffentlich auch Jason Harper«, fügte Mother hinzu.

Luxor wurde aufgrund seiner spektakulären Tempel und Gräber »das größte Freilichtmuseum der Welt« genannt. Zusätzlich zum Tal der Könige und dem benachbarten Tal der Königinnen standen hier auch die Tempel von Karnak und Luxor.

Die Stadt hatte fast eine halbe Million Einwohner und ihr Leben drehte sich um die Monumente und die Besucher, die sie anzogen. Der Tourismus war das Hauptgewerbe, und da es so viele Hotels zur Auswahl gab, hatte Mother sich für zwei großzügige Suiten in einem Fünf-Sterne-Resort mit Blick auf den Nil entschieden.

»Wenn ich gewusst hätte, dass wir einen Pool haben, hätte ich Badezeug mitgebracht«, sagte Rio.

»Wir sind im Einsatz«, widersprach Sydney. »Wir haben keine Zeit zum Schwimmen.«

»Wolltest du nicht den Einbruch ins Britische Museum verschieben, um vorher noch das Feuerwerk zu sehen?«

»Das ist etwas anderes. Das hatte rein patriotische Gründe.«

Sie versammelten sich in Mothers Suite und warteten aufgeregt, während Brooklyn ihren Laptop mit Beny verband. Der Supercomputer hatte die ganze Nacht lang Dateien durchforstet und sie wollten wissen, ob die Suche etwas ergeben hatte, das ihnen helfen konnte, Harper zu finden. Brooklyn lächelte.

»Was ist?«, fragte Kat. »Eine gute Nachricht?«

»Eine sehr gute«, sagte Brooklyn. »In den E-Mails zwischen Harper und Pluto tauchen zwei Adressen auf.«

»Ach ja? Pluto ist also doch beteiligt?«, fragte Sydney enttäuscht.

»Nein. Die Nachrichten haben nicht mit dem Hack zu tun. Harper hatte nur eine Frage wegen einer Hardware.«

»Inwiefern hilft uns das dann?«, fragte Rio.

»Es war eine ganz normale E-Mail und keine Lösegeldforderung, Harper hat deshalb nicht versucht, seine IP-Adresse zu verbergen. Er war damals ja noch ein ganz gewöhnlicher Geschäftsmann, kein Krimineller. Und diese IP-Adresse führt zu einem Büro hier in Luxor.«

»Heißt das, wir wissen, wo sein Computer steht?«, fragte Paris hoffnungsvoll.

»Nicht unbedingt. Aber wir wissen, wo er stand, als er die E-Mail abgeschickt hat.«

»Und die zweite Adresse?«, fragte Monty.

»Kommt von einer Quittung«, sagte Brooklyn. »Vor einem guten Monat hat Harper in einem Laden hier in der Stadt sechsunddreißigtausend ägyptische Pfund ausgegeben.«

»Wie viel ist das in britischen Pfund?«, fragte Rio.

»Eintausendfünfhundertdrei«, sagte Kat, die es rasch im Kopf ausgerechnet hatte. »Zumindest laut dem Wechselkurs von gestern.«

»Wow!«, sagte Robert. »Sie macht so was im Kopf?«

»Die ganze Zeit«, sagte Paris.

»Was hat Harper gekauft?«, fragte Mother.

»Das steht nicht auf der Quittung, nur dass er davon zwanzig Stück gekauft hat.«

»Was ist das für ein Laden?«, fragte Monty.

»›Hassans Laden‹.«

»Ausgezeichnet«, sagte Mother. »Wir haben zwei Adressen, genau wie bei unserer Ankunft in Kairo. Teilen wir uns doch wieder in dieselben Teams auf und sehen nach.«

Beide Adressen lagen in der Nähe des Hotels, also machten sich beide Teams zu Fuß auf den Weg. Mother, Robert, Rio und Kat kümmerten sich um die Quittung. Zu Hassans Laden war es ein zwanzigminütiger Spaziergang, was bedeutete, dass sie an insgesamt acht Orten vorbeikamen, an denen Rio gerne haltgemacht und die lokale Küche probiert hätte. An einem Kebabladen, aus dem es so gut roch, dass man nicht vorbeigehen konnte, gab Mother auf.

»Schmeckt köstlich«, sagte Rio genüsslich kauend im Weitergehen. »Kurkuma und Curry, genial einfach.«

»Ich mag den Kardamom«, sagte Robert. »Er ist bei vielen ägyptischen Gerichten dabei und ich liebe ihn, seit ich hier gelebt habe.«

»Du kennst Kardamom?« Rio war angenehm überrascht. »Endlich kann ich mich auf der FARM mit jemandem über Essen unterhalten.«

Robert war über jeden Beitrag froh, den er zum Team leisten konnte. »Ich freue mich darauf.«

»Nur eine Warnung«, sagte Kat. »Wenn es um Essen geht, hat Rio feste Überzeugungen.«

»Ich habe auch sonst noch viele feste Überzeugungen«, sagte Rio. »Allerdings fragt mich nie jemand danach.«

»Dann will ich mal den Anfang machen«, sagte Mother. »Sag uns doch, was das für Überzeugungen sind.«

»Ihr seid bestimmt alle anderer Meinung, aber mir tut Jason Harper leid.«

»Der Mann, der einen großen Cyberangriff gegen unser Land gestartet hat und das Leben von Menschen gefährdet, nur damit er Millionen erpressen kann?«, fragte Kat. »Vielleicht gibt es ja einen Grund, warum du nicht öfter nach deiner Meinung gefragt wirst.«

»Ich finde auch, dass er ein Bösewicht ist und bestraft werden muss«, sagte Rio. »Aber was hat ihn denn dazu gemacht? Er hatte eine tolle Idee, die abgelehnt wurde, weil er nicht den richtigen Hintergrund hatte. Wir sollten nach unseren Ideen beurteilt werden, nicht nach Herkunft oder Bildung.«

»Heißt das, du würdest dich von jemandem operieren lassen, der nicht Medizin studiert hat, dafür aber ein paar gute Ideen zu Operationen hat?«, fragte Robert.

Rio sah ihn böse an. »Du drehst mir die Worte im Mund herum.«

Kat lachte. »Rio will dir damit sagen, dass du recht hast und er es nur nicht zugeben will.«

»Wichtig ist, dass wir zu unseren Entscheidungen stehen müssen«, sagte Mother. »Jason Harper hat ein paar sehr schlechte getroffen und muss jetzt die Verantwortung dafür übernehmen.«

Sie waren an der Adresse angekommen. Zu ihrer Überraschung handelte es sich bei Hassans Laden um ein Reifengeschäft.

»Er hat zwanzig Reifen gekauft?«, fragte Robert verwirrt. »Besitzt er vielleicht fünf Autos?«

»Das wird schwierig«, sagte Rio. »Es ist kein Laden für Touristen, deshalb sprechen sie wahrscheinlich auch nicht Englisch. Und selbst wenn, wären sie wahrscheinlich nicht bereit, minderjährigen MI6-Agenten zu helfen.«

»Wie finden wir also heraus, was Harper gekauft hat?«, fragte Robert.

»So, wie ich immer Probleme löse«, sagte Kat.

»Aha, jetzt kommt wieder Mathematik«, sagte Rio.

»Auf jeden Fall. Er hat zwanzig Exemplare von einer Sache gekauft und insgesamt sechsunddreißigtausend Pfund bezahlt. Also müssen wir nur herausfinden, welches einzelne Teil tausendachthundert Pfund kostet.«

»Klingt gut«, sagte Mother. »Dann shoppen wir doch mal.«

Das Geschäft verkaufte auch Autoersatzteile und Kfz-Bedarf, und als die City Spies die Regale durchstöberten, ernteten sie einige fragende Blicke. Aber niemand störte sie. Robert fand schon bald, was sie suchten.

»Hier«, sagte er. »Tausendachthundert Pfund.«

Es handelte sich um eine Autobatterie.

»Aber was will er mit zwanzig Autobatterien?«, fragte Mother verwirrt.

Einen knappen Kilometer entfernt traf das restliche Team bei der zweiten Adresse ein, einem zweistöckigen Ladenzentrum. Im Erdgeschoss befanden sich ein Restaurant, ein Souvenirladen und eine Wäscherei. Darüber lagen vier Büros. Eins davon gehörte Harper.

Auf einem kleinen Türschild stand KV66 AUSGRABUNGEN LLC.

»Das ist seine Firma«, sagte Sydney.

»Oder das war sie«, verbesserte Brooklyn. »Das Büro wirkt verlassen.«

Der Vorhang stand einen Spalt offen, sodass man hineinsehen konnte. Das Büro war leer bis auf einen Schreibtisch und einige auf dem Boden verstreute Papiere. Paris knackte das Schloss und sie traten ein und sahen sich um.

»Die Computer sind alle weg«, sagte Brooklyn.

»Vielleicht geben uns die Papiere ja einen Hinweis.« Sydney hockte sich auf den Boden und sichtete einige Dokumente. Dann hob sie eine Broschüre auf, die Harper für Kunden hatte drucken lassen. Besonders interessant fand sie das Logo der Firma. Es zeigte im klassischen ägyptischen Stil einen Mann mit dem Kopf eines Falken. Sydney zeigte es Paris.

»Kommt dir das auch bekannt vor?«

Paris lächelte. »Hallo, Horus.«

35.
KARTUSCHE

»Zwanzig Batterien?«, fragte Paris. »Was kann man damit machen?«

Die beiden Teams tauschten sich aus, nachdem sie sich auf dem Rückweg zum Hotel getroffen hatten.

»Wie viele Batterien braucht man für einen Bus?«, fragte Brooklyn. »Oder ein Wohnmobil?«

»Kann man Autobatterien auch für ein Boot verwenden?«, überlegte Sydney. »Vielleicht fährt er mit einem Boot den Nil rauf und runter.«

»Oder sie sind für den Tuk-Tuk-Schwarzmarkt«, schlug Robert vor.

»Sind das nicht diese dreirädrigen überdachten Motorroller, die hier überall fahren?«, fragte Sydney. »Warum sollte es für die einen Schwarzmarkt geben?«

»Sie sind eine Plage und die Behörden wollen sie loswerden. Da sie keine richtigen Autos sind, darf jeder sie fahren, sogar neun- oder zehnjährige Kinder. Sie sind schlecht für die Umwelt und machen den Verkehr noch schlimmer, als er ohnehin schon ist. Die Regierung hat deshalb veranlasst, dass man keine neuen Fahrzeuge kaufen kann und keine Ersatzteile zur Reparatur alter Fahrzeuge verkaufen darf. Also müssen die Menschen auf den Schwarzmarkt ausweichen.«

»Möglich wäre es«, sagte Monty, »aber ich kann mir nicht vorstellen, dass Harper sich mit so was abgibt. Altertümer auf dem Schwarzmarkt zu verkaufen ist lukrativ, aber wie viel kann ein Tuk-Tuk-Fahrer zahlen?«

»Was habt ihr denn in dem Büro gefunden?«, fragte Mother.

»Da war nicht mehr viel«, sagte Paris. »Ein paar Broschüren, die er für Investoren gemacht hat und in denen er erklärt, wie er technisch vorgehen wollte.«

»Und ein Tagebuch, in dem er über seine Nachforschungen Buch führt«, sagte Sydney.

»Jede Seite war einem anderen Grab im Tal der Könige gewidmet«, ergänzte Monty. »Aber er hat die Notizen in seiner persönlichen Kurzschrift abgefasst. Wenn wir wieder im Hotel sind, möchte ich mir die mit Kat ansehen, vielleicht kriegen wir ja was raus.«

Das Hotel war schon vor ihnen aufgetaucht, da fragte Kat: »Und wenn die Batterien gar nicht für ein Fahrzeug gedacht waren?«

»Für was dann?«, fragte Robert.

»Als ich zu Raubüberfällen recherchiert habe, bin ich auch auf einen in einem Weingut in Kalifornien gestoßen. Dort wurde der Wein in Höhlen mit einem kalten und feuchten Klima gelagert, in denen er perfekt reifen konnte. Einer Räuberbande gelang es jedoch, eine ganze Tonne davon zu stehlen, weil sie eine andere Höhle fand, die mit den Höhlen für den Wein verbunden war. Sie hatte einen abgelegenen Eingang, sodass niemand sie kommen oder gehen sah. Die Polizei fand erst heraus, was passiert war, als sie in der anderen Höhle Autobatterien entdeckte.«

»Wofür waren die?«, fragte Rio.

»Die Räuber brauchten Strom für Licht, damit sie sahen, was sie taten.«

»Wenn das in einer Höhle funktioniert, dann auch in einem Grab«, sagte Sydney. »Vielleicht versteckt Harper sich in einem.«

»Gut, aber in welchem?«, fragte Paris.

»Hoffentlich finden wir in seinen Notizen einen Hinweis«, sagte Monty.

Bei der Rückkehr in ihre Suite erwartete sie am Eingang ein großer Korb mit Obst und Nüssen. »Das lasse ich mir gefallen«, sagte Rio, als er ihn sah. »Ich finde, wir sollten öfter in Resorts absteigen.«

Er untersuchte den Inhalt genauer, während die anderen es sich im Wohnzimmer bequem machten.

»Wenn du Schokolade findest, bring mir was«, sagte Sydney und ließ sich auf ein Sofa fallen.

»Ich will ein paar Nüsse«, sagte Paris.

»Ich bin nicht euer Diener«, erwiderte Rio.

»Bring doch einfach den ganzen Korb«, schlug Monty vor.

Rio brachte den Korb herein und stellte ihn auf den Couchtisch.

»Brooklyn, wir waren so damit beschäftigt, Harper durch seine E-Mails zu finden, dass wir gar nicht darüber gesprochen haben, was in den Mails stand«, sagte Mother. »Über was für eine Hardware hat er sich denn mit Pluto ausgetauscht?«

»Das meiste hatte damit zu tun, wie man in abgelegenen Gebieten Wi-Fi und Internet bekommt«, sagte Brooklyn. »Er meinte, er müsse von seiner Grabung aus auf das Internet zugreifen können.«

»Nur dass er nie eine Grabung hatte«, sagte Rio.

»Vielleicht doch«, sagte Monty. »Vielleicht gehen wir von einer falschen Annahme aus.«

»Inwiefern?«, fragte Robert. »Hätten wir dann nicht davon gehört?«

»Wenn er eine Grabung für ein ganzes Grab hätte, schon«, antwortete Monty. »Aber es gibt im Tal der Könige nicht nur Gräber. Manchmal stößt man auf alte Lager- oder Arbeitsräume, in denen noch unbezahlbare Schätze liegen. Vielleicht hat er einen davon gefunden.«

»Das würde erklären, woher er die Sachen hat, die er verkauft hat«, meinte Sydney.

»Und das heißt?«, fragte Rio. »Er ist dort eingezogen und hat von dort den Cyberangriff gestartet?«

»Warum nicht?«, sagte Paris. »Er könnte sich dort wunderbar vor den Behörden verstecken. In der Kammer eines antiken Grabs.«

»Nur das sein Computer nicht funktionieren würde«, sagte Brooklyn. »Mit einer Autobatterie könnte man für Licht sorgen und kleine Geräte betreiben und sogar die Hardware, die man für einen Fernzugriff auf das Internet braucht. Aber ein Computer braucht zu viel Strom. Mit einer Batterie würde er nur etwa eine halbe Stunde lang laufen. Sie könnte höchstens als Back-up bei einem Stromausfall dienen. Für einen Cyberangriff würde sie nicht ausreichen.«

»Es gibt doch Führungen durch die Gräber«, sagte Mother. »Das heißt, es muss in einigen Strom und Licht geben. Ich frage mich, wie viele das sind.«

Brooklyn ging zu ihrem Laptop und startete eine rasche Suche. »Elf«, sagte sie aufgeregt. »Elf Gräber haben Strom.«

»Vielleicht versteckt er sich in einem davon«, sagte Sydney. »Und benutzt den Strom für seinen Computer und die Autobatterien für alles andere.«

»Warum nicht den Strom für alles?«, fragte Robert.

»Wenn er zu viel benutzt, könnte es die Sicherung raushauen«, erklärte Mother. »Das könnte dazu führen, dass er erwischt wird.«

»Wir müssen also herausfinden, in welchem der elf Gräber er ist«, sagte Rio.

»Vergleichen wir doch die Liste der Gräber mit Strom mit denen, über die er in seinem Tagebuch schreibt«, sagte Monty. »Vielleicht können wir die Suche dadurch eingrenzen.«

Während sie das taten, ging Sydney auf der Suche nach einem Snack zum Obstkorb. »Da steckt übrigens eine Karte drin«, sagte sie.

»Wahrscheinlich ein Willkommensgruß von der Rezeption«, meinte Mother. »Aus Freude darüber, dass wir bereit sind, zwei überteuerte Suiten zu bezahlen.«

Sydney öffnete die Karte. »Das klingt aber mehr wie ein ägyptischer Glückskeks. ›Karnak alias Theben: Richtung Osten sieht ein tränendes totes Auge.‹« Sie blickte auf. »Klingt irgendwie gruselig, als würden wir von Westen vom Auge eines Toten beobachtet.«

»Und es ergibt keinen Sinn«, sagte Paris. »Theben und Luxor sind identisch, richtig? Und Karnak liegt in Luxor, also Theben. So weit, so gut. Aber was soll das mit dem Auge?«

Kat war mit den Notizen in Harpers Tagebuch beschäftigt, aber etwas von dem, was Sydney gesagt hatte, hatte ihre Aufmerksamkeit erregt. »Lies noch mal vor.«

Sydney las die Karte erneut vor, diesmal mit einer übertrieben dramatischen Stimme. »›Karnak alias Theben: Richtung Osten sieht ein tränendes totes Auge.‹«

Kat nickte. »Das ist kein ägyptischer Glückskeks, sondern eine Nachricht von Clementine.«

»Was?«, rief Sydney.

»Ein Akrostichon, wie sie schon früher welche geschickt hat. Man nimmt den ersten Buchstaben von jedem Wort. *Karnak alias Theben* – das ist Kat. Sie schreibt an mich. *Richtung Osten sieht ein tränendes totes Auge* ist Rosetta.«

»Wie beim Stein von Rosetta?«, fragte Rio.

»Dem Schlüssel, mit dessen Hilfe man die Hieroglyphen entziffern konnte.« Kat sah Sydney an. »Stehen auch Hieroglyphen auf der Karte?«

»Ja, aber die sehen mehr aus wie Dekoration.«

»Gib her.« Brooklyn streckte die Hand aus. »Ich überprüfe das.«

»Wir sind erst ein paar Tage in Ägypten und du kannst schon Hierglyphen lesen?«, fragte Rio.

»Ich nicht, aber das Internet schon. Ich mache nur ein Foto und dann eine Bildersuche.«

»Dass Clementine uns eine Nachricht hierherschickt, gefällt mir nicht«, sagte Sydney. »Woher weiß sie, wo wir sind?« Sie sah Robert vorwurfsvoll an.

»Ich habe es ihr nicht gesagt«, protestierte er. »Ich schwörs.«

»Brauchst du nicht«, sagte Mother. »Wenn sie den Scriptex orten kann, findet sie uns.«

»Heißt das, sie ist auch hier in Luxor?«, fragte Sydney.

Mother nickte. »Wahrscheinlich.«

»Das ist eine Kartusche«, sagte Brooklyn.

»Was ist das?«, fragte Rio.

»Um die Hieroglyphen ist ein Oval gezeichnet«, erklärte Brooklyn. »Das nennt man Kartusche. In einer Kartusche steht der Name eines Königs.«

»Und zu welchem König gehört diese Kartusche?«, fragte Mother.

»Sethos I.«

»Das ist einer von denen, über die Harper in seinem Tagebuch schreibt«, sagte Monty.

»Hat das Grab Strom?«, fragte Paris.

Brooklyn sah auf der Liste nach, die sie auf ihrem Computer aufgerufen hatte. »Ja.«

»Dann ist er dort«, sagte Rio. »Also Harper.«

»Oder Clementine«, sagte Sydney. »Es könnte eine Falle sein. Vielleicht will sie uns in einen abgelegenen Tunnel locken, in dem wir niemanden zu Hilfe rufen können.«

36.
TAL DER KÖNIGE

Hundert Jahre nachdem ein zwölfjähriger Junge im Tal der Könige zufällig das Grab Tutanchamuns entdeckt hatte, trafen die City Spies auf der Suche nach Jason Harper dort ein. Ihr Anteil an dem, was an diesem Tag noch passieren würde, sollte – genau wie bei dem Jungen – in keinem der offiziellen Berichte darüber erwähnt werden. Sie waren namenlos.

Aber nicht unsichtbar.

Versteckt zwischen Touristen, beobachtete Clementine aufmerksam, wie die City Spies in einem gelben Zug, auf dessen Seiten Hieroglyphen aufgemalt waren, eintrafen. Marwen erwartete sie und hielt ein Schild hoch, auf dem INTERNATIONALE SCHÜLER- UND STUDENTENREISEN KAIRO stand.

»Willkommen im Tal der Könige«, sagte er mit einem breiten Lächeln. »Endlich kann ich euch eine richtige archäologische Stätte zeigen.«

»Besonders interessiert uns das Grab Sethos' I.«, sagte Paris.

»KV17.« Marwen nickte. »Eine ausgezeichnete Wahl. Folgt mir.«

Die Ägypter nannten das Tal *Wadi al-Muluk*. »Wadi« war das arabische Wort für ein Tal oder eine Schlucht, die trocken war, aber anfällig für Sturzfluten. Eine Sturzflut erschien allerdings unvorstellbar, als die City Spies auf dem gekiesten Weg durch die steinige Landschaft gingen. Alles war staubig und öde.

»Kein Wunder, dass sie hier ihre Toten begraben haben«, meinte Paris. »Leben kann hier ja niemand.«

»Warum haben sie keine Pyramiden gebaut wie in Gizeh?«, fragte Brooklyn.

»Sehr gute Frage«, sagte Marwen und setzte zu einer wortreichen Ansprache an, die er schon unzählige Male gehalten hatte. »Die Pharaonen des Neuen Reiches haben aus den Fehlern ihrer königlichen Vorfahren gelernt. Die Pyramiden waren zwar gewaltig und Ehrfurcht gebietend, aber eben auch auffällig und leicht auszurauben. Deshalb versteckten Könige wie Ramses der Große und Tutanchamun ihre Gräber in diesem geheimnisvollen Wadi in der Wüste. Sie haben sie unmittelbar in die felsigen Steilhänge gebaut und die Eingänge mit Geröll verdeckt, in der Hoffnung, dass niemand ihre Schätze antasten würde und sie sie in ihrem Nachleben verwenden konnten.«

»Hat das geklappt?«, fragte Rio.

Marwen lachte leise. »Nein. Die meisten wurden bereits vor mehreren Tausend Jahren ausgeraubt. Deshalb war das Grab von Tutanchamun ja etwas so Besonderes. Es war bis zu seiner Entdeckung 1922 unberührt.«

»Da ist es ja«, sagte Kat. Sie gingen am Eingang eines Grabes vorbei. Davor stand ein Schild mit der Aufschrift GRAB DES TUTANCHAMUN NR. 62. »Das ist das Grab, das Howard Carter entdeckt hat.«

Marwen blieb kurz stehen. »Eigentlich hat ein Junge namens Hussein es entdeckt.«

»Wie bitte?«, fragte Paris. »Es war nicht Carter?«

Marwen erzählte ihnen die Geschichte von dem jungen Wasserträger und seiner Rolle bei Carters großem archäologischen Fund. Er fügte hinzu: »Junge Leute haben schon oft den Lauf der Geschichte geändert, aber die Geschichte erkennt ihre Rolle selten an.« Er lächelte. »Aber das wisst ihr ja vielleicht.«

»Das tun sie tatsächlich«, sagte Mother. »Ganz zweifellos.«

»Aber jetzt zu Sethos.«

Sie gingen in den südöstlichen Teil des Wadis und hangaufwärts, bis sie bei KV17 ankamen. Auf einer Informationstafel neben dem Eingang war ein Plan mit allen Gängen, Treppen und Kammern des Grabs abgebildet.

»Mit elf Kammern, die fast hundertvierzig Meter in den Berg hineinreichen, ist es das längste und tiefste aller Gräber im Tal«, erklärte Marwen. »Bittet achtet besonders auf etwas, das es nur hier gibt, auf diese Treppe.« Er zeigte sie auf dem Plan. »Sie führt über die Grabkammer hinaus zu Korridor K.«

»Was ist Korridor K?«, fragte Brooklyn.

»Das wissen wir nicht. Einige halten ihn für einen Weg, auf dem Sethos das legendäre Urwasser des Nun erreichen konnte. Andere haben spekuliert, ob er vielleicht zu einem noch unentdeckten Grab führt. Sicher wissen wir nur, dass er mit einem Netz von Tunneln verbunden ist, durch das Grabräuber die Gräber plünderten.«

»Dort finden wir Harper«, sagte Rio leise.

»Oder gehen in eine Falle«, erwiderte Sydney.

»Es ist keine Falle«, sagte Robert. »Ich weiß es.«

Sydney sah ihn an. »Hoffentlich hast du recht.«

»Zeig uns den Weg, Marwen«, sagte Mother lächelnd.

»Leider kann ich nicht mitkommen«, sagte Marwen. »Fremdenführer dürfen die Gräber nicht betreten. Aber ich warte hier auf euch.«

»Ich weiß nicht, wie lange wir weg sind. Wenn wir bis Schließung der Gräber nicht zurück sind ...«

»Keine Sorge.« Marwen lächelte. »Wenn ihr mich braucht, werde ich zur Stelle sein.«

Mother lächelte ebenfalls. »Daran habe ich keinen Zweifel.«

Sie stiegen auf einer stetig in die Tiefe führenden Folge von Treppen und Gängen in das Grab hinunter. Wände und Decken waren mit Hieroglyphen geschmückt, die die Reise der Toten in die Unterwelt beschrieben. Auf dem ersten Absatz angekommen, blieb Mother stehen und wandte sich an die anderen.

»Wir hatten keine Gelegenheit, die Örtlichkeit vorher zu sondieren, also weiß ich nicht, was uns erwartet«, sagte er. »Wir müssen ...«

»Ähm, wenn du entschuldigst«, fiel Kat ihm ins Wort, »ich habe eine Idee.«

»Bitte«, sagte Mother erleichtert. »Was für eine?«

»Wir sollten uns das Grab wie ein Museum vorstellen, so wie das, in das wir in London eingebrochen sind. Das haben wir noch im Gedächtnis und ihr wisst, auf was ihr achten müsst: auf Sicherheitsvorkehrungen, die ein Problem für uns sein könnten. Wir können uns sogar in dieselben Gruppen aufteilen. Brooklyn und Paris, ihr übernehmt die linke Seite einschließlich der Wände und verbindenden Räume. Ihr, Sydney und Rio, macht dasselbe rechts. Robert und ich überprüfen zur zusätzlichen Sicherheit alles noch einmal von der Mitte aus. Wir treffen uns in der Grabkammer. Bis dahin sollten wir einen guten Überblick über die gesamten Sicherheitsvorkehrungen haben.«

Mother und Monty wechselten einen Blick, erfreut über Kats zupackende Haltung.

»Und was ist mit uns Alten?«, fragte Mother.

»Ihr seid die Touristen«, sagte Kat.

Monty lächelte. »Klingt nach einem guten Plan.«

Sie brauchten etwa zwanzig Minuten bis zum Grab. Sydney und Rio begegneten zwei Wachleuten. Einer stand neben dem Gemälde einer heiligen Kuh, der andere stocherte in einer Kammer mit vier Pfeilern an seinen Zähnen herum. Beide wirkten gelangweilt.

»Sieh mal, das ist Horus«, sagte Paris und zeigte auf ein Bild, auf dem Horus Sethos in die Unterwelt geleitete.

»Und da drüben ist ein Bewegungsmelder«, antwortete Brooklyn leise. »Genau wie die im Britischen Museum.«

Zwar waren sie im Einsatz, aber sie konnten unmöglich die atemberaubende Schönheit der Bilder ignorieren und nahmen sich Zeit, die Kunst zu bewundern. Am Ende der Anlage gelangten sie zur Grabkammer, die aus zwei Teilen bestand. Die erste Hälfte hatte Säulen, geschmückt mit Bildern von Sethos in Begleitung verschiedener Gottheiten. Stufen führten zur zweiten Hälfte hinunter, die von einer Gewölbedecke mit aufgemalten Sternbildern der nördlichen Hemisphäre überspannt wurde. Hier hatte einst Sethos' Mumie in einem Sarkophag gelegen. Als der Sarkophag entfernt wurde, kam darunter überraschend eine Treppe zum Vorschein, die zu dem geheimnisvollen Korridor K hinunterführte. Der rechteckige Treppenschacht war durch ein Holzgeländer gesichert.

»Was habt ihr herausgefunden?«, fragte Kat, als sie sich um den Schacht versammelt hatten.

»Vier Wachen insgesamt«, sagte Rio. »Zwei stehen am Eingang und kontrollieren die Tickets, zwei gehen herum. Es war ein langer Tag und sie sehen alle so aus, als würden sie die Minuten bis zur Schließung zählen.«

»Was ist mit Kameras?«, fragte Kat.

»Das ist interessant«, sagte Paris. »Weil alle Gegenstände, die einmal im Grab waren, entweder geraubt oder ins Museum gebracht wurden, gelten die Sicherheitsvorkehrungen dem Schutz der Bilder auf den Wänden. Die Kameras sind deshalb darauf ausgerichtet und nicht auf diesen Treppenschacht. Wir müssten also eigentlich unbemerkt nach unten kommen, solange keiner der Wärter hier vorbeischaut.«

Brooklyn stieg rasch die Treppe zur ersten Hälfte der Grabkammer hinauf und sah sich um.

»Ich glaube, die Luft ist rein«, sagte sie. »Gehen wir.«

Nacheinander kletterten sie über das Geländer und gingen die Treppe hinunter, nur um auf ein Metallgitter und ein Tor zu stoßen, das den Zugang zum Korridor versperrte.

»Also, Rio«, sagte Paris. »Du redest ständig davon, wie gut du Schlösser knacken kannst. Führ uns das mal vor.«

Rio lächelte und ging an den anderen vorbei.

»Sollen wir die Zeit stoppen?«, fragte Sydney.

»Seht einfach zu und genießt.« Rio machte sich sofort an die Arbeit und hatte das Schloss im Nu auf.

Mother unterdrückte ein Lachen und schüttelte staunend den Kopf. »Wahnsinn!«

Rio stand strahlend neben dem offenen Tor. Sydney wollte durchgehen, aber Paris hielt sie fest. »Warte.«

»Was ist?«

»Da.« Unmittelbar hinter dem Tor verlief eine Reihe von Sensoren an der Wand hinauf. Paris beugte sich näher und sah, dass es sich um Laser-Lichtschranken wie die im Britischen Museum handelte. Er wandte sich an Sydney. »Sag jetzt bitte, dass du dein Haarspray dabeihast.«

»Sorry, nein.«

Paris schwieg enttäuscht.

Doch dann lächelte Sydney. »Ich hab doch schon erklärt,

es ist ein Pflegespray. Und natürlich habe ich es dabei. Ich lasse doch nicht zu, dass meine Haare in dieser Wüste austrocknen.«

Mother und Monty sahen sich verwirrt an.

»Ich habe das Gefühl, wir haben da was verpasst«, sagte Mother.

»Nur einen kleinen Trick, den wir vom Antwerpener Diamantenraub übernommen haben«, sagte Sydney.

Jetzt war Monty erst recht verwirrt. »Ich habe das Gefühl, wir haben eine ganze Menge verpasst.«

Sydney holte das Pflegespray aus ihrem Rucksack und sprühte es sorgfältig auf die Sensoren.

»Jetzt können wir rein«, sagte sie. »Glaube ich zumindest.«

Sie ging vorsichtig ein paar Schritte und das gesamte Team hielt den Atem an. Dann war sie an den Sensoren vorbei, ohne dass sie Alarm ausgelöst hätte, und alle atmeten erleichtert auf und folgten ihr in den Korridor K.

»Von hier kommt der Strom«, sagte Mother und zeigte auf einen großen Schaltkasten an der Wand. »Wenn Harper ihn aus dieser Quelle bezieht, müssten die Leitungen uns zu ihm führen.«

»Was passiert, wenn man den Hebel runterzieht?«, fragte Rio.

»Dann wird alles dunkel«, sagte Mother.

»Also lass uns das lieber nicht tun«, ergänzte Brooklyn.

»Kommt«, sagte Paris.

Mother hob die Hand. »Nicht so schnell. Es könnte durchaus eine Falle sein, wie Sydney gesagt hat, wir teilen uns also lieber auf. Robert und ich gehen als Erste, und ihr folgt uns in zweieinhalb Minuten. Das müsste als Abstand reichen. Wenn etwas schiefgeht, seid ihr nicht in Gefahr, aber zugleich so nahe, dass ihr uns helfen könnt.«

»Warum geht ihr beiden als Erste?«, fragte Sydney.

»Für den Fall, dass Clemmie etwas im Schilde führt, ist es so besser.« Mother sah Robert an, der zustimmend nickte.

»Aber …«, wollte Sydney protestieren.

»Keine Diskussion«, sagte Mother. »Zweieinhalb Minuten.«

Im Unterschied zu den gut beleuchteten Kammern des Grabes hingen im Korridor K nur spärlich Lampen. Schon nachdem Mother und Robert eine halbe Minute gegangen waren, konnten sie kaum noch etwas sehen. Mother zog eine Taschenlampe heraus, zeigte damit aber nach unten, damit der Strahl niemanden vor ihnen alarmieren konnte.

»Alles in Ordnung?«, fragte er leise.

»Ja«, sagte Robert. »Aber es ist keine Falle. Das würde Mum nicht tun.«

»Wir sind einfach nur vorsichtig.«

»Du hasst sie, stimmts? Wie die anderen auch.«

»Nein, wie könnte ich? Sie hat mir dich und Annie geschenkt. Aber meine Gefühle für sie sind insgesamt sehr komplex.«

»Sie hat uns von dem Brand erzählt. Sie meinte, euer Plan sei schiefgegangen und du seist nicht da gewesen, wo sie geglaubt hat. Sie wollte dich retten, hatte aber Sorge, dass Annie und ich ganz allein zurückbleiben würden, wenn sie es nicht schafft.«

»Da hatte sie recht«, sagte Mother. »Sie wäre sowieso nicht rechtzeitig bei mir gewesen.«

»Wer hat dich dann rausgeholt?«

»Paris. Er war damals erst zehn. Aber er hat mir das Leben gerettet, stell dir vor.«

»Ich mag ihn«, sagte Robert. »Sehr. Er war am nettesten zu mir.«

»Er ist ein ganz besonderer Mensch, keine Frage.«

»Mum hat außerdem gesagt, du hättest ihr nie verziehen, was passiert ist.«

»Interessant.« Mother klang ein wenig verärgert. »Wie kann sie das wissen?«

»Keine Ahnung. Jedenfalls meinte sie, sie sei deshalb nie zurückgekehrt.«

Sie schwiegen einen Moment, dann sagte Mother: »Wir müssen uns jetzt auf den Einsatz konzentrieren. Aber ich verspreche dir, dass wir darüber später noch reden.«

Zweieinhalb Minuten nach Mother und Robert machten die anderen sich auf den Weg. Paris ging voraus, Monty bildete den Abschluss.

»Wisst ihr noch, wie ich gesagt habe, mir wäre es recht, wenn wir nicht mehr durch gruselige Tunnel gehen müssten?«, fragte Brooklyn. »Ich habe genau das jetzt gemeint.«

»Dreitausend Jahre Mumien, Grabräuber und alte Flüche«, sagte Paris. »Was gibts da zu befürchten?«

»Höchstens wenn Sydney recht hat und es eine Falle von Umbra ist«, sagte Rio.

»Ich weiß das ja nicht«, sagte Sydney. »Ich will es nur nicht ausschließen.«

»Und du, Paris?«, fragte Brooklyn. »Hast du Angst, es könnte eine Falle sein?«

»Du kennst mich doch«, sagte Paris. »Ich habe vor nichts Angst.«

Rio streckte die Hand aus und ließ die Finger wie eine Spinne über Paris' Schulter krabbeln.

»Eine Spinne!«, rief Paris erschrocken und versuchte, sie wegzuwischen.

Die anderen lachten und Rio sagte: »Ich dachte, du hättest vor nichts Angst.«

»Also gut.« Paris fiel in ihr Lachen ein. »Ich habe vor nichts Angst, wenn es weniger als acht Beine hat.«

Sie hörten ein Knistern über die Sprechanlage und womöglich Mothers Stimme, die etwas sagte.

»Hat einer von euch was verstanden?«, fragte Monty.

»Nein«, sagte Brooklyn. »Zu viel Rauschen.«

»Genau«, stimmte Kat zu. »Zu undeutlich.«

»Tut mir leid, Mother, wir konnten dich nicht hören«, sagte Monty. »Kannst du das noch mal sagen?«

Wieder ertönten Knistern und verzerrte Worte, aber sie verstanden nichts.

»Lass uns schneller gehen«, sagte Monty. »Aber trotzdem vorsichtig sein.«

Es war schwer, in dem Gang schnell zu gehen, weil er so schlecht beleuchtet und der Boden so uneben war. Außerdem mussten sie aufpassen, weil sie jederzeit in eine Falle tappen konnten. Nach anderthalb Minuten erreichten sie Robert und Mother.

»Alles in Ordnung?«, fragte Sydney in Panik.

»Ja«, flüsterte Mother. »Wir haben einen zweiten Tunnel entdeckt.«

Er ließ den Strahl seiner Taschenlampe ein paar Meter weiter zu einer Stelle wandern, an der ein Kriechgang in den Fels gehauen war, in den auch ein Stromkabel abzweigte.

»Und das Ganze ist verkabelt«, fügte Paris hinzu.

»Ja. Das Problem ist, dass wir da nicht alle durchpassen.«

Der Gang war extrem eng und mündete nach einem Meter in einen weiteren Korridor. Paris hockte sich davor und betrachtete ihn näher.

»Da passe ich unmöglich durch«, sagte er.

»Ich auch nicht«, musste Sydney zugeben.

»Ich schon«, sagte Rio.

»Ich auch«, sagte Kat.

»Ich könnte es auch schaffen«, meinte Brooklyn.

»Ich auch«, ergänzte Robert.

»Moment«, sagte Sydney. »Jason Harper ist ein ausgewachsener Mann. Der passt hier bestimmt nicht durch.«

»Er benutzt den Durchgang nur für den Stromanschluss«, sagte Mother. »Reingekommen ist er vermutlich durch einen Tunnel von Grabräubern.«

»Dann suchen wir doch den«, sagte Sydney.

»Dazu haben wir keine Zeit«, widersprach Kat. »Wir gehen da jetzt zu viert rein und stoppen Jason Harper.«

»Wer hat dich zur Alpha gemacht?«, fragte Sydney.

»Der Kriechgang.«

»Einfach so? Und was willst du tun?«

»Das überlege ich mir unterwegs.«

Kat sah Mother an, der widerstrebend nickte.

»Aber sei vorsichtig«, sagte er. »Du bist so …«

»Was, klein? Klein zu sein macht mir keine Angst. Die Null ist klein, aber sie ist die stärkste Zahl von allen.«

37.
DIE KAMMER

Robert bestand darauf, als Erster zu gehen. »Wenn es eine Falle ist, dann will ich, dass sie bei mir zuschnappt«, sagte er.

Sobald er das Zeichen gab, dass die Luft rein war, folgten Rio und Kat. Den Abschluss machte Brooklyn. Sie war die Größte der vier und konnte nicht mehr richtig durchkriechen. Stattdessen musste sie wie ein Soldat auf dem Bauch robben und sich mit den Zehen anschieben.

»Lieber nicht«, sagte Sydney. »Am Ende bleibst du stecken.«

»Ich muss mit«, beharrte Brooklyn. »Wenn Harper da drin ist, bin ich die Einzige, die den Hackerangriff mithilfe seines Computers stoppen kann.«

Noch nie hatte sie eine solche Platzangst verspürt. Ihr war, als würden die Felsen sie zusammendrücken. Einmal glaubte sie schon, endgültig festzustecken, doch dann griffen Robert und Rio von der anderen Seite nach ihr und zogen.

Nach zwei der längsten Minuten ihres Lebens tauchte sie endlich im Grabräubertunnel auf.

»Geschafft«, meldete sie nach hinten und spuckte den Dreck in ihrem Mund aus. »Ich will nicht mal dran denken, wie ich später wieder zurückkomme.«

»Pst!«, machte Kat. »Seht da vorn.«

Aus etwa zwanzig Metern Entfernung kam ein heller Schein.

»Da brennt Licht«, gab Rio den Zurückgebliebenen leise durch den Kriechgang Bescheid.

»Passt auf!«, schärfte Mother ihm noch ein, aber zu spät. Rio war schon aufgestanden und zu den anderen gegangen.

»Was tun wir?«, fragte Robert.

»Zuerst müssen wir wissen, mit wem wir es zu tun haben«, sagte Kat. »Einer von uns muss vorgehen und es auskundschaften.«

»Das mache ich«, sagte Rio.

Lautlos näherte er sich einem in den Fels gehauenen Durchgang. Aus dem Raum dahinter schien Licht, und als er um die Ecke spähte, sah er eine kleine Kammer, die von Grabräubern als Lagerraum benutzt worden war. Hier hatten sie ihre geplünderten Schätze versteckt und von hier hatte Jason Harper seinen Cyberangriff gestartet.

In der Kammer standen einige LED-Strahler auf Stativen und auf dem Boden lag eine Matratze. Die Strahler waren an Verlängerungskabel angeschlossen und einige kleine Geräte hingen an Autobatterien. Harper saß mit dem Rücken zu Rio an einem provisorischen Schreibtisch und tippte etwas in seinen Computer ein. Rio machte ein paar Bilder mit seinem Handy und kehrte zu den anderen zurück.

»Was hast du gesehen?«, fragte Kat.

Er lächelte. »Wunderbare Dinge.«

38.
HORUS

Sie betrachteten die Fotos, die Rio von Harper in seiner Kammer gemacht hatte, und überlegten, wie sie weiter vorgehen sollten. Da hatte Kat eine Idee.

»Ich denke gerade an den Juwelenraub von Hatton Garden«, sagte sie. »Die sogenannte Opa-Gang, bestehend aus sechs älteren Räubern im Alter von durchschnittlich dreiundsechzig Jahren, ist in den Osterferien an zwei Tagen in einen Tresorraum eingebrochen und hat vierzehn Millionen Pfund in Gold, Diamanten und Schmuck gestohlen.«

Robert schüttelte ungläubig den Kopf. »Kennt die sich auch noch perfekt mit Diebstählen aus?«

»Wenn sie sich mit etwas beschäftigt, dann gründlich, und sie vergisst es nie wieder«, sagte Rio. »Spiel nie ein Quiz gegen sie. Oder Scrabble. Oder überhaupt was.«

»Wie haben die Opas es denn gemacht?«, fragte Brooklyn.

»In der Nähe gab es ein unterirdisches Feuer, das zwei Tage lang brannte und von ihnen ablenkte«, sagte Kat. »Die Polizei war so mit dem Feuer beschäftigt, dass sie die Verbrecher nicht bemerkte.«

»Wir sollen hier Feuer legen?«, fragte Robert.

»Nein, nur für Ablenkung sorgen«, sagte Kat.

Sie nahm Rios Handy und zoomte eins der Fotos heran.

»Sind diese Batterien die Notstromversorgung für den Computer?«, fragte sie Brooklyn.

Brooklyn betrachtete das Bild. »Auf jeden Fall.«

»Wie lange wird er mit ihnen laufen?«

»Wahrscheinlich nicht länger als zehn bis fünfzehn Minuten.«

»Reicht dir das, um den Hackerangriff zu stoppen?«

»Reichlich.«

»Wunderbar«, sagte Kat. »Dann mache ich jetzt Sydney eine Freude.«

Sie ging zurück und sprach durch den Kriechgang mit den anderen.

»Wir haben Harper gefunden.«

»Es war also keine Falle?«, fragte Mother erleichtert.

»Nein. Sydney, hast du noch welche von den Sprengkörpern, die du im Britischen Museum gezündet hast?«

»Kann sein, dass ich einen Böller übrig habe«, sagte Sydney verschmitzt. »Warum?«

»Wir brauchen eine Ablenkung«, erklärte Kat. »Und außerdem muss sich jemand beim Schaltkasten postieren, um im richtigen Moment den Strom abzustellen.«

»Das kann ich übernehmen«, sagte Paris eifrig.

»Was hast du vor?«, fragte Monty.

»Sydney zündet den Böller und Paris legt den Hebel um und alles wird dunkel. Harper muss sich dann beeilen, weil er nur zehn bis fünfzehn Minuten hat, um herauszufinden, was passiert ist. Sobald er die Kammer verlässt, um nach der Störungsursache zu suchen, schleicht sich Brooklyn rein und macht sich an seinem Computer an die Arbeit.«

»Auch der Besucherbereich wird dann keinen Strom mehr haben«, gab Mother zu bedenken.

»Stimmt, aber die Anlage hat ja schon geschlossen«, sagte Kat. »Hoffentlich dauert es eine Weile, bis sie den Strom wieder anstellen.«

»Warum die Explosion?«, fragte Paris. »Würde es nicht reichen, nur den Strom abzustellen?«

»Das würde ihn ablenken, aber die Explosion wird ihn zusätzlich verwirren. Und wer verwirrt ist, macht Fehler.« Sie warf Sydney durch den Kriechgang einen Blick zu. »Außerdem muss man manchmal einfach ein wenig Radau machen.«

Wenige Minuten später waren alle auf Position. Kat, Brooklyn, Rio und Robert versteckten sich in einer dunklen Nische des Grabräubertunnels, Sydney wartete mit dem Böller am Kriechgang und Paris stand vor dem Schaltkasten.

»Hören mich alle?«, flüsterte Kat in ihr Mikrofon.

»Laut und deutlich«, sagte Sydney.

»Wir halten uns die Ohren zu. Dann lass es knallen!«

BUMM!

Die Explosion hallte durch den Grabräubertunnel und den Korridor. Paris legte den Hebel um und in KV17 ging das Licht aus.

»Was ist denn jetzt los?!«, rief Harper.

Er sprang von seinem Tisch auf und kam nach draußen. Kat und die anderen drückten sich an die Wand, um im Dunkeln nicht gesehen zu werden.

Harper ging nicht zum Kriechgang, sondern folgte dem Tunnel in der entgegengesetzten Richtung. Sobald er weg war, eilten die vier in die Kammer. Brooklyn machte sich an die Arbeit, während die anderen nach Harper Ausschau hielten.

Brooklyn machte sich sofort über Harpers Computer her. Als Erstes verband sie ihn per Fernzugriff mit Beny, um dessen Schlagkraft gegen ihn einsetzen zu können.

»Wir brauchen jetzt erst mal die Codeschlüssel«, erklärte sie ihr Vorgehen den anderen. »Sobald ich die habe und sie an die Opfer zurückschicke, schalte ich den Computer aus.«

»Was?!«, rief da eine Stimme vom Durchgang. »Wer seid ihr?«

Sie drehten sich um. Harper war zurückgekehrt und versuchte zu verstehen, was hier vorging.

»Hände weg von meinem Computer!«, rief er schrill.

Brooklyn tippte weiter und Kat und Rio traten zwischen Harper und sie.

»Ich sagte, Hände weg von meinem Computer!«, brüllte er.

Er stürzte sich auf sie, aber als er Kat packen wollte, sprang Robert ihm von hinten auf den Rücken und brachte ihn zu Fall.

»Ich brauche noch etwas Zeit«, rief Brooklyn und steckte einen USB-Stick in den Computer.

Auch Kat und Rio warfen sich auf Harper und zu dritt versuchten sie ihn am Boden festzuhalten. Es gelang ihnen etwa fünfzehn Sekunden lang, aber mehr Zeit brauchte Brooklyn nicht.

»Fertig!«, rief sie und sprang auf. Der Bildschirm zeigte den Blauen Tod.

»Was hast du gemacht?«, schrie Harper.

Während er hektisch versuchte, den Computer wieder zum Leben zu erwecken, rannten die anderen aus der Kammer und zurück zum Kriechgang.

»Schnell!«, rief Kat beim Laufen.

»Wir brauchen eure Hilfe!«, rief Rio dem Team auf der anderen Seite zu.

»Du zuerst!« Kat deutete auf Brooklyn.

Die legte sich zurecht und robbte los und alle halfen ihr. Kat, Rio und Robert schoben sie von hinten, Monty und Mother zogen von der anderen Seite.

»Kommt zurück!«, schrie Harper. Er kam aus der Kammer und auf sie zugerannt.

Das zusätzliche Adrenalin war genau das, was die vier brauchten. Brooklyn schaffte es als Erste, gefolgt von Kat und Rio. Robert steckte noch im Kriechgang, als Harper dort ankam und ihn am Fuß packte.

»Ich sagte, ihr sollt zurückkommen«, brüllte er.

»Dad!«, schrie Robert.

»Keine Sorge, Robert, ich hab dich!« Mother schlang die Arme um ihn und zog.

»Nicht loslassen, Dad!«

»Niemals«, sagte Mother. »Niemals.«

Er zog ein letztes Mal mit aller Kraft und riss Robert los und in den Korridor.

Einen Augenblick lagen sie nur da, die Gesichter tränenüberströmt.

»Nichts passiert, Schatz. Es ist nichts passiert.«

»Und der Cyberangriff?«, fragte Monty Brooklyn.

»Harpers Computer ist neutralisiert und Beny hat jetzt die Kontrolle über alles. Der Kerl ist erledigt.«

Sie blickten durch den Kriechgang und sahen, dass Harper durch den Grabräubertunnel floh.

»Aber er wird uns leider entkommen«, sagte Sydney enttäuscht. »Draußen in der Wüste finden wir ihn nie.«

»Ach so, deswegen«, sagte Robert, der sich ein wenig beruhigt hatte. »Als wir auf dem Boden miteinander gekämpft haben …« Er holte tief Luft, um zu Atem zu kommen. »Da habe ich ihm meinen Tracker in die Tasche gesteckt.«

Alle schwiegen verblüfft, dann sagte Mother strahlend: »Wie ich gesagt habe, wir sind ein Familienbetrieb. Du bist eben ein geborener Spion.«

Das Team gratulierte Robert zu seinem raschen Handeln unter Druck mit High Fives und Umarmungen. Doch ihr Übermut verflog, als Brooklyn eine schwierige Frage stellte.

»Wie kommen wir von hier raus?«

»So, wie wir reingekommen sind?«, schlug Rio vor.

»Das Grab ist schon seit längerer Zeit geschlossen«, sagte

Monty. »Wenn alles abgesperrt und die Alarmanlage aktiviert ist, wird das nicht leicht.«

»Ich schlage vor, wir gehen einfach los«, sagte Sydney. »Der Tunnel müssen doch irgendwohin führen.«

Eine Dreiviertelstunde später tauchte das Team in einem Wadi in der Nähe der antiken Stadt Deir el-Medina aus dem Tunnel auf. Es war Nacht und die Temperatur war drastisch gesunken. Mother war gerade damit beschäftigt, Empfang auf seinem Handy zu bekommen, da näherte sich ihnen ein Scheinwerferpaar.

»Das bedeutet nichts Gutes«, sagte Paris nervös. »Sollten wir uns nicht lieber im Tunnel verstecken?«

»Nein«, sagte Mother nach einem Blick auf das Fahrzeug. »Ich glaube, es ist alles gut.«

»Hallo, hallo«, rief Marwen und hielt mit seinem Kleintransporter. »Wie hat euch KV17 gefallen? Ein faszinierendes Grab, nicht wahr?«

»Wie haben Sie uns gefunden, Marwen?«, fragte Sydney.

Marwen lächelte. »Ein guter Fremdenführer weiß immer, wo seine Kunden sind.«

39.
KAIRO

Zum zweiten Mal in einer guten Woche fuhr Tru von London nach Aisling zu einem Besuch auf der FARM. Beim ersten Mal hatte sie das Team mit dem Einsatz beauftragt. Jetzt saß sie im Priesterloch und berichtete, was seitdem passiert war.

»Mithilfe von Roberts Tracker haben die ägyptischen Behörden Jason Harper gefunden. Man hat ihn und Ahmed Farouk verhaftet. Zwar gibt es kein Auslieferungsabkommen zwischen unseren Ländern, aber es laufen Verhandlungen, um Harper hierher vor Gericht zu bringen.« Sie sah Sydney mit einem Augenzwinkern an. »Ich habe vorgeschlagen, den Ägyptern den Deal mit der Rückgabe einiger Altertümer aus dem Britischen Museum zu versüßen.«

»Dem Stein von Rosette?«, fragte Sydney hoffnungsvoll.

Tru lachte. »Ich habe ja etwas Einfluss, aber so viel Einfluss hat niemand außerhalb des Buckingham Palace. Aber es wäre ein erster Schritt.«

»Was ist mit Imogen Gaisman?«, fragte Kat.

»Sie wurde hier und in Ägypten von allen Vorwürfen freigesprochen«, sagte Tru.

»Und Oriana Gutierrez?«, fragte Brooklyn.

»Das ist etwas heikler. Brooklyn hatte recht. Oriana Gutierrez ist die früher als Pluto bekannte Hackerin.«

»Ich habs ja gesagt!«, rief Brooklyn.

»Wie sich herausgestellt hat, ist ihre Identität in Wirklichkeit eine vom MI5 geschaffene Tarnung. Sie arbeitet für den MI5 und das Cyber Security Centre.«

»Sie ist eine Spionin?!«, rief Sydney.

»Deshalb war sie in Ägypten. Sie hat wie ihr Horus gesucht.«

»Nur dass sie ihn im Unterschied zu uns nicht gefunden hat«, sagte Rio stolz.

»Nein.«

»Das sind wunderbare Neuigkeiten«, sagte Mother. »Aber deshalb hätten Sie nicht extra aus London herkommen müssen.«

»Nein, ich bin hier, weil wir ein neues Teammitglied haben und ich das Mitglied persönlich willkommen heißen wollte.« Sie wandte sich an Robert. »Es ist so schön, dich wiederzusehen. Ob du es glaubst oder nicht, ich war am Tag deiner Geburt bei dir im Krankenhaus.«

»Irgendwie erinnere ich mich an Sie«, scherzte Robert. »Schön, Sie wiederzusehen.«

»Wie ich gehört habe, hast du bei diesem Einsatz eine ganz wichtige Rolle gespielt. Nicht schlecht für die erste Woche, die du dabei bist.«

»Ich werde das Ganze nicht so schnell vergessen«, sagte Robert.

»Der MI6 schuldet ihm einen Schuh«, sagte Paris. »Er wurde während des menschlichen Tauziehens abgezogen.«

»Darum kümmere ich mich gleich«, scherzte Tru. »Aber zuerst möchte ich dich im Namen von C und den wenigen Leuten in Vauxhall Cross, die von dieser Operation wissen, bei den City Spies willkommen heißen, Robert.«

Die anderen begannen zu klatschen, aber Sydney unterbrach sie mit erhobenen Händen.

»Tut mir leid, aber das geht nicht«, sagte sie. »Sie und C können denken, was Sie wollen, aber es geht so nicht. Robert kann nicht Mitglied der City Spies werden.«

Die anderen wollten ihren Ohren nicht trauen, und Paris setzte schon zum Protest an, da lächelte sie plötzlich und sagte: »Wegen des Namens. Der passt einfach nicht.« Sie wandte sich an Robert. »Wie wäre es, wenn wir dich Kairo nennen? Das klingt nach einem City Spy.«

»Kairo?« Er überlegte. »Das würde mir sogar sehr gut gefallen.«

Die anderen umringten ihn und gratulierten. Tru blieb noch und hörte sich an, was sie vom Einsatz zu erzählen hatten, bis es Zeit zum Abendessen war. Monty scheuchte alle in die Küche. Nur Robert blieb zurück.

»Hast du keinen Hunger?«, fragte Mother.

»Ich komme gleich«, sagte Robert. »Ich muss das nur noch ein wenig sacken lassen.«

»Lass es nicht zu lange sacken, sonst isst Rio deine Portion gleich mit auf.«

»Stimmt.«

Sie lächelten sich an und Mother ging ebenfalls.

Robert sah sich im Priesterloch um und betrachtete staunend die vielen Hightech-Geräte. Die farbigen Lichter, die an Beny entlangliefen, waren faszinierend.

Er ging zu einem Schreibtisch und zog eine Schublade auf. Darin lag der Scriptex. Er hielt ihn einen Moment lang in der Hand und spürte das Gewicht auf der Handfläche. Dann begann er zu schreiben.

Liebe Mum,

du hattest recht. Ich bin jetzt Mitglied des Teams. Alles verläuft nach Plan.

STRENG GEHEIM

NUR FÜR BRITISCHE AUGEN BESTIMMT

Britischer Geheimdienst/MI6
Vauxhall Cross, London, GB
Projekt City Spies (auch Projekt Nimmerland)
Selbsteinschätzung der einzelnen Teammitglieder

BROOKLYN

BESONDERE EIGENSCHAFT:
Brooklyn verbindet auf eine tolle Weise Begeisterung mit Unerschrockenheit. Seit dem Tag Ihrer Ankunft auf der FARM ist sie bei allem, was sie tut, mit vollem Einsatz dabei, ob sie nun an einer Mauer hochklettert, um einen Einsatz zu retten, oder Rio einen Streich spielt, indem sie seine Hose kürzer näht, damit er denkt, er sei plötzlich gewachsen. Als Emoji wäre sie 💯.

DENKWÜRDIGER MOMENT BEI EINEM EINSATZ:
Einmal musste sie sich in den Computer eines besonders skrupellosen russischen Oligarchen einhacken. Sie stahl nicht nur die Dateien, die der MI6 brauchte, sondern änderte auch den Hintergrund des Monitors so, dass er Welpen zeigte, die Zylinder und Fliege trugen.

WAS ICH ÜBER SIE WEISS, OHNE DASS SIE ES WEISS:
Sie nutzt ihre unglaublichen Fähigkeiten als Hackerin, um ihren früheren Pflegegeschwistern zu folgen und sicherzustellen, dass sie in der Schule klarkommen. Wenn

sie merkt, dass ihre Noten sich verschlechtern, schickt sie dem Lehrer eine E-Mail als Pflegemutter oder den Pflegeeltern eine E-Mail als Lehrer und sorgt dafür, dass sie die nötige Hilfe bekommen.

Paris

PARIS

BESONDERE EIGENSCHAFT:

Von Paris habe ich gelernt, was Loyalität ist. Er schwankt nie in seiner Unterstützung, ob nun für seine Lieblingsfußballmannschaft (Liverpool), seinen Lieblingsschokoriegel (Cadbury Crunchie) oder einen von uns. Ich singe im Schulchor, und er hat noch keine Aufführung verpasst. Nicht einmal, wenn er deswegen ein wichtiges Liverpool-Spiel sausen lassen muss. Und bei einem Einsatz ist er immer genau dort, wo er gesagt hat, und genau zu der Zeit, die er gesagt hat.

DENKWÜRDIGER MOMENT BEI EINEM EINSATZ:

Paris hat einmal Sydney gerettet, als sie auf einem zugefrorenen Teich durch das Eis gebrochen ist. Ohne zu zögern, ist er hinausgeschlittert und hat mit einem Kricketschläger das Loch im Eis vergrößert und sie herausgezogen. Für mich war es das Mutigste, was ich je erlebt habe. Am Abend danach hat er mir dann gestanden, dass er nicht mal schwimmen konnte! Ich konnte es nicht glauben. Den anderen hat er das erst ein paar Wochen später erzählt, nachdem er einen Schwimmkurs angefangen hat.

WAS ICH ÜBER IHN WEISS, OHNE DASS ER ES WEISS:
Ich glaube, er will nach Amerika aufs College, aber er traut sich nicht, weil er dann das Gefühl hat, uns im Stich zu lassen.

Rio

NICHT ZUR VERÖFFENTLICHUNG BESTIMMT

SYDNEY

BESONDERE EIGENSCHAFT:

Ihr Sinn für Richtig und Falsch hat nichts mit Regeln zu tun, dafür alles mit Gerechtigkeit und Anstand. Sie hätte kein Problem damit, mitzuhelfen, die Regierung zu stürzen, würde aber nie auf die Idee kommen, sich an der Kasse vorzudrängeln. Es sei denn, vor ihr stünde ein Mitglied des Parlaments. Dann würde sie es auf jeden Fall tun.

DENKWÜRDIGER MOMENT BEI EINEM EINSATZ:

In Lettland mussten wir in ein Gebäude einbrechen, das von einer dicken Steinmauer mit einem Holztor umgeben war. Paris und Rio gerieten in Streit darüber, wie man das Schloss am Tor knacken konnte, und waren noch mittendrin, als das Tor plötzlich aufging. Wir dachten, wir wären aufgeflogen, bis wir sahen, dass es Sydney war. Während die Jungs sich gestritten hatten, war sie einfach über die Mauer geklettert und hatte das Tor von innen geöffnet.

WAS ICH ÜBER SIE WEISS, OHNE DASS SIE ES WEISS:
Sydney wirkt nach außen cool, aber innerlich ist sie ein totaler Nerd. Sie weiß alles über *Doctor Who*, was es zu wissen gibt, und wenn sie denkt, dass sie allein ist, singt sie aus voller Kehle Musical-Songs. Sie singt furchtbar falsch und bringt den Text durcheinander, aber die Inbrunst, mit der sie es tut, ist so rührend.

Brooklyn

KAT

BESONDERE EIGENSCHAFT:
Kat ist der ehrlichste Mensch der Welt, selbst wenn man gar nicht will, dass sie ehrlich ist. Wie damals, als ich mir die Haare kurz schneiden ließ und sie fragte, ob es ihr gefiel. Aber diese Ehrlichkeit kann auch unglaublich schön sein – wie, als ich sie fragte, was sie sich zum Geburtstag wünschte, und sie sagte: »Mehr so sein wie du.«

DENKWÜRDIGER MOMENT BEI EINEM EINSATZ:
Kat ist keine geborene Schauspielerin, aber wenn sie eine Ohnmacht vortäuscht, verdient das einen Oscar. Mitten im Gespräch erstarrt plötzlich ihr Gesicht und sie sackt zusammen. Sie hat das mal gemacht, als wir von der albanischen Geheimpolizei verhaftet wurden. Zwei Beamte eilten ihr zu Hilfe, und als sie wieder zu sich kam«, hatte sie den beiden die Schlüssel zu unserer Gefängniszelle geklaut.

WAS ICH ÜBER SIE WEISS, OHNE DASS SIE ES WEISS:
Vor etwa einem halben Jahr hat Kat angefangen, sich online Make-up-Tutorials anzuschauen. Ich weiß das nur,

weil unsere Zimmer nebeneinanderliegen und ich sie durch die Wand hören kann. Wenn sie sich für Mode und Beauty interessiert, bin ich für sie da, aber sie soll nicht wissen, dass ich sie hören kann, also warte ich, bis sie das Thema anspricht.

Sydney

RIO

BESONDERE EIGENSCHAFT:
Rio spielt gern den harten Kerl, dabei ist er eigentlich total lieb. Früher ist er manchmal sonntags zum Fußballspielen mit Freunden verschwunden. Als mir mal langweilig war, bin ich ihm gefolgt, um zuzusehen. Wie sich herausstellte, hat er gar nicht Fußball gespielt, sondern ist mit dem Zug nach Aberdeen gefahren, um dort für Kinder in einem Krankenhaus eine Zaubershow zu machen.

DENKWÜRDIGER MOMENT BEI EINEM EINSATZ:
Das genialste Ablenkungsmanöver, das ich je erlebt habe, hat in einem Moskauer Souvenirladen stattgefunden. Jemand musste das Verkaufspersonal ablenken, damit ich durch eine Tür hinter dem Tresen schlüpfen konnte. Rio ist ohne jede Vorbereitung an den Tresen getreten und hat mit Schachtelpuppen Zaubertricks aufgeführt. Russisch konnte er nicht, aber das spielte keine Rolle. Er zog den ganzen Laden in seinen Bann. Ich hätte mit einem Lkw hinter den Tresen fahren können, ohne dass jemand es bemerkt hätte.

WAS ICH ÜBER IHN WEISS, OHNE DASS ER ES WEISS:
Rio liebt Essen, aber Monty liebt er noch mehr. Manchmal macht sie ihm Queijadinhas, brasilianische Kokosnuss-Puddingtörtchen. Ich weiß zufällig, dass das eine der wenigen Süßigkeiten ist, die er nicht mag, aber das würde er Monty nie sagen. Er isst sogar immer eine Extraportion und lobt, wie gut sie schmecken.

Kat

Danksagung

Die Welt der Kinderbücher ist eine der nettesten, lustigsten und hilfsbereitesten Gemeinschaften, die man sein Zuhause nennen kann. Das City-Spies-Team besteht aus Fachleuten, Kolleg*innen, Freund*innen, Familienmitgliedern, Expert*innen und anderen, die ich mit der Frage überfalle: »Könnt ihr mir vielleicht bei etwas helfen?« Einigen dieser wunderbaren Menschen möchte ich hier meinen Dank aussprechen.

Kristin Gilson ist eine wunderbare Lektorin und gute Freundin. (Vielleicht kennt ihr ihren Namen von der Widmung vorne im Buch.) Sie ist immer erreichbar und immer bereit zu helfen, selbst wenn ich vom Weg abkomme und mich verlaufe oder ihr zu unpassenden Zeiten Nachrichten schicke. Zu ihr dazu kommt Valerie Garfield, eine wunderbare Verlegerin und die Art von Mensch, die Covid und drei Zügen trotzen würde, nur damit wir zusammen zu Mittag essen können.

Dies ist mein zehntes Buch bei Aladdin, wo ich das Vergnügen habe, mit einer Starbesetzung zusammenzuarbeiten: mit Anna Jarzab, Alex Kelleher-Nagorski, Tiara Iandiorio, Nicole Russo, Caitlin Sweeny, Michelle Leo, Amy Beaudoin, Emily Hutton, Victor Iannone, Alissa Nigro, Erin Toller, Ginny Kemmerer, Sara Berko, Nadia Almahdi, Nicole Benevento, Lisa Moraleda, Kilson Roque-Fernández, Nicole Tai und Elizabeth Mims, Chel Morgan, Lauren Forte und Jeannie

Ng. Ein besonderes Dankeschön gilt Yaoyao Ma Van As, deren Illustrationen die Personen in der US-Ausgabe des Buchs zum Leben erwecken, und Lisa Flanagan, die ihnen in den amerikanischen Hörbüchern ihre Stimme leiht.

Als mein Entschluss feststand, dass es in dem Buch um das alte Ägypten gehen sollte, habe ich sofort Kontakt zu Dr. Kara Cooney aufgenommen, einer ganz reizenden und kompetenten Ägyptologin an der UCLA. Sie hat mir sehr geholfen und ich kann ihre Bücher und Podcasts nur empfehlen. Jason Harper von National Geographic hat mir mit seinen Kenntnissen über Luxor ermöglicht, das Tal der Könige besser zu verstehen, Amber Woodard hat mir freundlicherweise ihre Reisefotos zur Verfügung gestellt, um das Bild abzurunden. Für kulturelle und sprachliche Ratschläge bin ich Ahmed El-Ashram und Hena Khan dankbar, die sowohl eine begabte Autorin als auch eine echte Freundin ist.

Für verschiedene sehr spezielle Fachkenntnisse möchte ich Caroline Danforth danken, die mir das Innenleben von Museen erklärt hat, Dr. John Reynolds und Dr. Todd Snowden, die mir die Abläufe im Operationssaal erklärt haben, und Clementine Ahearne und Alice Natali, meinen ständigen Expertinnen für alles, was britisch ist oder mit London zu tun hat. Ein großer Dank geht an meinen Neffen Keith Cavanaugh, der mir mit unschätzbarem Computerwissen unter die Arme griff. (Schlechte Nachricht, Keith – ich werde deine Hilfe in Zukunft bei noch mehr Büchern brauchen.)

Pat Devlin hat bei der Herstellung der US-Buchtrailer für

alle City-Spies-Bände großartige Arbeit geleistet, und ich bin ihm für sein Können und seine langjährige Freundschaft sehr dankbar. Ebenso habe ich das Glück, Freundinnen wie Christina Diaz Gonzalez, Alyson Gerber und Rose Brock zu haben, die mir immer wieder beim Lesen und Brainstorming und mit Ratschlägen zur Seite stehen. Ihr seid die Besten! Ich möchte auch meiner jungen Lesebrigade danken, zu der Elizabeth, Annie, Lea, Shakthi und Pluto gehören.

Vor allem aber möchte ich meiner unglaublichen Familie danken, ohne die das alles nicht möglich wäre.

Über den Autor und den Übersetzer

© Elena Seibert

James Ponti wurde in Italien geboren und ist in den USA aufgewachsen. Nach seinem Studium begann er eine Karriere als Drehbuchautor und Produzent für verschiedene Fernsehserien, unter anderem für Nickelodeon und den Disney Channel. Außerdem schreibt er Kinderbücher und ist Gewinner des Edgar Award. Mit den City Spies schaffte er es aus dem Stand auf die New-York-Times-Bestsellerliste. James Pontis Hobbys sind Schreiben, Reisen und die Boston Red Sox. Er lebt mit seiner Familie und einem Rettungshund namens Lucy in Maitland, Florida.

Wer mehr über ihn erfahren will, kann ihn auf JamesPonti.com besuchen und ihm auf Twitter unter @JamesPonti oder auf Instagram unter @JamesPontiBooks folgen.

© privat

Wolfram Ströle, Jahrgang 1957, studierte Anglistik und Geschichte in Erlangen, Aberdeen und Tübingen. Seit Mitte der Achtzigerjahre hat er unter vielen anderen Georgina Byng, John Carol, Anthony Horowitz, Catherine Jinks, Stephenie Meyer, Philip Pullman, Arundhati Roy und Patrick Rothfuss übersetzt.